Con V de Vip

Con V de Vip

Begoña Salvador

Título: *Con V de Vip*
© 2020, Begoña Salvador

De la maquetación: 2020, Romeo Ediciones
Del diseño de la cubierta: 2020

Primera edición: octubre de 2020

Impreso en España

ISBN: 978-84-18489-45-7

A mis dos abuelas.
A mi yaya Maruja, mi lectora más entregada
y a mi yaya Carmen, que me contó tantas historias
y nos dejó mientras yo terminaba esta.

1
LOS AGAPORNIS

Me despertó la luz del sol colándose por una ranura de mi ventana. A mi lado, Kike dormía plácidamente, como un bebé —bueno, uno de los que duermen, de los que no tienen cólicos ni nada por el estilo—, y pensé que mi corazón iba a estallar de felicidad. Llevaba varios meses con una sonrisa tan grande en la cara que los mofletes se habían trasladado a un lugar donde ahora se sentían más cómodos, aunque a mí me dificultaban la visión. Justo, justo, debajo de los ojos.

Vamos a recapitular. Porque no hay cosa que me dé más rabia cuando sigo una historia de amor en un libro o en una película que meterme en la piel del personaje, vivir con él su angustioso desamor, afrontar sus desventuras, las idas y venidas de la relación, los «te odio» y los «te quiero», los «no te aguanto» y los «te perdono» y, los peores de todos: los «te dejo para siempre». Trágico y apocalíptico. El fin más absoluto de la relación. Pero, espera, que al final y contra todo pronóstico, se ha arreglado la cosa. Ha triunfado el amor. Y entonces es el momento en que aparece la palabra «FIN» y ya no sé nada más de ellos. Yo quiero saber cómo les va en su nueva vida de pareja enamorada, si han decorado ya el pisito, si se han comprado un perrito. No sé, cositas de esas.

Por eso, os pongo en situación:

Ya recordaréis mis peripecias del año pasado, que consistieron en triunfar como bloguera con mi proyecto «Con B de Beatriz» y conquistar al famoso Kike Galán, del que me enamoré locamente tras ver mi futuro en una revelación que sufrí la noche de mi cumpleaños. Ya, ya sé que suena todo muy *hardcore*, pero es que es complicado explicar todo lo que viví en un párrafo.

Bueno, pues después de todo esto, no exento de sinsabores y de sufrimiento, mi vida pasó a ser un cuento de hadas. Sin brujas ni nada, ¡eh!, solo la parte del amor absolutamente empalagoso para los que no fuésemos ni Kike ni yo. Nosotros estábamos encantados con nuestro empalagamiento.

Con un amor tan inmenso como el que nos profesábamos no tenía sentido pasar ni un minuto más separados. Así que, después del desfile de Carmen y del viaje al que acompañé a Kike como su novia oficial —bueno, yo y un montón de *paparazzis*—, Kike se instaló en mi casa. Y es que aunque Kike viviese en Madrid, había pasado a ser para el teatro Principal de Valencia, lo que Paula Echevarría para el Hormiguero: un fijo. La obra en la que era protagonista había tenido tal éxito en mi ciudad que habían ampliado sus funciones un par de meses más. Y yo no me lo pensé dos veces a la hora de proponerle a Kike que se dejase de hoteles y se viniese a vivir conmigo.

Si existiese el «Libro del saber supremo de las relaciones», aconsejaría que una pareja, cuya relación ha pasado por más altibajos que la Bolsa, empezase con mucha calma, con paciencia y muy poquito a poco.

Justo lo contrario a lo que hicimos nosotros. Pero es que Kike y yo éramos un caso aparte. Después de todo lo que habíamos pasado y de lo que habíamos sufrido, ahora que por fin estábamos juntos iba a ser complicado separarnos.

Y es que lo único que no encajaba a la perfección entre nosotros dos eran nuestros nombres: Kikbea, Beakik, Beake. No sé qué combinación quedaba peor.

Pero, por lo demás, estábamos hechos el uno para el otro.

—Kike, amor, que ya es de día. —Le di un beso cariñoso en la mejilla. Él abrió un ojo sonriendo. Madre mía, ¡qué hermosura de hombre!

—¡Buenos días, preciosa! Mira que estás guapa recién levantada. ¿Cómo es posible? ¿No estaré aún soñando? —Y eso es a lo que me estaba refiriendo con el empalagamiento. Que nuestras conversaciones no eran aptas para diabéticos. Tenían más azúcar que un pastel, un gofre y un crepe nadando en un mar de helado de vainilla con *toppings* de Lacasitos y M&M's. Ah, y chocolate líquido por encima. Vale, ya paro. Espera, espera. Y también nata montada. Sí, sí, todo eso. Y no exagero para nada.

—Vale, amor, vístete, que hoy nos toca ir a comprar. —Y se lo dije animada y con alegría. Porque hasta ir a la compra era un planazo si era con él. No discutíamos en absoluto.

¿Que él prefiere azúcar moreno y yo sacarina? Pues compramos las dos cosas.

¿Que a mí no me gusta echar suavizante a la ropa, porque creo que no hace falta, y así ahorramos y no contaminamos tanto? Pues «Vale, preciosa. Lo que tú quieras» me contestaba contento.

¿Que Kike insistía en comprar yogures que luego se le olvidaba comer y terminaban en la basura? Bueno, pues ahí un poco sí que le reñía, porque me da mucha rabia tirar comida. ¡Con el hambre que hay en el mundo! Y eso demostraba que la estabilidad que me daba mi relación me había hecho madurar una barbaridad. Mi madre cada vez me parecía menos exagerada, menos pesada y menos bicho raro. Eso solo podía significar que estaba madurando o que me estaba echando a perder, una de dos.

Estábamos encantados con nuestra convivencia y nos organizábamos genial.

Él cocinaba y yo planchaba. Pero todo lo demás lo hacíamos juntos.

Poníamos y recogíamos juntos la mesa.

Nos encantaban las mismas series. Así que las veíamos juntos.

Escuchábamos música juntos. Yo le colocaba las piernas encima y él me las masajeaba mientras leíamos los dos bien juntos y relajados en mi sofá.

Hasta hacíamos deporte. ¿Él un deporte y yo otro? ¡No! ¡Qué va! Jugábamos juntos a pádel. Bueno, él jugaba y yo corría por la pista como una loca sudorosa intentando devolverle la pelota. Pero valía la pena, porque luego nos duchábamos juntos. Y ahí sí que estábamos juntos, muy juntos. Juntísimos, diría yo.

Ese era el nivel de unión entre nosotros. Y si nos teníamos que separar, aunque fuese por escasos minutos, la melancolía nos invadía y esta letra en inglés clavaba la situación a la perfección:

I miss you! All the time… every day…every night… every minute.

¡No éramos intensos ni nada! El amor nos había golpeado más fuerte de lo que podría hacerlo Mike Tyson. ¡Pum, pum! Noqueados totalmente por las flechas de cupido.

Para que visualicéis la unión que existía entre nosotros, y también debido a lo mal que quedaban nuestros nombres juntos, mis amigas habían pasado a llamarnos «los agapornis». Os explico el porqué. Resulta que mi amiga Sara, que tira mucho de Wikipedia, descubrió que los agapornis son los «pájaros del amor», porque necesitan estar siempre en pareja. Y si uno de ellos se muere o se escapa, el otro, irremediablemente, morirá de tristeza o depresión. De ahí que también sean llamados «los inseparables». Pues esos éramos nosotros.

Como una herida y su tirita, como David el gnomo y su gorro. Como diría mi amiga Daniela, que es la finura hecha mujer, éramos como el culo y la caca.

Cuando estábamos a punto de salir por la puerta, con carro de la compra incluido —que no es que sea muy glamuroso para una bloguera y su novio actor, pero es útil a más no poder—, me sonó el móvil. Me puse a rebuscar por el interior del bolso para localizarlo y por fin lo encontré. Kike, al ver que se me iba a caer al suelo todo lo que llevaba dentro del bolso, lo sujetó, lo cerró, cogió las llaves y cerró la puerta. ¡Qué amor de hombre!

—¡Hola, Dani! —saludé alegre a mi amiga bajando las escaleras, para no quedarme sin cobertura y así evitar que se cortase la conversación.

—¿Quién eres? ¡No te reconozco la voz! Hace tanto, tanto, tanto tiempo que no hablamos…

—Vaaa, no seas tan exagerada. Ando un poquito más liada con el trabajo y la convivencia con Kike. Pero sigo aquí, ¿recuerdas? No he ido a ningún sitio. Me puedes llamar cuando me necesites.

—Joroba, Bea, si es que ya no tengo colega. Me has abandonado. A mí y a tus tres amigas más. ¿Te acuerdas de ellas? ¡Qué te vas a acordar! Si pasas de la gran

Daniela, ¿qué les espera a las otras tres? El olvido más absoluto. Ya no tienes tiempo para nosotras. Todo el día en plan agaporni perdida. ¿Dónde han quedado las borracheras más dicharacheras? Recuerda que nosotras te ayudamos a conseguir a tu hombre. No puedes pasar de tus amigas ahora. Perdona que te lo diga, y sé que te va a molestar, pero te has convertido en ese tipo de chica que tanta rabia me da. Esa que cuando tiene novio pasa de las amigas olímpicamente. Decepcionadita me tienes. ¡Qué desengaño llevo encima!

—Daniela, tú en lugar de ayudarme a conquistar a Kike, me ayudaste a perderlo cuando salieron a la luz, gracias a ti, las mentirijillas que le había contado. —Esto lo dije en bajito para que no me oyese Kike, que una cosa es que me hubiese perdonado y otra bien distinta que le gustase recordarlo.

—Le habías dicho que eras fotógrafa. Si en realidad eras bloguera y él las odiaba, debes asumirlo y hacerte responsable de tus errores. No me culpes a mí, más bien deberías darme las gracias. Yo lo único que hice fue darte el empujoncito que te hacía falta para sincerarte con él. De lo contrario, aún seguirías fingiendo que eres una fotógrafa famosa. Y tú, de fotos, solo sabes plantarte delante de la cámara y posar…

—Oye, que hice mis pinitos como fotógrafa. Ya me iba defendiendo. —Daniela ni me escuchaba, seguía parloteando acelerada…

—Y a posar solo sabes desde que te convertiste en *blogger,* porque te recuerdo que antes salías muy mal. Ahora entenderás por qué no hay casi fotos tuyas con nosotras. Nos las hacíamos a escondidas. Porque si aparecías nos estropeabas la foto con la cara esa tan horrible que ponías, ¡parecías Gollum! Y las que nos hacíamos contigo para disimular las borrábamos en cuanto te despistabas.

Ale, ahora ya lo sabes. Uff, por fin. ¡Qué peso me he quitado de encima! Veinte años ocultando este secreto tan gordo.

—Estoy alucinando. Pero ¡qué mala gente sois!

—Éramos, éramos —me rectificó Daniela—. Ahora hemos madurado. Te dejaríamos salir en la foto aunque salieses mal. ¿No ves que ya dominamos el Photoshop? Luego pondríamos un árbol donde salieses tú, y solucionado. —Daniela se echó a reír ruidosamente. De verdad, esta chica estaba encantada de conocerse. Se debía de encontrar graciosísima. Pero bueno, hace tantísimos años que éramos amigas que yo ya le tenía tomada la medida. No me ofendía, en absoluto, nada de lo que me decía y sería incapaz de vivir sin sus tonterías. Me había acostumbrado ya a su peculiar forma de ser y la quería tal y como era. La consideraba mi mejor amiga. Me había tocado la mejor amiga más «tocapelotillas» del mundo, pero así es la vida.

—Bueno, a ver, ¿y qué os apetece hacer? —le pregunté, retomando el tema de la quedada.

—A ver, niña, ¿tú qué crees? Salir de fiesta. Es lo que siempre me pide el cuerpo.

—Daniela, que ya vamos teniendo una edad. Podemos quedar a tomar un café y a charlar de nuestras cosas tranquilamente. A mí ya no me apetece salir de fiesta tanto como antes. —Kike, en este momento, me miró y movió la cabeza afirmativamente. Él me entendía a la perfección. Nos habíamos vuelto más tranquilos y caseros.

Después, unas seguidoras lo pararon y se hizo unas cuantas fotos con ellas. Yo me mantuve cerca hablando con Daniela.

—¡Sacrilegio!, ¡sacrilegio! ¡y más sacrilegio! —Mi amiga chillaba fuera de sí. Creo que si le hubiese insultado llamándola mujer de vida alegre, pero en términos no tan finos, no le habría sentado tan mal.

—Pero bueno, Daniela, déjame explicarme. Estoy cansada, me hago mayor y recuperarme de las resacas me cuesta la vida. Al día siguiente lo paso fatal y si salgo y no bebo nada, pues… que me entra sueño.

—¡Madre mía! Estoy a punto de entrar en *shock*. ¿Te estás planteando salir sin beber? ¡Por favor! Te veo sentadita en la discoteca en cualquier silloncito. Silenciosa, como una viejecita. Mirando al vacío y entablando conversación con algunos gorditos de pies cansados. Pensando «¿qué demonios hago yo aquí con lo bien que estaría en mi casa con las pantuflas y el pijama manta?».

—¡Pues seguro, Dani! ¿Qué quieres que te diga? Me parece que no es tan descabellado quedarse en casa, tranquilamente, un finde, pedir comida para llevar, abrir una botellita de vino y ver una peli en el sofá. —De repente, dejé de oír a mi amiga al otro lado del teléfono y me empecé a preocupar. ¿Me había colgado la loca por la fiesta?—. ¿Daniela? ¿Dani? ¿Sigues ahí? —Entonces, la escuché alto y claro.

—Tú, engendro del infierno. Abandona el cuerpo de mi amiga.

—Oye, Dani, ¿no eres mayorcita ya para tantas tonterías? —Ella fingió no escucharme y siguió a lo suyo.

—Ser del ultramundo, lleno de maldad y pésimas ideas. Aléjate del cuerpo de esta desdichada.

—Vale, sí, bien, déjate de teatros. Saldremos, ¿vale? Porque es una tontería explicarte nada. No atiendes a razones.

—Menos mal que el exorcismo ha surtido efecto. Estaba muy preocupada —me contestó Daniela, ahora emocionada—. ¡Qué lástima más grande me has dado! Te veía ya comiendo churros con chocolate y echando una partidita a las cartas. ¡Lo que les gusta un buen chocolate a la taza a los viejos! ¡Y la acidez que les da luego! Claro, pero sarna con gusto no pica. Ellos encantados.

—Pero ¿qué pasa contigo? ¿Planeas salir de fiesta todos los fines de semana hasta los cincuenta?

—Hombre, si me muero a los cincuenta, seguro. Pero yo me voy a morir a los setenta y tres. Hasta los setenta y dos y medio saldré de fiesta todos los sábados por la noche.

—¿Por qué crees que te vas a morir a los setenta y tres años? —Sabía que no debía preguntarle acerca de sus idas de olla, pero es que me dejaba con la intriga. Kike me miró con cara de «¿en serio?, ¿no me estás haciendo caso porque estás teniendo esa conversación surrealista?».

—Me va a atropellar un autobús —me contestó convencida—. A los setenta y dos años y medio me retiraré de la fiesta y seré una vieja ejemplar, de las que hace ganchillo y se traga todas las pelis de vaqueros de la tele. «¡Ya no hay actores como los de antes!» —dijo con voz de abuela melancólica—. Con medio año de serena vejez ya me iré a la tumba dejando tras de mí una imagen de vieja ejemplar. Me haré la remolona para ducharme, me colaré en el súper y llevaré el carro de la compra vacío para no usar andador y así las vecinas me verán tan pichi. ¡Vaya, el kit completo! ¡Una vieja espabilada en toda regla! Tan espabilada que intentaré cruzar la calle con el semáforo en rojo y mi artrosis y mi paso de tortuga me harán acabar estampada contra un autobús.

—Vale, pues perfecto. ¿Volvemos al momento actual?

—Sí, sí, que ya me duele la cadera de pensarlo y todo. El sábado nos vemos. Luego te digo el sitio. Espero que ni se te pase por la cabeza mandarme un mensajito a última hora y rajarte de la fiesta. Después de los agapornis que pasan olímpicamente de sus amigas, las que se rajan de la fiesta con mensajito de última hora son las peores personas del mundo. Aunque esté lloviendo o nevando, aunque tengas la regla y te duelan los ovarios, aunque te enteres de que el mundo se acabará mañana, eso está muy feo.

—¡Sí! ¡Tranqui! Aunque esté «gastroenterítica» perdida, iré. ¿Has avisado a las demás? Así nos vemos, que hace más de un mes que no quedamos todas juntas.

—Sí, Marta lo tenía complicado porque Víctor está de viaje de trabajo, pero al final ha conseguido colocar a la niña con los abuelos. Y Sara y Ana también vienen. La hermana de Ana se va a quedar con Hugo, así que todo está organizado. Va a ser legendario. Te quiero, perri. Un beso.

—Vale, nos vemos el sábado. Te quiero, loca.

Cuando colgamos ya habíamos llegado al supermercado. Kike me miraba con expresión aburrida. Normal. El pobre había caminado a mi lado en silencio oyéndome parlotear con Daniela. Bueno, yo, parlotear, había parloteado bastante poco. Lo que ella me había dejado, que parecía que hoy le habían dado cuerda.

Me sorprendió que la hermana de Ana se fuese a quedar con Hugo y se lo comenté a Kike. Sara no solía dejar al niño con casi nadie. Pero la verdad era que, desde que Sara y Ana empezaron a salir, Ana estaba absolutamente involucrada en la crianza del peque. Y, por lo visto, su familia también. Me alegré mucho por mi amiga. La pobre había estado bastante sola con su hijo hasta el momento y era estupendo que Ana adorase a Hugo y formasen ahora, los tres, una bonita familia. Ellas dos se querían, se cuidaban y se respetaban muchísimo. Aunque nadie se lo dijese, ellas también eran un poco agapornis. Pero al ser dos chicas, no se notaba tanto. Venían las dos a todos los planes, los cafés y las fiestas. Ana había logrado hacerse un hueco en nuestro grupito de amigas. A mí me caía genial y siempre estaría en deuda con ella por todo lo que me había ayudado. Porque ella era una *instagrammer* con miles de seguidores y me había introducido en el mundo de las blogueras, cuando mi nivel de conocimientos en la materia era el siguiente:

—Bea, ¿qué dirías que es una red social?

—Mmmm, vale, déjame pensar. ¡Lo tengo! Una red social es una red de estas blancas, como las que usan los pescadores, alrededor de la cual queda la gente para contarse sus problemas. Se usa mucho en los pueblos del norte de España. ¿Has visto *Ocho apellidos vascos*? Pues ya sabes, ese tipo de pueblos.

Ya, lo sé. Lamentable y sorprendente a partes iguales. ¿Si vivía en Marte? No, en Marte no. En España. Pero es que a mí, todo ese mundillo, no me interesaba ni me gustaba nada. Me daba igual la vida de los demás. No me importaban las publicaciones ni de la gente famosa, ni de la gente que conocía. Pero eso era el pasado. Ahora ya no. Ahora cualquier cotilleo me sabía a gloria. Ahora era una *blogger* con más seguidores que Ana ¡Que se dice pronto! La gente me reconocía por la calle. Las marcas me regalaban cosas, me pagaban por hacerles publicidad y ojo, ¡que me encantaba! Había pasado de ser considerada una tía rarísima que no sabe nada de la vida, a ser una famosa que triunfaba con su canal de YouTube, porque ya no me entraban sudores ni tartamudeaba al hablar en público.

Y lo mejor de todo era que Kike había aceptado mi trabajo. Las blogueras ya no le parecían unas vagas sin ningún talento o, si se lo parecían, a mí no me lo decía. Así que tendría que conformarme con eso. No, estoy segura de que se había dado cuenta de que no es todo tan sencillo en este mundillo y que tenía que currar bastante para conservar el interés de mis seguidores.

—¡Ay! ¡Qué equivocado estabas cuando pensabas que ser *blogger* era ponerse cuatro trapos locos y hacerse unas fotos! —Lo pensé, pero no se lo dije a Kike. No creo que le gustase el hecho de que le recriminase que estaba profundamente equivocado. Que lo estaba, y de qué manera. Pero eso no le gusta a nadie. En cambio, le comenté el plan organizado por Daniela del que me iba a ser imposible escaquearme.

—Kike, amor, el sábado saldré a cenar y a tomar algo con las chicas —le dije mientras cogía unas latas de refresco y las echaba al carro de la compra.

—Vale, cariño. ¿Van las parejas también? Estoy un poco cansado, pero me animaría por acompañarte.

—No, no vienen. Te vas a poder librar y quedarte descansando. Es una quedada solo de chicas. Ya sabes, hablaremos de nuestras cosas y nos pondremos al día de todo, que hace bastante que no nos vemos.

Y lo afirmé convencida de ello. Para mí ese era el plan. Pero había alguien que había organizado una noche un poco distinta.

2
CENA DE CHICAS

Kike me observaba andar emocionada, arriba y abajo, por toda la casa. Me puse un vestido, me lo quité. Me coloqué una falda larga, también me la quité. Porque en ese momento pensé que me iban a quedar mejor unos pantalones anchos que me había hecho llegar una famosa marca de ropa. Y cuando los llevase puestos, tenía que acordarme de subir un post patrocinado mencionándoles, ya que era el acuerdo al que habíamos llegado. Había empezado a ser embajadora de su marca hacía unos meses y estaba encantada, porque su estilo encajaba conmigo a la perfección.

—¿Estoy guapa, amor? —le pregunté a Kike, y me acerqué, poco a poco, hacia el sofá donde él se encontraba sentado descansando. Me senté a horcajadas sobre él y le tapé totalmente la visión del programa de la tele en el que estaba absorto.

—Estás preciosa, como siempre. —Me miró a los ojos y me acerqué a darle un beso que él acogió primero con ternura y luego con ganas. El beso fue tomando intensidad y por un momento pensé en escribir a Daniela y decirle que no podía salir, pero ninguna excusa sería válida para ella. Creo que ni aunque estallase una bomba en mi finca o se me inundase el piso me dejaría faltar. Diría que esta noche no iba a poder solucionar nada, que me tendría que despejar, y vendría derechita a recogerme con la moto. ¿Y si le decía que me había dado una parálisis facial? ¡Esa era buena! Ya me había pasado una vez por culpa del aire acondicionado. Y estaba yo preciosa con la cara torcida. Ah, no, no. La cabrona me diría que puedo salir igual, que diríamos que esa mueca extraña de mi cara la pongo yo adrede porque soy una tía muy interesante y original. Bueno, que estaba segura de que el beso con Kike no iba a poder ir a mayores, al menos por ahora. Así que le frené y me fui alejando poco a poco, porque me estaba subiendo un calor difícil de controlar.

—No, pero no te alejes. Si aún no te vas —me pidió Kike en un ruego. Pero justo en ese momento sonó el timbre de mi patio y vi por la cámara a mi amiga Marta, que había venido a recogerme con el coche.

—Ya bajo —le grité a través del interfono. Después lo colgué y me apresuré a echarme perfume y a pintarme los labios. Y así, bella y bienoliente, le di un beso rápido a Kike, pero él no se quedó conforme y me volvió a arrimar para darme otro mucho más intenso y carnal.

—Kike, que me tengo que ir y me lo estás poniendo muy difícil. —Distribuí por toda su cara un montón de besos cortos y nos separamos al fin. Él me deseó que me divirtiese mucho con mis amigas y me sugirió que no volviese muy tarde, porque al día siguiente teníamos comida familiar. Venía su hermana Carmen y la verdad es que estaba deseando verla.

—Tranquilo, que vendré prontito. Te quiero. Te voy a echar mucho de menos.

—Y yo a ti —me contestó, y me volvió a acercar a él. Le di un último beso y me marché. Salí de casa con decisión, como quién se arranca un esparadrapo de golpe y en ese momento le duele un montón, pero sabe que es lo que tiene que hacer y si se lo quita poco a poco, alarga el dolor y la agonía. O como cuando hace mucho frío y estás tapada con la manta en el sofá y sabes que te tienes que levantar e ir a la cama, seguro que conocéis esa situación. Pues eso, que aunque no te apetezca, hay que hacerlo y punto. Y cuanto más rápido, mejor.

Ya, lo sé, estaba demasiado enamorada. Pesadísima. Sí, también. Y sabía que si seguía con los besitos y las tonterías me iba a ser imposible separarme de él.

Una vez en la calle, y al ver a mis amigas Marta, Sara y Ana esperándome apoyadas en el coche, intenté cambiar el chip. Al fin y al cabo, no me iba a la guerra, ni a enfrentarme al Demogorgon, ni a luchar contra It el Payaso, que había vuelto después de veintisiete años y a mí me seguía aterrorizando. En unas horas volvería a casa y Kike me estaría esperando dormido en una cama calentita y yo me acurrucaría a su lado, haciendo la cucharilla y más a gusto que un arbusto. ¡Qué larga se me iba a hacer la noche!

Corrí a abrazar a mis amigas. ¡Qué guapas estaban! O igual estaban como siempre, pero es que yo estaba tan feliz que solo veía destellos de belleza a raudales.

No, definitivamente, estaban preciosas.

El pack Sana, como llamábamos desde hacía tiempo a la unión de Sara y Ana, estaban espectaculares. Ana llevaba una falda larga de seda, una camiseta de tirantes monísima de color blanco y su pelo corto recogido en un moño informal que a ella le quedaba de categoría y que dejaba ver un nuevo tatuaje que se había hecho en la nuca, una rosa. Sara llevaba un vestido precioso, bastante ajustado, de color negro. Las dos iban muy maquilladas.

Marta llevaba una falda entubada roja, larga hasta las rodillas, un top blanco, un bolso negro con tachuelas y unos botines de tacón, también negros. Con su larga y ondulada melena estaba espectacular.

—Bueno, menos mal que no os hice caso cuando me dijisteis que no os ibais a arreglar mucho —les dije medio picada—. Si parece que vais las tres a una recepción en el Ritz.

—Mira, nena, sinceramente, desde que eres famosa podemos salir en los papeles en cualquier momento. Ya que no somos las protagonistas, por lo menos que seamos las «superapañadas» amigas de la *blogger* de moda, ¿no? ¡Digo yo! —me contestó Sara—. Es que has eclipsado hasta a Ana.

—Yo, feliz, reina, no te preocupes. Estoy encantada con tu éxito, con mis nuevas amigas y con mi chica. Eso sí, dentro de nada tendrás que promocionar una marquita de perfume en la que estoy trabajando. Me lo debes —me dijo Ana. Y con el dedo índice y corazón hizo ese gesto de señalarse los ojos y luego señalar los míos. Si no sabéis a cuál me refiero, haced el gesto y seguro que os engancháis a repetirlo varias veces muy rápido. ¡Es la caña!

—Por supuesto —le contesté a sabiendas de que le debía una, y bastante gorda además—. ¿Sabes a quién más se lo podemos decir? ¡A Carmen!

Supongo que recordaréis que Carmen es la hermana de Kike. Una chica estupenda con un cromosoma más de felicidad y que gracias a su talento, su constancia y un poquito de mi ayuda logró crear una comunidad que le sigue en @carmencitalabloggera y a la que le apasiona su trabajo. Y es que ella solita se ha introducido en el mundo de la moda y ha sacado su propia línea de ropa.

—Mañana la veré, así que se lo comento. Seguro que estará encantada de ayudarte. Ya me pasas los detalles —le dije.

—Vaya, ¡es genial! —gritó Ana emocionada. Ella, como el resto de mis amigas, adoraba a Carmen y la admiraba muchísimo.

Acudimos al lugar donde nos había citado Daniela. Pero, por el momento, a ella no se la veía por allí. Era un restaurante de esos modernos. Ese tipo de lugares en los que te sacan un montón de pequeños platos que te suelen saber a poco. Eso sí, están todos deliciosos, por lo que te entran ganas de decirle al camarero:

«Guapo, sácame un platazo grande de esta miniatura y déjate de tontadas». Pero ni se me pasa por la cabeza hacer esas cosas. Ahora soy una chavala muy sofisticada.

Cuando nos habíamos acomodado en la mesa, vimos aparecer a Daniela por la puerta. Estaba espectacular, pero eso es lo normal en ella. En cuanto a belleza se refiere, las demás somos criaturas con nuestros días mejores, días regulares y días de: «Mátame camión, parezco un zombi de *The Walking Dead* y rezo por ser uno de esos que pululan atados con una cuerda y sin cabeza».

Ella no. Es un misterio de la naturaleza. Casi siempre está bella. Aunque no se maquille, aunque esté enferma, da igual la situación. Ella es belleza en estado puro. Solo una vez no lució más radiante que el astro rey y fue después de aquel lío que me organizó el año pasado. Seguro que lo recordáis. Pero por lo demás, una diosa. Una vez, fui adrede a la peluquería con ella, porque le iban a colocar ese gorro horrible que ponen —que por cierto debería estar prohibido por ley— para sacarle unas mechas. Pues no me preguntéis cómo, pero la tía estaba guapa. Yo que tenía ya la cámara del móvil preparada para sacar una instantánea de su fealdad, y nada, mi gozo en un pozo.

Bueno, pues apareció por la puerta sonriente, con vestido ajustado y subida a unos tacones con los que, si se pusiese a llover, ella lo notaría diez minutos antes. La seguían cinco chicos que entraban a la vez, así que supuse que habrían coincidido con ella en la puerta. Daniela se aproximó y los chicos la siguieron hacia nosotras. Esto ya no me parecía nada gracioso. ¿Por qué venían hacia aquí? «¡¡¡No hay sitio!!! ¡¡¡Cena de chicas!!! ¡¡¡La mesa está completa!!!», les quise gritar. Pero no dije nada. Me quedé mirando cómo Dani se aproximaba con un equipo de baloncesto, un poco más bajito de lo habitual, pero bastante atractivo en su conjunto, hacia nosotras. Hacia nuestra cena de chicas.

—¡Buenas! —saludaron todos, alegres. Daniela venía riendo no sé muy bien por qué y parecía encantada con toda esa compañía masculina.

—Hola, Dani, ¿de qué va todo esto? —le preguntó Sara. Y esperé intrigada la respuesta de Daniela.

—Pues verás. Como ya sabéis, ahora estoy trabajando como *wedding planner* en una masía y estos son algunos de mis compañeros: Pablo, Jorge, Lucas, Miguel y Daniel. ¡Lo bueno abunda eh, Daniel! —le dijo a un chico alto, fuerte, pelirrojo y con perilla que, según nos contó luego Daniela, era un camarero de la masía—. Acabamos de salir ahora del trabajo y les he dicho que se uniesen a nuestro plan de cena y marcha. Supongo que no os importará…

—No es por ser aguafiestas, Dani, pero teníamos mesa reservada para cinco. No sé si nos van a poder reubicar si ahora somos el doble —le dije en un tono con el que daba a entender que no me había hecho ninguna gracia este acople de sus compañeros.

—Pero ¡por eso no hay ningún problema! —me contestó Daniela, sonriente—. Conozco al metre de aquí y ya verás como en un momentito estamos sentados todos en una mesa más grande. Tú confía en mí.

Daniela se equivocaba.

Sitio de moda, sábado y hora punta. El local estaba lleno y yo no entendía muy bien cómo lo iba a solucionar Dani. Por mucha labia que tuviese esta chica, entre sus capacidades no se encontraba la de multiplicar el espacio, como hizo Jesús con los panes y los peces.

Pero lo solucionó. A su forma. Y menos mal, porque si después de todo nos hubiese tocado ir a buscar otro sitio para cenar, la mesa que la fuesen buscando para nueve, que yo me iba a casa. Le rogó a su amigo que mandaba en el restaurante que nos dejase apelotonarnos en una mesa. Y decir apelotonarnos es quedarse corto. Yo tenía a Marta a un lado y tenía su perfume incrustado en el cerebro. Me atrevería a decir que, si me concentraba mucho, sería capaz de escuchar sus pensamientos.

Miguel se me situó al otro lado. Así, con toda la intención, sin preguntar a nadie. Pues menuda quedada para hablar de nuestras cosas de chicas. Vi en la otra punta de la mesa a Sara y a Ana que permanecían unidas, a ellas no se les iba a colocar un baloncestista de sopetón como me había pasado a mí. Ellas estaban bien posicionadas en la mesa y Marta también, al lado de las amigas. Los chicos se habían embutido en el espacio diminuto que había entre Daniela y yo.

—Bueno, pues qué bien. Por fin estamos todos sentados. —Daniela intentaba sonar alegre para mejorar el ánimo que reinaba entre las chicas. O igual estaba alegre y punto, porque no es muy buena detectando el humor de los demás. O lo detecta, pero se la trae al pairo. A saber. Esta chica es un misterio hasta para mí.

El camarero se acercó a anunciarnos que iban a proceder a sacar el menú degustación que habían preparado y habría algunos platos para compartir. Esta vez recé para que fuesen cantidades pequeñas en platos pequeños, porque, si no, el Tetris que se iba a formar ahí iba a dar miedo. Brazos y más brazos cruzando por la mesa en todas las direcciones. ¿Qué pasa si sientas a la mesa a un pulpo gigante? Nada bueno, ¿no? Pues en esta micromesa me vi venir posibles codazos y alguna copa caída, fijo. Y si se diese la circunstancia de derramamiento de vino, que trajese consigo una mancha bien escandalosa, con bastante probabilidad iría a parar a mi ropa, patrocinada o sin patrocinar. Porque soy de esas. Soy de las que les acompaña ese tipo de tragedias. Aunque esté en la otra punta de la mesa, todo se orquestará para que algo se derrame, yo chille y alguien se disculpe conmigo y me ofrezca el Cebralín. Así ha sido siempre y así seguirá siendo. También puedo ser yo la que vuelque copa o botella. Mi torpeza es legendaria. Pero lo tiraré sobre mí misma y eso es así.

Noté un pisotón en el pie y me giré indignada hacia Miguel.

—¡Oye! ¡Ten cuidado! Que me has dejado amarga con el pisotón que me acabas de arrear.

—¡Vaya, perdóname! Creía que era la pata de la mesa.

—Ahhh, y le has querido dar bien fuerte para ver si estaba preparada para soportar el peso de todos nuestros platos y bebidas, ¿no?

—¡Qué graciosa eres! —Miguel se echó a reír con mi acusación. Estaba siendo desagradable porque estaba enfadada, pero él no parecía molesto en absoluto.

Trajeron los primeros platos y fuimos degustándolos. La verdad es que estaba todo buenísimo. Y, aunque las conversaciones que pensé que tendrían lugar con mis amigas nunca se produjeron, porque no teníamos ninguna confianza con esos chicos para hablar libremente de nuestras cosas, ellos resultaron ser unos acompañantes simpáticos y educados.

—¿Te puedo hacer una pregunta indiscreta? —me abordó Miguel, con una sonrisilla pícara en la cara, en cuanto nos sirvieron la segunda copa de vino.

—Hombre, depende de lo indiscreta que sea… —le dije temiéndome cualquier pregunta maliciosa que pudiera sentarme fatal delante de todos.

—Bueno, en realidad, si se confirma lo que pienso, no es secreta. Más bien es *vox populi.* —Me miró a los ojos y me imaginé por dónde podían ir los tiros.

—Dispara —le contesté, una vez derribadas las barreras que nos frenan al entablar una conversación con un desconocido. O dicho de forma no tan solemne: el vino me había soltado la lengua.

—Tú eres Bea la *blogger*, ¿verdad? La novia del actor Kike Galán.

—Sí —contesté orgullosa. Y, lejos de incomodarme, me sentí la persona más feliz de la tierra. Me habría levantado, me habría subido a la mesa y habría gritado a los cuatro vientos: sí, soy yo. La única, legendaria y maravillosa novia del actor por el que suspira medio país. Y no exagero, el 51% de la población española son mujeres. Vale, que todas no van a estar enamoradas de mi hombre, quitemos por ejemplo el 10%. Pues ese 10% lo formaban los hombres que se sentían atraídos por Kike Galán.

Regresé de mi peliculón de chica profundamente enamorada a la que le extrañaría que alguien en su sano juicio no se sintiese atraído por su amor, y escuché cómo Pablo le decía a Dani:

—Oye, no nos habías contado que nos traías a cenar con una *influencer* famosa. —Después me miró a mí y me preguntó—: ¿Crees que voy bien vestido o no me vas a dar un *like*? —Le miré desafiante mientras pensaba que ese debía de ser el graciosete del grupo. Y con graciosete me refiero a justo lo contrario.

—Pues, para haberte vestido completamente a oscuras, no vas del todo mal —le solté, y todos rompieron a reír. Marta intentó chocarme la mano, pero como estábamos tan cerca, me chocó la oreja. Aun así, no logró eclipsar mi minuto de gloria dando zascas.

Pablo también se rio. Al parecer no le había molestado dejándole mal ante sus amigos, o igual estaba disimulando y preparando una humillación de las gordas para mí. Esperé que no fuese así.

Mientras seguíamos comiendo sin que hubiese golpe ni derramamiento de ningún tipo, quisimos conocernos un poco más. Ya que mi vida sentimental y profesional era conocida por todos, me tocó esperar escuchando la de mis amigas —que por supuesto también conocía— y que no ocultaron en ningún momento su situación sentimental. Marta casada y Ana y Sara emparejadísimas. Si lo hubiesen ocultado, les habría dado un buen rapapolvo.

De los chicos, excepto Jorge, que era el más callado y nos contó que tenía novia, los demás se declararon solteros y abiertos al amor.

Daniela se situó en su club. Añadiéndole un «super» con la intensidad que le caracteriza. Supersoltera y superabierta al amor. Yo estaba tratando de pillar algún dato que me hiciese percibir cuál iba a ser el objetivo de Dani, pero, por el momento, nada. Tonteaba con todos por igual. Incluso con Jorge. Ella es muy de no «ponerle puertas al mar», pero en cuanto pude le avisé de que tenía cuatro chicos estupendos en los que fijarse, que dejase al pobre Jorge en paz y no lo marease. Como era de esperar me ignoró, y me quedé con la intriga de si, ignorada y todo, mis comentarios le harían recapacitar un poco cuando estuviese a punto de cometer una maldad.

Luego hablamos de los trabajos y yo otra vez callada. Todos comentaron a qué se dedicaban, los chicos trabajaban en la masía de Daniela. Todos explicaron qué hacían excepto Miguel, que se hizo el huidizo.

—Miguel, precisamente tú te quedas callado. A ti es al que menos conozco. Vaya, que no te había visto nunca. Que has venido porque estabas con ellos. A ellos los conozco desde hace un par de días, pero a ti ni eso —dijo Dani, y se echó a reír. Esta chica de verdad que no hay por dónde cogerla. ¿Será verdad que nos trae a un absoluto desconocido a cenar?

—Bueno, ¿alguien lo conoce? A ver si va a ser un perturbado o un asesino en serie… —dijo Ana, en plan gracia.

—¡O igual es un acosador de Bea! —gritó Sara—. ¡Enseguida se ha sentado a su lado!

Yo, que conozco bien a Marta, percibí que se estaba creyendo la acusación de Sara y parecía asustada. El restaurante estaba bastante silencioso y se oyó su exclamación en toda la sala.

—¡Madre mía! ¡Un acosador! —Marta se levantó con ímpetu y señaló a Miguel con el dedo—. Aquí no lo conoce nadie, ¿no? ¡Este loco se ha colado para perseguir a Bea! —afirmó mi amiga, nerviosísima.

—¡Qué va, chicas!, ¡parad! —les cortó Daniel antes de que siguiesen elucubrando y acusando a Miguel de cosas—. Miguel es mi amigo. No trabaja en la masía, Dani, había venido a saludarme hoy. Solo eso.

—Bueno, perdona, ¿y a qué te dedicas? —le preguntó Sara, aún con desconfianza. Pero su pregunta cayó en saco roto porque vino el camarero a preguntarnos por los cafés. A mí me pareció oír a Miguel decir: «Soy tenista». Y enseguida lo visualicé con los pantalones cortos blancos, la raqueta y la gorra de *Nike*, cuando el tema de la elección del café nos hizo cambiar de tercio, porque nos despachamos a gusto pidiendo. El pobre camarero se fue con una retahíla muy curiosa. De diez no se repetía ni uno. El mío cortito, el mío largo, el mío descafeinado de máquina, el mío de sobre. Hasta con espumita le pidió alguien, y ahora no recuerdo quién. Pero a los pocos minutos apareció con todos y con cero equivocaciones. Convertirme en una bloguera de éxito seguro que me había costado menos que ser camarera en una cafetería. Una camarera buena, me refiero, de las que se acuerdan de las cosas y no van como pollo sin cabeza y vuelven y te preguntan «¿Me lo repetís todo, porfa? Que no me iba el boli…»

Nos bebimos los cafés y nos ofrecieron unos chupitos que no quisimos rechazar.

—Todo lo que nos entre en el menú —contestamos las chicas. Siempre solíamos decir eso y los chicos se quedaron impresionados al vernos tan coordinadas.

—Son muchos años ya de: «Salir, beber, el rollo de siempre…».

Mis amigas continuaron mi canción y ellos se rieron por el énfasis que le poníamos a la letra de Extremoduro, que tantas veces habíamos bailado en verbenas o en la falla de Marta.

Después de la actuación aparecieron unas seguidoras mías y se acercaron a saludarme. Eran tres chicas y parecían emocionadas con el ambiente. Pero me atrevería a jurar que no habían quedado impresionadas por mi timbre, que era bastante lamentable, más bien creo que pensaron que intentar hacerte una foto con un famoso al que ves un poquito embriagado y arreglado de fiesta siempre es más sencillo que cuando te lo encuentras por la calle haciendo sus recados o poco arreglado. Oye, que también somos humanos y tenemos nuestros días de «hoy espero no cruzarme a nadie porque estoy bonica». Pues, en esos días, no te apetece ser inmortalizado. ¡Un poquito de empatía, por favor!

Así que posé feliz con ellas y hasta subí la foto a mis historias de Instagram, lo cual les hizo una ilusión tremenda.

Tanta confianza les di, que no se iban. Allí estaban sumándose a nuestra fiesta y, como no quería ser maleducada con ellas, les dije que nos íbamos ya, que iba a pedir la cuenta y nos marcharíamos. Ellas asintieron, pero no movieron ni un músculo. Parecían tres japonesas a las que les hablas, ellas te sonríen y no están entendiendo ni papa. Así que me moví hacia la barra y me giré para ver si me seguían, pero qué va, ellas se quedaron allí arrimadas a los chicos. Sobre todo a Miguel, al que vi haciéndose también fotos con ellas. Igual lo de posar conmigo había sido el pretexto para acercarse a él. Querrían ligar o algo. Mira, ni idea, pero no pintaban nada allí, así que a ver si se dispersaban pronto. Avisé en la barra de que nos queríamos marchar y enseguida nos acercaron la cuenta. Al verme llegar con un recibo de considerable tamaño y de no escaso importe, mis tres fans desaparecieron. Debieron de pensar: «Vámonos de aquí, a ver si nos van a pedir pasta». Al final, resultaron ser unas chicas bastante espabiladas.

Los chicos hicieron un amago de querer invitarnos, pero nos negamos en rotundo.

Quisieron ir a tomar algo, pero yo prefería irme a casa, la verdad. La cena había sido divertida, pero ahora estaría bien recogerse prontito, que mañana tenía que ver a mi cuñadita y no quería ser un desecho agotado. Así se lo expuse a Daniela, pero volvió a enajenarse como cuando habíamos hablado por teléfono.

—Tú flipas, ¿no? ¿Tú te das cuenta de lo bien que lo estamos pasando? La noche es joven. No me vengas con historias, que no me quiero enfadar —me dijo con un tonito que me pareció el colmo—. Hoy salíamos de fiesta, me lo habías prometido.

—Bueno, bueno, íbamos a salir nosotras. Tus amigos muy bien. Muy simpáticos. Pero no es en lo que habíamos quedado.

—¿Qué quieres?, ¿quieres que te suplique? —dijo, lanzando los brazos al cielo y volviendo a interpretar un papel de actriz protagonista. Y se tiró al suelo y todo. Me dio tanta vergüenza que le dije que se levantase y dejase de hacer el cuadro. Que vale, que me quedaba, pero que no me iba a divertir en absoluto. Ella empezó a abrazarme, a besarme, a saltar. Me sacó a bailar ante la mirada divertida de todos los presentes. Me dio vueltas como una peonza y casi terminamos las dos en el suelo. Pero con sus payasadas me hizo reír y me animé.

Miguel nos propuso ir a una discoteca que nos iba a dejar acceder a su zona vip. Nos pareció una idea estupenda. Los silloncitos, las bebidas y el ambiente relajado a mí me parecía el plan ideal. Acudimos todos allí y él entró a avisar, supongo que a sus contactos, de que habíamos llegado. No sé de qué conocía a los dueños de esa discoteca, pero nos trataron genial, rozando el peloteo. Nos sacaron las bebidas que quisimos y una botellita rosa muy cuqui que no sé ni lo que era, pero estaba de muerte. Las risas corrían como el alcohol. Daniela revoloteaba, como una mariposa, entre todos los presentes y seguía sin fijarse un objetivo masculino claro. O yo seguía sin visualizarlo. Y me llevaba de cabeza observar cada detalle para poder decidirme. Porque estaba segura de que ya le había echado el ojo a alguno. En un momento dado le tocó el pelo a Pablo y en otro se recostó sobre Lucas, riendo escandalosamente.

Yo a lo Sherlock. Cazando pistas.

«Este le gusta. Seguro», pensé cuando agarró del muslo a Miguel, que seguía sentado a mi lado. Eso es muy íntimo, ¿no? Tocar muslamen son palabras mayores.

Solo parecía respetar a Jorge, el ennoviado, y a Daniel, del que por ahora pasaba olímpicamente.

Pronto tuve que abandonar mi puesto en el *CSI* porque me dispersé. Y con ello quiero decir que se me nubló el juicio. Me embriagué. Me alcoholicé. Me bufé. Y me pareció que fue cuestión de una única copa. La última, claro está. Me la había proporcionado Daniela, que no paraba de invitarme, quizá para que no volviera con el rollo de irme a casa.

De repente te estás riendo de lo lindo y de repente llevas una castaña del quince. Desde aquí mi apoyo a esos inventores tan listos, a ver si alguno comercializa algún mecanismo que te avise de que acabas de abandonar la zona segura y has entrado en la copa de «si te pasas, te lo pierdes». Daniela seguía moviéndose por todas partes, pero yo no enfocaba bien con quién. Hasta me pareció que tonteaba con Marta y luego me di cuenta de que en realidad no era Marta, era un camarero con melena. Marta, si algún día lees esto, lo siento. Ahora mismo veo menos que Pepe Leches. Camarero con melena, si algún día lees esto, dime: ¿Qué acondicionador usas? ¡Qué pelo tan sedoso!

Alguien propuso ir a bailar al medio de la pista. Allí donde estaba la marabunta. Yo, así a priori, no lo vi claro. No estaba yo para bajar las escaleras por las que habíamos accedido a nuestro sitio vip. No estaba yo para juntarme con media ciudad y, por último, no estaba yo para mover las caderas sin parecer arrítmica y ralentizada por las copas de más. Y olvidaba el detalle más importante: allí había mucha gente. Mucha gente que me conocía y me iba a ver «un poco mareada», como eufemísticamente diría mi madre. Pero nada de eso importó, porque, un segundo después, me encaminaba escaleras abajo, agarrada de Sara y Ana hacia el tumulto y las luces fluorescentes. La música me dio el impulso que necesitaba para olvidarme de remilgos. *Flying free* sonaba a todo volumen y mis amigas corrieron a bailar conmigo, porque esa canción tenía mucha historia para nosotras. Días más tarde me enteraría de que Miguel había pedido que nos pusiesen esa canción, porque le habíamos contado que cuando éramos unas jovenzuelas bastante descocadas, cada vez que sonaba esa canción en un momento determinado, nos juntábamos todas en un círculo y frotábamos nuestros pechos, como en una danza africana extraña, con unos palos fluorescentes que teníamos en aquel entonces y que movíamos sin parar de forma bastante alienante. ¡Qué recuerdos!

Pues eso, que el chico no se lo quiso perder. Y las tetas, unas más grandes, otras más pequeñas, unas desde más arriba y otras desde más abajo, danzaban traviesas y botaban sin control. Tras unas cuantas canciones que me agotaron, y debido a que me di de baja de la descontrolada ronda de chupitos a la que se habían sumado todos los demás, me entró el bajón y pretendí hacer una bomba de humo en toda regla. Marcharme sin decir ni pío, desaparecer como la ayudante semidesnuda del mago en la caja. Pero me vio el *pesaete* de Miguel. Pobre, era majo. Pero parecía mi siamés. Me cogió para bailar y se me pegó como una lapa. Notaba su cuerpo demasiado pegado al mío y lo aparté bruscamente. Se me acercó a decirme algo al oído y me pareció que me chupaba la oreja. Raro, ¿no? Ahí sí que lo aparté como si fuese un bicho horripilante.

—¿Me has chupado la oreja? —le pregunté poniendo cara de asco.

—¿Qué dices? ¡Tú estás flipada!

—Bueno, me lo habré imaginado. Me voy a casa —le dije apoyándome en una columna, porque me sentía un poco mareada.

—Tú no te vas sola en ese estado. —O algo así digo yo que me diría, porque lo bien cierto es que se empeñó en dejarme en casa y lo cierto también es que nos vio Kike por la ventana.

3
LO QUE ME SALE DEL BOLO

Al parecer, Kike estaba despierto a las tres de la madrugada porque no se podía dormir. Se había acostumbrado a dormir conmigo al lado y según sus propias palabras: «Sentía que me faltaba algo y prefería esperarte». Monísimo, ¿verdad? Me lo contó en cuanto llegué. Cuando tras una despedida rápida y formal de Miguel, sin besos mejilleros ni nada, solo una mano que se mueve e indica «¡adiós!», me bajé del coche y me encaminé a mi casa. Subí al primero y tras la puerta me esperaba mi chico, en pijama, con el pelo revuelto y cara de sueño.

Kike no se mostró molesto ni nada, nosotros estábamos por encima de los celos típicos de quinceañeros, pero, como era lógico, un poco extrañadito sí que estaba. Tras abrazarme y darme un beso, no tardó ni dos minutos en preguntarme acerca de mi acompañante nocturno.

—No es que me moleste, pero ¿hoy no ibais a salir solo chicas?

—Ese era el plan, amor, pero ya conoces a Dani… Nos ha traído a unos amigos de la masía en la que trabaja. Bueno, este que me ha traído a casa, precisamente, no. Miguel no trabaja con ella. Al final, no hemos sabido mucho de él. O no me he enterado yo, que sabes que soy de naturaleza distraída. Tenista, creo que es tenista. —Kike me miró con cara de preocupación.

—¿No sabes quién es y te has subido en su coche, Bea? ¿Por qué no me has llamado para que te recogiese? No me hace gracia que vayas sola en el coche de un desconocido. ¿Había bebido? Porque si fuese así, podríais haber tenido un accidente y no me lo quiero ni imaginar. —Kike parecía agobiado y quise calmarlo.

—¡Tranquilo! Es el que menos había bebido. Y ha venido despacito, despacito. Como si fuese un abuelo de los que coge el coche solo los domingos. Además, en la cena hemos descartado que fuese un acosador mío o un perturbado. Este chico, ¿cómo se llamaba? Bueno, no me acuerdo, pero otro que ha venido que sí que conocía Dani desde hace varios días, dice que es amigo suyo. Así que tranquilo —le dije según me iba poniendo el pijama, desmaquillando mi cara, aplicándome mi crema *antiaging* y dudando de si mi explicación estaba mejorando o empeorando la situación.

Kike me miraba con los ojos como platos.

—Bueno, muy tranquilo no me quedo. Pero dado que estás en casa sana y salva, vamos a descansar y mañana hablamos con más calma.

Y eso hicimos. Nos metimos los dos en la cama, nos abrazamos como los dos osos amorosos que éramos y nos dormimos al instante.

Al día siguiente dormimos hasta tarde, sobre todo yo. Kike se despertó sin hacer ruido, se duchó y bajó a comprar el desayuno. Al ver que eran las once y que yo seguía durmiendo a pierna suelta, vino a despertarme.

Abrí un ojo y ahí estaba él, embriagándome con ese perfume y ese olor tan especial y característico suyo, y anunciándome que una bandeja de cruasanes, ensaimadas, bollos y una taza de café me estaban esperando en la cocina. Hablando totalmente en serio, algo muy bueno debía haber hecho yo en otra vida, porque este hombre era una bendición. A ver, que yo me lo merecía. Lo había conquistado con mis dos ovarios, que debían de ser gordísimos, lo cual me iría muy bien para cuando quisiese concebir, o igual no, porque no tengo ni idea de si lo de tener los ovarios grandes hace que tengas los óvulos grandes y fértiles o no va así la cosa. Ni siquiera sé si los tengo grandes, es una forma de hablar. Centrando el tema, que yo tenía suerte con él, pero él también conmigo. Empate técnico.

Estaba ojeando internet e iba a proceder a meterme un bollo, con su azúcar por encima, en la boca, y me frené en seco. Resulta que ayer había hecho un bolo en la discoteca y no me había enterado. Salía la noticia en la página web de una cadena de televisión local. Ahí se explicaba que yo había ido a la discoteca a hacer un bolo, vamos, a dejarme ver, y se comentaba que había cobrado una importante cantidad de dinero por ello.

—¡Pero qué bolo ni qué niño muerto! —Odiaba profundamente esa expresión tan horrorosa, pero se la había oído decir tanto a mi madre que me salía sola cuando me brotaba la indignación.

Kike me miró desconcertado.

—¿Qué te pasa, preciosa? —me preguntó con cariño mientras dejaba su vaso de zumo en la mesa.

—Esto es lo que pasa —le contesté gritando, y le mostré el móvil. No quería ocultarle nada. Esta relación se iba a consolidar bajo la sinceridad más absoluta. Te guste más o menos, ahí lo tienes, Kike—. Pues que se ve que he estado haciendo bolos de esos y yo sin enterarme.

—¿De qué va todo esto? —me preguntó mirando la pantalla— ¿Te pagaron esa barbaridad por ir a esa fiesta en la discoteca? —Kike me observaba alucinado porque él nunca se habría prestado a que le pagasen por ir a una discoteca. Él era un actor serio y muy bien considerado y cobrar por eso era algo más típico de «famosillos» que, según Kike, desprestigiaban el trabajo de la gente famosa al acceder a meterse en esos tinglados. Y yo no quería, bajo ningún concepto, que Kike pensara que era de esas famosillas oportunistas. Bastante me había costado que respetase mi trabajo como bloguera.

—¡Qué va! ¡Ni hablar! Yo no hice ningún bolo. Ni siquiera sé lo que se hace en un bolo. ¿Te hacen un pasillito y saludas a la gente como si fueses la reina de España? ¿Tienes que bailar? ¿Se ponen en cola y te tienes que hacer fotos con los fans como si estuvieses en un parque de atracciones y fueras *Mickey Mouse*? ¡No tengo ni idea!

—¿Y por qué han publicado eso? Parece como si el periodista estuviese seguro de que se te había pagado semejante barbaridad de dinero.

—¡No tengo ni idea, Kike! Voy a llamar a Daniela, porque como se hayan embolsado ella o sus amigos nuevos el dinero, esto será el fin definitivo de nuestra amistad.

A los pocos segundos me encontraba con el móvil en la mano y el teléfono de Daniela marcado y dando tono, cuando llamaron a la puerta.

Colgué enseguida porque era ella.

Entró risueña y la abordé al instante.

—¡No habrás sido capaz! —le increpé, seria. Ella me miró fijamente. Parecía extrañada, como si no supiese de qué iba la cosa…

—¿A qué te refieres? Te juro que no pasó nada con Jorge. No me interesa en absoluto.

—No te estoy hablando de Jorge. Aunque me alegro, la verdad. —Le dije que me alegraba porque, aunque el tema que me afectaba era muy importante, por una vez Daniela me había hecho caso en uno de mis consejos y el refuerzo positivo es muy importante, tanto en los niños como en las Danielas. Bueno, no en todas, más bien solo en la mía. Al menos que yo supiese.

—Pues, ¿de qué hablas? Da igual, olvídate. He venido para que hablemos de Daniel. Quería saber qué te había parecido, porque creo que esta vez me he enamorado. Y fíjate que, con lo lanzada que soy, no le dije nada ayer, porque es que con él quiero ir despacio. Quiero hacer las cosas de otra manera y tú eres la mayor experta en el amor que conozco. ¡Te admiro tanto! Y no es peloteo, te lo juro.

—Déjate de historias y saca la pasta ahora mismo, que la vamos a devolver a la discoteca y vas a confesar ya lo que has hecho —le dije empujándola hacia la puerta como si de verdad nos fuésemos a ir a algún sitio, yo ataviada con pijama y zapatillas, de lo más glamurosa.

—¿A qué pasta te refieres, loca?, ¿qué dices?

Kike se acercó al oír nuestro griterío y trató de poner orden.

—Chicas, tranquilas. Hablad civilizadamente.

—Es que tu novia está acusándome de cosas. Mira qué cara de odio me pone. Aunque aún no he descubierto de qué. Pero, por cómo le tiembla el labio, debe de ser gravísimo. Estoy acojonadita perdida.

—Daniela, di la verdad —le dijo Kike, serio—. ¿Has cobrado tú ese dinero del supuesto bolo de ayer? Ha salido en internet que Bea cobró por ir anoche a la discoteca y es mentira. ¿Habéis sido tú o tus amigos?

—¡Madre mía! ¡Estáis flipando! Una la caga una vez y cada vez que pase algo ya es la culpable de todo.

¿Habéis oído hablar de la presunción de inocencia? Es final de mes y estoy sin un duro, pero ya aprendí la lección el año pasado y nunca volvería a traicionar a mi mejor amiga.

—Bueno, ¿y entonces?, ¿qué ha podido pasar? ¿Por qué aseguran que he cobrado tanto dinero? —le pregunté, suavizando el tono.

—Pues, ni idea. Pero ahora mismo me voy a enterar, y como haya sido alguno de los chicos, lo mato. Bueno, no lo mato, lo torturo primero. Le corto la lengua, la pilila, los gemelos que se esconden detrás de la pilila y todo lo que cuelgue de su cuerpo.

Daniela estaba tan enfadada que fue descartada enseguida de la lista de sospechosos de la traición. Hizo un par de llamadas y, mientras, yo me fui duchando y arreglando, porque tenía que ir a comer con Kike y Carmen.

La oí hablar con Daniel y me supo mal que fuese a espantar así al pobre chico. Estaba gritándole como una descosida por haber traído a Miguel a la cena. Y es que ella pensaba que el tal Miguel no era trigo limpio. Desconfiaba del tenista porque había sido él el que nos había metido en la discoteca tirando de contactos. Ella pensaba que igual Miguel nos había metido gratis para cobrar el dinero de mi supuesto bolo.

—Miguel es un timador, ¿me oyes? En menudo lío nos ha metido y toda la culpa la tienes tú por haberlo traído. —Me hizo recordar lo que hace unos minutos había dicho ella acerca de la presunción de inocencia. Daniela también se la había pasado por el forro. Se estaba despachando a gusto con el amor de su vida. Daniel le dijo que no era verdad y que Miguel no había cobrado nada, que se lo había inventado todo el periodista. Vi a Daniela tan enfadada que le pedí por gestos que colgase ya, porque si

Miguel no había hecho nada, sus posibilidades de tener una relación con Daniel se habrían desvanecido. El chico había conocido a la bestia que habita en el interior de mi amiga. Una villana peor que las más malas de *Disney* y que no podía ponerle freno a su lengua viperina cuando se enfadaba.

—En estas cosas, preciosa, lo mejor es no hacer ni caso —me dijo Kike mientras se sentaba en la cama esperando a que terminase de arreglarme—. Si sales hablando ante los medios o desmintiendo algo, aún es peor, tú ni caso. Que digan lo que quieran. Ya se cansarán de inventar.

¡Qué bonito y conciliador era mi chico! ¡Qué bien me venía alguien calmado que viera las cosas con perspectiva y supiera apaciguar mis impulsos!

Después me giré y vi a Daniela apoyada en el marco de la puerta con el cuchillo jamonero en la mano. Por poco me da un infarto.

—Te aseguro, Bea, que no tendrá ciudad para correr el que te haya traicionado. No habrá escondite posible para él. Le encontraré e impartiré justicia. Puedes estar tranquila. —Me pareció que Kike la miraba un poco asustado. Últimamente juntaba demasiado a Kike con Daniela, y ellos dos no podían ser más distintos. Me daba miedo que algún día sus diferencias pudiesen suponer un problema o me llegasen a colocar entre la espada y la pared, pero, por ahora, estaba sabiendo mantener a cada uno en su sitio.

—¿Que esté tranquila? Dame ese cuchillo, pero ya. Mira qué cara tiene Kike, que él no está acostumbrado a tu…

—¿A mi qué? —me interrumpió Daniela—. ¿A qué no está acostumbrado?

—A tu particular, impulsiva y explosiva forma de ser… —Daniela me miró suspicaz, pero no dijo nada. La conocía y sabía que lo de explosiva le había encantado, aunque prefería hacerse la indignada. Le quité el cuchillo y la acompañé a la puerta.

—Nos tenemos que ir, Dani, que hemos quedado a comer con Carmen. Ya hablamos y me cuentas. Intenta hablar con Daniel, que le habrás dado un buen susto chillándole de esa forma tan agresiva.

—Ya, yo que quería algo serio con él, pero, seguro que te va a parecer una chorrada, ya lo sé: ¿tú crees que un chico que se llama Daniel y una chica que se llama Daniela pueden tener algo serio? Es raro, ¿no? No es que esté pensando ya en casarme, pero va, ¿te imaginas? «Tú, Daniel, aceptas a Daniela como tu legítima esposa y prometes acoger amorosamente los Danielos… digo, ¡los hijos!» Si es que es normal que se haga un lío el cura. ¡No le culpo!

Me reí imaginando la misa. Si se casaban por la Iglesia, en esa parte me iba a entrar la risa, fijo. Pero vamos, que tenía claro que no se iban a casar. Ni por la Iglesia, ni por el juzgado, ni por el rito zulú. A catorce de mayo que estábamos, si llegaban a salir juntos y con las predicciones más optimistas posibles, las uvas seguro que se las iban a tomar cada uno en su casa. Cada Danielo a su olivo. Me reí pensando en la cantidad de refranes que conozco y recordé que Daniela seguía ahí mirándome y esperando contestación, así que le respondí alucinada:

—¡Y lo dirás en serio y todo! Te preocupa cada tontería… —Lo pensaba seriamente. Con la de impedimentos y problemas que pueden tener las parejas, que sus nombres sean iguales en su versión masculina y femenina, a mí me parece una soberana idiotez.

—Bueno, bueno. No hace falta ponerse así, que a cada uno nos preocupa lo que nos preocupa. Nos llamaríais «los Danielos», seguro.

—Hombre, eso casi seguro. Venga, vete, que tengo prisa. Ya hablamos.

Cogí mi bolso y me pinté los labios frente al espejo del recibidor. Ya estaba lista para salir. Kike también estaba preparado. Nos marchamos y nos subimos a mi coche. Conduje hasta el restaurante donde habíamos quedado con Carmen y aparqué justo en la puerta. Desde hace tiempo llevábamos siempre, al salir a la calle, el *look* de famoso, como dice Dani. Casi nunca nos quitábamos las gafas de sol y, si el tiempo acompañaba, llevábamos sombreros o gorras en la cabeza. Parece una tontería, pero pasábamos mucho más desapercibidos de esta forma. Dicen que los ojos son el espejo del alma, pues además son delatores de famosos. Y nosotros solo queríamos un poquito de tranquilidad.

Entramos en el restaurante y el camarero nos guio hasta una mesa bastante apartada donde encontramos a Carmen. ¡Estaba estupenda!, ¡guapísima!, ¡preciosa! Llevaba un vestido corto color burdeos muy mono, con unas bailarinas y una chaqueta gris. Tenía el pelo suelto y se lo había ondulado. Y lucía la grandísima sonrisa que le acompañaba siempre. Corrí a abrazarla y ella vino también directa hacia mí.

—¡Hola, hermanita! —me saludó emocionada, pero enseguida añadió agobiada—: No me aprietes tanto, que no puedo respirar.

—Perdón, es que me alegro tanto de verte. ¡Estás tan guapa!

Su pelo, que había dejado mucho más largo que la última vez que nos vimos, olía a melocotón y me rozó la mejilla cuando se acercó a darle un abrazo gigante a su hermano.

—¡Tú también estás muy guapa! —me contestó con una sonrisa gigante dibujada en la cara.

Supuse que ella también me estaría viendo distinta. En los últimos meses había cambiado mucho de *look*. Había cortado mi larga y uniforme cabellera castaña y ahora llevaba una melena desenfadada y despuntada, con el pelo mucho más oscuro por arriba que por abajo, que lucía casi rubio. Había ignorado totalmente las advertencias de mis familiares que me decían que, ante tanto cambio brusco de peinado, se me iba a caer el pelo a tiras. Así de apocalípticas eran sus amenazas. Pero nada me frenó, porque yo era una *influencer* y el pelo me brotaba precioso y nutrido, de la raíz a las puntas.

Además, ahora vestía muy moderna. Pensé que le habría sorprendido también mi ropa, un poco psicodélica. Pero ella no se había fijado en mi pelo ni en mi ropa, solo se había fijado en una cosa.

—¡Estás guapísima porque brillan de felicidad tus ojos color miel!

¡Ay, madre! Con eso me desarmó. La habría estrujado tan fuerte como a un oso de peluche tamaño humano. El típico oso que te regalan, te haces un par de fotos con él y luego ya lo quieres tirar por la ventana. Al oso, claro, a Carmen no. Carmen es la mejor.

—Y mi hermano, ¿qué? Kike, estás cada día más guapo. Tus ojos, tu sonrisa —le dijo mirándole emocionada—. ¡Estás radiante!, ¡también, más gordo!

Los tres nos echamos a reír. Carmen seguía tan sincera como siempre.

—Eso es el amor —le contestó Kike, cogiéndome la mano. Y, en ese momento, casi se me despegan los pies del suelo y empiezo a flotar hacia el techo como un globo repletito de helio.

—Bueno, pues me alegro mucho. Yo también os quiero presentar a alguien —nos dijo Carmen, decidida. Sin darnos mucho tiempo para procesarlo, se giró hacia atrás y señaló a un chico, que también tenía síndrome de Down, que salía del baño y se acercaba sonriente hacia nosotros. Era moreno, llevaba perilla y una minicresta en la cabeza. Vestía pantalón vaquero y una sudadera. Se colocó junto a Carmen, le cogió la mano y la besó en los labios con bastante ímpetu. Ella le correspondió sin ningún pudor. Se estaban dando el lote a base de bien, sin cortarse lo más mínimo por nuestra presencia. Me giré hacia Kike; parecía descompuesto. Estaba poniéndose rojo como un tomate y me miraba alucinado sin saber bien cómo debía reaccionar. Yo le miré divertidísima, porque me estaba pareciendo un momento de lo más genial. Hacer las cosas como si no te mirase nadie debía ser la bomba. En ese aspecto, los envidié. Me acerqué a Kike y le hice gestos indicándole que nosotros nos podíamos unir también a esa demostración de amor improvisada y sin tapujos, pero él no estaba para gracias en ese momento. Era la primera vez que veía a su inocente hermanita disfrutando de los placeres de la carne y se sentía violento. Yo tampoco sabía cómo parar con disimulo tal demostración de amor, que a mí no me disgustaba en absoluto, pero, tras varios minutos observando la escena, me preocupaba bastante que no fuesen a parar en ningún momento. Parece que hambre no les iba a entrar porque ya se estaban comiendo el plato principal y el postre.

Cuando vi que la mano del chaval de la cresta bajaba hacia el muslo de Carmen, hablé en voz alta, bueno, prácticamente chillé para que me escuchasen y se vieran obligados a responderme y de esa forma separar sus labios:

—Carmen, cuéntanos, ¿cómo se llama tu amigo?

—No es mi amigo, es mi novio y se llama Borja —me contestó, cuando por fin los labios de ambos se separaron.

—Qué noticia tan repentina —contestó Kike, que seguía cortado y no sabía qué decir.

A mí me entró la risa. «Qué noticia tan repentina, queridos telespectadores». Me dio la sensación de que Kike parecía más un presentador de informativos que el hermano de Carmen. Tengo que reconocer que si él presentase las noticias de la noche, no me las perdería jamás. Últimamente prefería mirar en internet lo que pasaba en el mundo, porque los informativos me ponían muy mal cuerpo. Pero la cosa cambiaría si Kike me mirase con sus preciosos ojos verdes cada noche a través de la pantalla. Porque solo me miraría a mí, no os hagáis ilusiones.

Volví de mi ensoñación cuando Carmen dijo:

—Bueno, ¿aquí se come hoy o qué? ¡Tengo hambre!

—Sí, pero espera que saludemos a tu chico —le contesté guiñándole un ojo para demostrarle que estaba tan emocionada con su amor como ella. Igual incluso más, porque yo me pirraba con las historias de amor. A veces demasiado, me gustaba imaginar a la gente feliz en sus casitas con sus cositas de pareja. Si pudiese, a más de una pareja conocida la espiaría a través de un agujerito. Y Carmen y Borja me parecían tan monos que: Ayyyy, el amor.

La verdad es que tengo que decir que Carmen había tenido suerte conmigo y yo con ella. Yo no era una de esas cuñadas *roba-hermanos*, de las que se casan y apartan a los maridos de su familia y los ponen entre la espada y la pared. Que está fatal, sí, sí, pero haberlas, haylas. Y ella tampoco era de las cuñadas celosonas, de las que piensan que su hermano se merece algo mejor y se alían con su madre para hacerte la vida lo menos llevadera posible. Que está fatal, sí, sí, pero haberlas, haylas. Aunque Carmen hace tiempo que no tenía mamá y yo por desgracia no iba a tener suegra. Y digo por desgracia porque estoy convencida de que, con los dos hijos maravillosos que educó mi suegra, ella seguro que era otro bombón de ser humano. Y lo digo con el convencimiento más absoluto.

Me acerqué a darle un beso a Borja y Kike me siguió, supongo que debatiéndose entre darle la mano o arrearle una buena paliza por semejante descaro. Y es que Kike no llegaba a interiorizar que su hermana era una jovencita mayor de edad y que los primeros amores tenían que llegar. Para él siempre sería su pequeña.

Bastante le había costado asimilar que su hermanita con síndrome de Down había conseguido ganarse el corazón de miles de personas y montar su propia línea de ropa. Que la seguían en sus redes sociales y que nadie se metía con ella, se burlaba o la desprestigiaba, como había temido él. Más bien al contrario, la querían, la admiraban y la valoraban un montón. Kike aún no se lo acababa de creer y se mostraba un poco receloso con el tema, pero, cada día que pasaba y veía cómo se desenvolvía Carmen, estaba más tranquilo y feliz. Para resumir la situación, digamos que, durante toda la vida y con su mejor intención, Kike le había puesto a su hermana un montón de barreras protectoras que ella se había cargado el último año. Había saltado por encima de ellas como si fuera una atleta olímpica y había volado tan alto que era difícil pararla. Y si Kike no había sido capaz de disuadirle de su idea de ser diseñadora de ropa, tampoco lo iba a conseguir si pretendía intentar que Carmen se tomase con más calma lo de su amorío. Así que sería mejor que se fuese haciendo a la idea de que Borja, si ellos dos así lo querían, había llegado para quedarse.

—Bueno, ¿y cuánto tiempo lleváis juntos? —les preguntó Kike, tratando de interesarse y ser majete, cuando por fin tomamos asiento.

—Pues llevamos ya dos semanas —dijo Borja mirando a Carmen con ojos de hombre profundamente enamorado. O así lo visualicé yo, pero Kike me pegó una patadita por debajo de la mesa para llamar mi atención y su cara era un poema:

«¿Dos semanas? Venga, hombre, si mi último constipado me duró más». Si tuviese que traducir su mirada en palabras, serían esas sin lugar a dudas. Así que me acerqué y le susurré: «Recuerda que a nosotros nos bastó una noche para enamorarnos». Él se limitó a mirarme sin decir nada y en su mirada vi que apreciaba mi romántico gesto, pero no lo pensaba extrapolar al noviazgo de su hermana. Lo estaba viendo desde el punto de vista de un hermano mayor sobreprotector y no como el de un joven que ha encontrado un cuñado con el que tomar alguna cerveza, ver el fútbol y meterse con esos jugadores que para lo que ganan ya podrían menear sus nalgas un poco más rápido. No en plan como si fuesen unos cubanos bailando salsa, sino en plan corredores etíopes cuyas nalgas y piernas no corren, vuelan. A eso me refería. Pero ahora que lo pensaba, Kike pasaba bastante del fútbol. Tendrían que buscar otra cosa para hacer juntos, en plan cuñados-colegas. Jugar al tenis, a algún juego de mesa, ir al cine o cualquier plan que le interesase a Borja, al que por ahora no conocíamos de nada. O igual ni siquiera se llevaban bien, pero si trataba bien a su hermana y ella era feliz, eso tendría que bastarle.

Se había producido un silencio incómodo y yo iba a decir lo típico de: «Parece que ha pasado un ángel», cuando Borja añadió:

— Pero para mí es como si conociese a Carmen de mucho antes.

—Ah, pues eso está genial —le dije contenta, porque me pareció muy mono. Luego le diría a Kike que no tenía que preocuparse en absoluto. Me había dado cuenta de que Borja era un gran chico. Yo tenía un talento especial para detectar esas cosas. Era un don—. ¿Puedo preguntar cómo os conocisteis?

—Sí, pero bueno, tantas preguntas… ya está bien, ¿no? —me contestó Carmen con tono aburrido—. Es que tengo hambre y no viene el camarero y no paráis de preguntar cosas.

—Perdón, perdón —me disculpé. Sabía que Carmen era bastante comedora y cuando tenía hambre se ponía nerviosa.

—Nos conocimos por un amigo de los dos. Pensó que nos caeríamos bien. Es mi amigo y va a ser cocinero como yo. Vamos a montar un restaurante, ¿sabes? —me contó Borja, ilusionado.

—¡Vaya!, ¡qué genial! A Carmen le vendrá muy bien que sepas cocinar. Con lo que le gusta comer, va a disfrutar un montón.

Lo dije sin pensar y me arrepentí al instante porque vi que Carmen se enfurruñaba por mi comentario. ¡Qué rabia me dio decir eso! Me recordó a mi madre, que siempre me dejaba fatal con sus comentarios tan poco apropiados:

—Pobre, es que está avergonzada porque mira qué granos le han salido en la cara.

Valeee, ¿y que lo pregones a todo el mundo, me ayuda en algo? Ellos ya ven mis granos, todo el mundo los ve, no hace falta que tú les digas nada. Eso se lo decía a sus amigas, a la dependienta de la tienda de turno o a quién se le pusiese por delante. Fuego a discreción.

Y yo con las hormonas, con mis granos y con la piel seca y escamosa que me producía el medicamento que me recetó el dermatólogo, que no sé si era peor el remedio o la enfermedad.

Pues eso he hecho yo con Carmen y encima delante de su primer noviete. Retiro lo de noviete, también me daba mucha rabia que mis padres dijesen «Es el noviete».

Aunque era complicado, intenté arreglarlo:

—Me refiero a que ella aprecia la buena cocina y va a ser tu mejor crítica gastronómica. —Carmen sonrió. Había conseguido salir airosa de la situación, pero entonces sucedió algo muy extraño. Bueno, más que extraño, poco apropiado. Fue una cosa que dijo Kike y, el hecho de que fuese tan poco apropiado, fue tremendamente desconcertante. Kike no era inapropiado jamás, pero lo fue y de qué manera.

—Bueno, recordad que, si realizáis el acto amoroso, debéis tomar precauciones.

¡¿*What*?! ¡¿Perdona?! Casi me caigo de la silla. ¿Eso a santo de qué se lo dice en la comida cuando acaba de conocer al chico de Carmen? ¿El acto amoroso? ¡Pero de qué película de los años 50 había sacado esa frase! Yo estaba flipando en colores.

La reacción de los aludidos no se hizo esperar:

Carmen miró hacia el mantel avergonzada y Borja se quedó mirando a Kike perplejo. Después se echó a reír. Kike me miró sorprendido, intentando averiguar si yo entendía lo que podía estar provocando sus risas, pero la verdad es que yo no tenía ni idea.

—Tu hermano se está quedando con nosotros, Carmen. ¿Cómo nos va a decir eso en serio? Choca la mano, tío, que eres muy gracioso. —Borja se levantó y chocó la mano inerte de Kike como pudo. Es que Kike no movió su mano para chocar, por eso digo que su mano estaba inerte. A Borja no le importó tal inactividad y volvió a su sitio sonriendo divertido. Kike puso una sonrisa forzada.

—Estaba bromeando —les dijo.

Bromeando dice, ¡ni de coña! Aquí el hermano que se cree padre había tenido cero tacto. Seguramente le preocupaba tanto lo del «acto amoroso» que no se había podido esperar a estar a solas con Carmen y hablarlo con calma, que por otra parte habría sido lo suyo. Pero bueno, a ver si lo dejábamos como broma e intentábamos olvidarlo.

Kike quiso cambiar de tema y recordó algo que había sucedido mientras yo me estaba duchando:

—Bueno, no os lo vais a creer. Ahora sí que os vais a reír un rato —nos contó, y nosotros le miramos atentos—. Un canal de televisión nos ha ofrecido a Bea y a mí entrar en un *reality show* de parejas famosas. ¿Os imagináis qué locura? ¡Jamás me prestaría a semejante disparate!

—No me habías dicho nada, Kike —le respondí, extrañada.

—Me ha parecido una idea tan tonta que ni me lo he planteado. —Asentí y sonreí a Kike, aunque la verdad es que a mí no me parecía una propuesta tan ridícula. Carmen se emocionó, porque es una fan, tremendamente fan, de los *realitys*. En ese momento me pareció que todo quedaría en una divertida anécdota.

Lo que ni Kike ni yo podíamos imaginar es que cuatro meses después, y a la misma hora, estaríamos a punto de comer carne con patatas, justo lo que íbamos a comer hoy, en el nuevo programa de telerrealidad: 2+2 son Vip.

4
A LLORAR, A LA LLORERÍA

Cuatro meses después…
14 de septiembre

Estábamos a punto de empezar a comer, me apeteció un poco de kétchup con la carne y, al abrir el frigorífico, recordé que no teníamos porque habíamos perdido la prueba semanal y Marisa se había pedido tinte para el pelo dejando bajo mínimos el presupuesto para comida de todo el grupo.

—Si alguien se piensa que yo voy a dejar que se me vean mis primeras canas en esta casa, va listo.

—Marisa, estamos en una convivencia. Debemos amoldarnos todos y pedir solo lo imprescindible, algo que sea necesario para el grupo —le dije calmada, intentando dialogar.

—Habla, chucho, que no te escucho —me contestó la tertuliana de Sobreviviré Pomelo entre risas, y luego añadió, chillando—: Quiero mi tinte, pedorra, así que no me vengas con tanta palabrería.

Yo no daba crédito. ¡Qué señora más odiosa!

—¡Pero si llevas menos de dos semanas aquí! —le grité enfadada cuando apuntó el tinte en la lista de la compra—. ¡Y tu pelo es de color blanco! Además, ¿quién se tiñe el pelo todas las semanas?

—Lo necesito por si dentro de algunas semanas no podemos comprar. Me gusta llevar este pelo rubio platino, no el pelo blanco amarillento feo de las canas. Y además, a mí me crece mucho el pelo, pero vamos, que no te tengo que dar ninguna explicación: o me pedís el tinte o boicoteo todas las pruebas de aquí en adelante y así hacemos dieta las semanas que nos quedan, que a mí no me vendría nada mal. ¿Os apetece? —preguntó desafiante la tertuliana. Le pedimos su dichoso tinte, yo no sé aún el porqué, mientras me preguntaba cómo era posible que esta mujer siguiese en la casa, cuando habían echado en la primera semana a Paula y a Jaime, que eran majos de la leche, aunque un poco sosetes para lo que el programa requería. Paula era una presentadora muy simpática de un programa matinal de televisión y Jaime, su novio, un cámara de la cadena donde se emitía el *reality*, cuyas intervenciones televisivas no habían ido más allá de un saludito esporádico cuando se cambiaban las tornas y el que siempre estaba detrás de las cámaras se ponía frente a ellas. Al entrar en 2+2 son Vip, el primer día se mostró un poco tímido, pero enseguida se adaptó y se comportó con normalidad.

Desde el primer minuto pudimos observar que eran una pareja muy maja. Eran los más parecidos a nosotros y con ellos seguramente habríamos podido mantener una buena amistad. Pero nos había durado poco el colegueo y la convivencia. Hacía un par de días, el Game Master, como llamábamos aquí a la voz que nos hablaba por los altavoces que había por toda la casa donde estábamos atrapados voluntariamente desde hacía diez días, nos hizo reunirnos a todos en el salón y conectó en directo con el plató de 2+2 son Vip. Apareció ante nuestra televisión la imagen de la espectacular presentadora María, con un traje corto y plateado que a cualquier mortal le habría hecho parecer un astronauta o un sándwich de mortadela envuelto en papel de albal, pero que a ella la convertía en lo más similar a un ser del futuro que había mejorado con creces la raza humana. Su peinado también estaba a la altura de su raza superior. Llevaba la raya al lado y su gran mata de pelo estaba recogida en un moño alto con gomina a tutiplén. Tenía la piel morena y unos grandes ojos marrones muy vivarachos. Estaba de pie, apoyada sobre un atril y sonreía con un sobre en la mano. María era maja o, al menos, lo parecía. Claro que solo la habíamos conocido por las entrevistas iniciales que nos hizo el primer día. Luego nos habían metido en la casa y solo hablaríamos con ella los días en los que se emitiría la gala.

Lo que pasó aquella primera gala fue un golpe de realidad para mí.

12 de septiembre: Primera gala de expulsión

—La audiencia de 2+2 son Vip ha decidido que debe abandonar la casa la pareja formada por… —María abrió con tranquilidad el sobre e hizo cara de sorpresa al ver los nombres que figuraban en él. Seguro que ya los sabía con antelación pero disimulaba de categoría. Al final pronunció en voz alta y clara: «JAIME Y PAULA», e hizo una cara de sufrimiento digna de la madre abatida de cualquiera de los dos protagonistas. Ellos se abrazaron y procedieron a despedirse de todos y cada uno de los que allí nos quedábamos. Hubo sollozos, llantos y abrazos muy fuertes, de esos que no le das ni a tu madre ni a tu padre, pero sí a una pareja que has conocido hace unos días y cuya marcha esta noche te está desgarrando el corazón.

La sensación me recordó a los campamentos del colegio, cuando volvía a casa después de diez días fuera y me tiraba tres o cuatro noches llorando porque no iba a poder soportar echar tanto de menos a mis amigos. Así me sentía: «Paulita, ¿qué voy a hacer sin tus consejos, sin nuestras charlas interminables a las doce de la noche, sin nuestras escapadas nocturnas a la nevera a robar un poco de fuet y devorarlo en un segundo para que no se enterasen nuestros compañeros?» Sí, efectivamente, llevábamos muy poco tiempo dentro de la casa y ya habíamos comido alguna cosita a escondidas de los demás. Pero es que es una experiencia que une muchísimo y que cuando te la proponen es imposible de rechazar. «¿Cogemos una puntita del fuet que no se va a enterar nadie? ¡Pues claro, amiga!» ¡Por eso estoy así de destrozada! ¡Porque me han quitado a una verdadera amiga! Público español, ¿qué habéis hecho? ¿Qué os ha hecho esta dulce chica para que la echéis así, sin ningún miramiento?

Y qué decir de Jaime. Un gran tipo. Un tío llano y sin doble cara. Eso creo, me parece que no tenía maldad. Y digo «me parece» porque no quiero quedar de tonta del bote que no se entera de nada y, cuando salga de la casa, me enchufen los vídeos de la peñita siendo más mala que un *pecao* y yo aquí como Heidi, diciendo: «María, pero ¡qué buenos son todos!, ¡qué cariño les tengo!» Y empujándoles la silla de ruedas como a Clarita, si es que alguno fuese en silla de ruedas, que no es el caso. Me refiero a cuidando de ellos con todo mi amor mientras ellos me están rajando a muerte. Pero creo que Jaime, no. Marisa, puede que sí. Más bien, seguro que sí. Esa seguro que se despachaba a gusto en el confesionario. ¡Cuánta maldad cabía en un cuerpo tan pequeño!

Bueno, pues tras la amarga despedida de mis mejores amigos semanales, el Game Master les hizo abandonar la casa. Ellos salieron de la mano y nos quedamos diciéndoles adiós y suerte, hasta que las puertas se cerraron y ellos desaparecieron.

Martina y Javi respiraron profundamente, se abrazaron y se dieron un beso. Se habían quitado un peso de encima. Ellos eran la otra pareja nominada, pero habían logrado quedarse. Estaban muy contentos. Yo, no tanto.

Miré a Kike para ver si los miraba, pero no parecía prestarles demasiada atención. Me alegró comprobarlo. Martina se dirigió hacia todos nosotros y nos abrazó uno a uno. Cuando llegó a Kike, lo miró fijamente y corrió a sus brazos. Sentí unas ganas inmensas de llorar y de correr a encerrarme en la habitación como si tuviese quince años y el chico que me gusta estuviese tonteando con otra chica. Pero Kike no tonteaba con ella. Él era cordial y educado. Él nunca le haría un feo a una mujer y menos a ella, porque la respetaba. Porque habían tenido una relación en el pasado y la había querido muchísimo. Sí, era ella. Martina. Martina había sido aquel gran amor que le rompió el corazón y yo me había enterado dentro de la casa cuando ya no había vuelta atrás. Entramos en el programa sin conocer quiénes iban a ser nuestros compañeros y nos habíamos llevado algunas sorpresas, pero la más grande fue esta. Los ocurrentes directivos del programa habían querido meterla aquí con nosotros dos. A ella. A la más guapa de las modelos españolas. A la chica que yo admiraba tanto antes de entrar en 2+2 son Vip porque me parecía guapísima, majísima y estupendísima. No digo más «ísimas» para no aburriros. Y la cuestión es que me lo seguía pareciendo. Podríamos haber sido grandes amigas si yo no la viese como al enemigo en tiempos de guerra. Un enemigo dulce y atento, un enemigo en el que te dan ganas de confiar pero que tu instinto te dice que te andes con ojo. Por eso yo permanecía alerta y me ponía a temblar cada vez que se acercaba a mi chico, por si él recordaba lo feliz que había sido con ella y me dejaba por culpa de un programa en el que habíamos entrado solamente por mí. Por mi insistencia y mi cabezonería. Y encima no sabía por qué Kike y Martina habían roto en el pasado. Kike me prometió que me lo contaría, pero no quería hacerlo dentro de la casa. No quería que llegase a todas las casas españolas, en forma de cotilleo, lo que para él fue una ruptura muy dolorosa. Y yo lo respeté. Aunque me moría de ganas de saberlo, de saber si estaban destinados al fracaso por alguna barrera insalvable. Quizá ella le había sido infiel en repetidas ocasiones, quizá todos los fines de semana y algunos días entre semana. ¡Qué tonta fue! Normal que Kike la dejase. Bueno, o igual no fue por eso. Igual la chica era ludópata, frecuentaba con demasiada asiduidad el bingo y las tragaperras, y estaba arruinando la relación en todos los sentidos de la palabra.

Igual la barrera no era tan insalvable, le salió un trabajo y no quisieron continuar en una relación a distancia. Pero por fin había vuelto decidida a conquistar a mi hombre, porque ya no tenía previsto irse a ningún sitio.

Igual había contraído alguna enfermedad en el pasado y quiso alejar a Kike para que no sufriese, un acto muy altruista que no suponía para nada una barrera insalvable en el momento presente, ya que ahora mismo se encontraba más sana que una manzana.

Yo me montaba mis películas a todas horas en la casa y llegué a la conclusión de que debió de ser ella quién dejó a Kike, porque la única información que tenía sobre ese tema era que mi chico acabó con el corazón destrozado.

—Martina se ha fundido en un hermoso abrazo con Kike para celebrar que ella y Javi se quedan en la casa. —Escuché decir a María desde el plató.

—¿No sería más lógico que el gran abrazo se lo diese a Javi? Al fin y al cabo es su pareja —intervino Charly, el tertuliano de Sobreviviré Pomelo que también participaba comentando en las galas.

La presentadora no contestó y a mí se me llevaron los demonios. ¡Pues sí! Sería lo lógico, que se fundiera en un abrazo con su chico. Vamos, digo yo. En ese instante, Kike, que también había oído la pregunta de Charly, se desembarazó del abrazo de Martina, vino a mi lado y me cogió de la mano.

Bueno, bueno, bueno. Me faltó subirme al sofá y gritar: «¡Chúpate esa, mosquita muerta! ¡A llorar, a la llorería!» Siempre me ha encantado esa expresión que no sé bien qué significa, pero la interpreto como: Martina, vete a abrazar al sitio donde debes ir a abrazar. Y los brazos de Kike no son ese lugar.

Pero mi satisfacción, aunque fue muy intensa, duró muy poco, porque entonces María dijo:

—Bueno, no está nada mal que estos dos chicos se abracen ya que a partir de esta noche van a compartir algo más que un abrazo. —Mi cara era un poema. ¿Pero qué decía esa mujer? La empecé a ver como un alienígena cruel con el traje futurista destilando maldad por todas sus costuras. Ella continuó hablando porque mi oleada de odio no le afectaba en absoluto—. Debido a que Martina y Kike fueron las dos personas que mejor puntuación sacaron en la pasada prueba semanal, a partir de ahora y hasta la siguiente gala, vivirán solos en la maxicasa.

»¿Y qué será de todos los demás participantes? —preguntó al aire, sin esperar respuesta, en plan interrogación retórica—. Pues todos los demás vivirán juntos en la minicasa.

Ahí, sí que creí que me desmayaba. Miré a Kike y parecía igual de agobiado que yo.

—¿Cómo que la minicasa? ¿No te referirás a la caseta esa diminuta que tenemos en el jardín? —pregunté a la María sonriente del plató, que asintió con tranquilidad—. ¡Yo creí que eso sería para algún animalito que nos ibais a traer para que lo cuidásemos! —Esto lo planteé con una sinceridad que me hizo quedar en ridículo.

Se escucharon risas en el plató.

—Cinco animalitos vas a tener, todos para ti —soltó Charly. Y mis compañeros me miraron como si fuera yo la que les acababa de catalogar como fauna.

—Bea, hay sitio de sobra. Bueno, ¡de sobra no! —María se rio de su propia gracia, porque la casa era realmente diminuta—. Pero los colchones en el suelo, la minicocinita y el cuarto de baño, aunque parezca el aseo de un avión, os hará estar súper unidos. Además, sabemos que a ti te gusta bailar y esta prueba va de baile. Los habitantes de ambas casas estaréis bailando doce horas al día. La plataforma de baile no puede dejar de moverse ni un solo minuto; si no, perderéis la prueba. Solo podréis descansar para dormir y también durante una hora al día. En esa hora os juntaréis con los de la maxicasa para preparar una coreografía que tendréis que desarrollar a la perfección para que os la demos por válida. Aviso importante: si alguna de las dos cosas no se consigue, la prueba semanal se considerará NO SUPERADA y el presupuesto para comida volverá a verse mermado.

»Pues nada, chicos, sin más me despido de vosotros hasta la semana que viene. Kike y Martina podéis despediros de vuestros compañeros e ir a relajaros a la maxicasa. Os deseo a todos mucha fuerza para esta semana y ya sabéis, ¡no dejéis de bailar!

Le dijimos adiós a María y nos pusimos a comentar la injusticia de la prueba. Kike y Martina estarían paseándose por su enorme casa, mientras nosotros estaríamos embutidos en la caseta del perro durante toda una semana y sin parar de movernos.

Nos estábamos despidiendo cuando Kike, al ver mi cara de pocos amigos, me dijo:

—No estarás enfadada, ¿verdad? Sabes que yo no quería entrar y sigo sin querer estar aquí. Lo hago por ti.

—Lo sé. No estoy enfadada contigo. Ojalá hubiese estado más en forma, hubiese quedado la segunda en la prueba semanal y ahora estaríamos los dos solitos en el chaletazo.

—¿Tú crees? —me preguntó Kike bajando la voz.

Entendí lo que quería decir. Desde que entramos en la casa nos dio la sensación de que el programa confabulaba para unir a Martina y a Kike, provocar mis celos o hacer tambalear nuestra relación. Kike quería decir que era posible que todo estuviese orquestado para que nos peleásemos, ¿y eso, para qué?, ¿para ganar audiencia? ¡Había una mano negra que quería separarnos! ¡Malditos, todos! Pero yo no me podía ir de 2+2 son Vip y tenía mis razones. Así que confié una vez más en Kike y en nuestro amor, le di un besazo que deseé emitieran en máxima audiencia para que se enterase España, y me fui a dormir a la comuna hippie. Mientras mis piernas y brazos chocaban con las de mis compañeros, pensé en Kike, en esa casa a solas con la «mujer maravilla» y deseé muy fuerte que a Martina le oliesen fatal los pies.

5
COGIENDO ALTURA

Llamé a la puerta de mis amigas Sara y Ana. Habíamos quedado en su casa porque le habían montado a Hugo una habitación nueva, un cuarto de niño mayor, como decía él mismo, y nos lo querían enseñar. Después de la comida con Carmen y Borja, Kike me había acercado con el coche y se había marchado a jugar al tenis con tres amigos. A mí se me había ocurrido, ya que nos íbamos a reunir el grupo al completo, que aprovecharía la ocasión para contarles a las chicas la propuesta descabellada que le habían hecho a Kike. Y es que a mí no me había parecido una idea tan loca y quería saber lo que opinaban ellas.

Me abrió la puerta Ana y me dio un fuerte abrazo. Estaba inmersa en mis pensamientos y no me había dado ni cuenta de que había llamado al timbre. Una de las mejores cosas que me trajo el año pasado fue a esta chica, y no solo porque estaba haciendo más feliz que en toda su vida a mi queridísima amiga Sara, también porque me caía de lujo y había ganado una amiga más para el grupo de amigas verdaderas, de esas que se cuentan con los dedos de una mano. Hasta ahora tenía varios dedos adjudicados. El índice para Sara, porque siempre me indicaba el camino por el que ella pensaba que me iría mejor avanzar, y tengo que reconocer que rara vez se equivocaba. Para Marta mi dedo corazón porque es el amor hecho mujer y me gusta que esté en el centro, y Daniela sin duda merece el dedo meñique, un dedo porculero que no tiene una gran función aparente pero que si te falta lo echas de menos, la verdad sea dicha. Y ahora también tengo a Ana, que debe ser mi pulgar porque siempre está al lado de Sara y, como es bajita, le va que ni pintado lo de Pulgarcita. Bueno, nadie la va a llamar así porque igual no le haría gracia, pero ella es el pulgar, de cabeza.

Abracé a Ana rodeándola por completo y la seguí dentro. Vi que le había dado su toque personal a la casa de Sara y me detuve a mirar algunas fotografías enmarcadas en las que salían las dos solas y otras en las que también aparecía sonriente el pequeño Hugo. El hijo de Sara estaba encantado con Ana y yo no me podía alegrar más. Le pregunté a Ana por él y me dijo que estaba en un cumpleaños infantil y que en un par de horitas irían a recogerlo. Me contó que la madre del cumpleañero había invitado a veinte niños a su casa y no pude más que aplaudir la valentía de esa mujer tan osada.

Habíamos entrado en el comedor y desde allí pude ver a Sara, que estaba tendiendo la ropa en el balcón y me saludó sonriente al verme llegar.

—¿Te ayudo? —le grité para que me oyese a través del cristal.

—No, voy enseguida —me contestó, y un par de minutos después entró en la casa palangana en una mano y pinzas en la otra.

Oí que sonaba el timbre y fui a abrir la puerta dejando a mis amigas ultimando sus labores del hogar. Vi a Marta a través de la mirilla, abrí la puerta y me sonrió dándome un beso bastante sonoro en la mejilla.

—¡Qué guapa estás! —le mentí. Pero lo debí hacer muy mal porque se percató enseguida.

No puedo decir que Marta estuviese fea, porque mi amiga es una mujer guapa: morena, alta, ojos verdes y piel radiante. Como si se pusiera todas las cremas que venden en la farmacia, las hipercaras esas que se supone que mantienen tu piel fresca y joven, y a ella le hiciesen efecto. Pero hoy no tenía buen aspecto, la noté más delgada y ojerosa. Con la mirada tristona y bastante alicaída.

—No hace falta que disimules, sé que estoy horrorosa. Tengo a Alba mala otra vez y no me ha dejado dormir ni dos horas esta noche —me explicó mientras avanzábamos por el pasillo hacia el comedor—. Venga, dime, ¿cuántos días crees que puede estar una niña mala, por ejemplo, en los últimos tres meses?

Pero no me dejó contestar. Ella había venido aquí a desahogarse.

—Calculando así a ojo, yo creo que dos meses y medio de diversas enfermedades no se los quita nadie. Mocos, diarrea, vómitos y la dichosa tos. ¿Cuánto puede estar un ser humano tosiendo a diario?

—¿Te refieres a ininterrumpidamente o en plan cuántos días seguidos? —me puse nerviosa porque esto parecía un examen oral y yo estaba a punto de suspender. Marta ignoró mi pregunta, ya que tampoco esperaba respuesta, y prosiguió con su odisea.

—Ella, todas las noches *non stop*. Y es horrible, porque padezco mucho por ella. Le echo unas esencias, la incorporo, le abro una cebolla...

—Ahí está el problema. ¿Por qué le abres una cebolla? La estarás intoxicando con la peste que echan. Eso no puede ser sano.

—Que sí, en serio, que me lo dijo el pediatra, que es para que respire mejor. De verdad, Bea, que yo la cuido bien. La abrigo y todo eso, pero es que igualmente se pone malita. Hasta me da miedo que me visiten los servicios sociales de las veces que la tengo que llevar al médico.

—Igual es que la abrigas demasiado.

Esta fue mi aportación a su drama, pero es que yo aún no estaba ni rozando el momento niños y, bueno, es que tampoco entiendo mucho de ellos, son una especie extraña y desconocida para mí. Solo había dicho eso para darle un poco de *feedback* y porque a veces había visto bebés tapados hasta los ojos con mantas en pleno mes de julio y aunque no haya llevado ninguna criatura en mi ser, eso no me parece a mí muy buena idea. Normal que luego les salgan sarpullidos a los pobres, si deben estar cocidos…

—Ay, por favor. No me vengas con esas. Si la abrigo mucho, mal y si la abrigo poco, pues peor —me contestó Marta enfurruñada, a lo que yo la miré con cara de: «Oye, no sé qué quieres que conteste, no sé cuál es la respuesta correcta. Por Dios, me estás estresando».

—Oye, ¿venís o qué? —oí gritar a Sara, y es que Marta me tenía pillada del brazo contándome todo el romance de la nena, sus enfermedades y lo complicado que era vivir sin dormir.

—Venga, venga, todo pasará —le dije, empujándola hacia el comedor para que continuase taladrando con su discurso a Sara y a Ana, que al menos ellas tenían un niño en casa y seguro que se podrían solidarizar más con ella. A mí ya me estaba sacando un poquito de mis casillas. Alguien debería avisar a los papis/mamis/abuelos —a veces, estos últimos son los peores— de que los nenes no deben monopolizar todas las conversaciones. Que hay temas como las caquitas, los eructitos y las regurgitaciones que son de poco interés fuera del ámbito familiar.

Me libré de Marta y aproveché para ir a abrir la puerta. Acababa de sonar de nuevo el timbre y supuse que sería Daniela, ya que era la única que faltaba y además siempre suele llegar la última.

—¡Hola, perra de la guerra! —me saludó entrando en la casa como una exhalación.

—¡Hola, furcia de… de… Murcia! —le respondí rápidamente para quedar también de saludadora molona y original. Y porque no se me ocurrió otra cosa. Porque ¿qué más rimas puedes hacer con furcia? Solo se me ocurrió Murcia y metalurgia, pero esta última no tenía ningún sentido en la frase.

—En fin, vamos a hacer como que no has dicho nada —me dijo mirándome como si me perdonase la vida.

—Bueno, es que con furcia, ya sabes, no pega gran cosa. Se me había ocurrido también meta… —expliqué excusándome. Pero no me dejó terminar la frase.

—Ay, ay, espera, que lo comenta y todo. En fin, que no se enteren tus *followers* porque agüita. Se les cae un mito. ¿Dónde están las niñas? —me preguntó avanzando decidida hacia el salón, donde nos solemos reunir todas cuando visitamos a las Sana.

—Ahí están todas. Y escucha, hablando de niñas… Marta tiene a la niña mala, me lo estaba contando ahora.

—Uff, gracias por avisarme. *Thank you for the advise.* No le preguntaré entonces por Alba, que ya sabemos que sus chapas son mortales.

Sintiéndome un poco egoísta, me alegré de que Marta no me fuese a considerar la peor amiga del mundo; yo por lo menos le había escuchado todo el dramón y sabía disimular.

—¡Hola, Daniela! —saludaron las chicas al vernos entrar. Se habían sentado todas en la mesa del comedor y Ana estaba sirviendo café.

—Venga, guardad esa guarrería que estáis bebiendo y sacad la ginebra, que nos preparemos unos *gins*.

—Uy, ni hablar, que estoy sin dormir que tengo a la niña… —intentó contar Marta, pero Daniela no la dejó continuar.

—«Vivo rápido y no tengo cura. —Con altura—. Iré joven pa la sepultura». —Daniela, sin venir a cuento, se puso a cantar la canción de Rosalía y me cogió para bailar. De esta forma impidió que Marta pudiese contar lo de su hija. Habría quedado muy raro y maleducado de no ser porque Dani hace esas cosas y así es imposible llevárselo a lo personal. Me pareció una estratagema muy original.

Se constató que a Marta no le había molestado lo más mínimo la interrupción de Daniela cuando ella misma le pidió la canción a Alexa y, nada más empezamos a oír al piloto de avión cogiendo altura, estábamos las cinco moviendo la cintura como si fuésemos cantantes de las que van en chándal pero tienen mucho rollo.

Después de desfogarnos con nuestro improvisado baile, fuimos a ver la habitación de Hugo, de la que no comentaré demasiado ya que era una habitación de niño, seguramente parecida a la que os podáis estar imaginando en vuestra cabeza. Ositos, coches, muñecos, una camita tamaño mini, un perchero y un baúl. Todo muy bonito y típico. No había dragones, telarañas, ataúdes, gamusinos ni trolls. En serio, todo muy normal.

Volvimos al salón alabando el buen gusto de esas mamis molonas y le pregunté a Daniela si había habido avances con Daniel. Al oír de nuevo la repetición de sus nombres, mi amiga volvió a la carga con que no quedaban bien dos nombres tan iguales en una pareja.

—Chica, mira a Carolina Cerezuela y Carlos Moyá. Ellos están encantados con la repetición. ¡Hay que tener personalidad! ¡No pasa nada! —le dijo Ana—. Fíjate que a su hija la llamaron Carla y luego tuvieron un hijo y le llamaron Carlos. ¿Y sabes cómo se llama la pequeña?

—Ni idea. ¿Carlota? ¿Carlita? ¿Carlusa? ¿Carli? ¿Carola? —contestó Daniela, que había agotado todas las posibilidades.

—No, se llama Daniela.

—¡Un nombre muy guay! Pero a mí lo de esa familia no me convence. Y ¿por qué han dejado a su última hija al margen de la tradición familiar? Se sentirá rara, a mí que no me digan.

—Pues obliga a Daniel a cambiarse el nombre. Has conseguido cosas más complicadas. —Oí sugerirle a Sara, entre risas.

—A ver, como es pelirrojo, yo le llamaría Pepe.

—¿Por qué Pepe? —le preguntó Daniela a Marta, extrañada.

—Pues porque es el primer nombre que se me ha ocurrido y seguro que es porque en la universidad estudié con un chico pelirrojo que se llamaba así —dijo Marta—. ¡Qué curioso cómo asociamos enseguida!

—Ya. Pues no —le contestó Daniela, tajante—. Si le hago cambiarse el nombre, es para que se ponga uno de tío muy bueno.

Había llegado el momento de contarles a las chicas el tema de nuestra posible intervención en el programa de 2+2 son Vip, porque su conversación me estaba pareciendo una inmensa parida.

—Simón. Simón mola —oí decir a Ana—. Con lo bestia que eres, seguro que le dirías: Simón, enséñame lo que escondes dentro del pantalón.

A lo que Daniela contestó:

—Eso no es nada bestia. Yo más bien le diría: Simón guarrote, enséñame tu cipo…

—Valeee, ¡para, cochina! —le corté entre risas—. A ver, chicas, escuchadme, que os tengo que preguntar una cosa.

Las cuatro me miraron interesadas.

—¿Nos tienes que contar algo en plan: «me desapunto del gimnasio porque no voy casi» o más en plan revelación de las tuyas: «voy a romper con el novio, dejar el trabajo, ser bloguera y ligarme a un actor»? —me preguntó Sara, intrigada.

—Pues supongo que es más una pregunta del segundo estilo.

Después de decir eso ya sí que no volvieron a despegar sus ojos de mí.

—Le han propuesto a Kike que entremos en el *reality* de parejas famosas: 2+2 son Vip.

Las cuatro me miraban fijamente y no supe interpretar lo que estarían pensando. Se hizo el silencio. Ninguna decía nada. La primera en hablar fue Daniela.

—Supongo que habréis dicho que sí, ¿no? Esto es una oportunidad genial y no la debéis dejar escapar. ¡¡¡Nos vamos a forrar!!! —exclamó emocionada, pegando saltos como si ella hubiese entendido que también entraba en el pack televisivo. Y enseguida comprendí su entusiasmo—. Por cierto, cuenta conmigo para ir al plató a defenderte.

—No hemos dicho nada aún, ni siquiera nos lo hemos planteado. Sabéis que Kike no se prestaría a ir a ese programa ni de broma —les señalé—. Y, por cierto, tú no irías a representarme jamás. Eso tenlo claro. Pero bueno, es lo que os digo, que ni nos lo planteamos porque ya sabéis lo que piensa Kike de ese tipo de programas.

—Pero ¿qué dices chalada?, ¿cómo que no iría yo a defenderte? —me interrumpió Daniela—. ¿Estamos locos? Entonces, ¿quién se supone que iría?

Estaba claro que eso era un tema que le interesaba bastante.

—Pues Sara, supongo. O no sé, Marta también lo haría bien, o Ana…

—Vamos, todas menos yo —resumió Daniela, indignada.

—Dani no te enfades, pero tú serías la última en la que pensaría. No sé, es que eres demasiado bruta, insultarías a la gente y perderías el control. Seguramente no durarías ni dos días en plató. O igual te forrabas porque te llamarían de todas partes, pero a mí no me dejarías en buen lugar, eso seguro.

Daniela bufó y puso los ojos en blanco mirando hacia el techo.

—Bueno, nos has dicho lo que piensa Kike de entrar en la casa, pero ¿tú qué opinas? ¿Te lo has planteado seriamente? —me preguntó Sara.

Entonces me paré a pensar.

La verdad es que la televisión me daba respeto. Aunque ahora pensase que como bloguera era conocida —y eso que se había relajado mucho el tema del acoso mediático que sufrimos Kike y yo al inicio de nuestra relación—, salir en la tele en este tipo de programa tan polémico me cambiaría la vida por completo. Aumentaría aún más la pérdida de privacidad y mis actos se someterían a un juicio mediático para el que no sabía si estaba preparada. Pero, si miraba en mi interior, en el fondo un poquito me apetecía. Era un nuevo reto. A mí me llamaba la atención el mundo de la televisión desde pequeña. Cuando tenía ocho años me empeñé en que mis padres me llevasen a un programa de esos de niños con talento porque quería ser cantante. Me visualizaba subiéndome a un escenario y desgañitándome a lo Marisol, y que el público con pelos como escarpias me llamase niña prodigio y todo eso. Con el pelo suelto y de un rubio un poco falseado, ya que, aunque no me dejaban teñirme el pelo, lo hinchaba a camomila, imitaba a Pepa Flores a la perfección. Torcía la boca y todo cuando cantaba como mi estrella favorita. En los castings caí graciosa y, aunque tenía cero talento para el cante, me dejaron avanzar unos cuantos programas, hasta que la cosa se puso seria y el jurado se despidió de mí, en apariencia muy apenado. Recuerdo con cariño esa época delante de las cámaras y cómo me quedé prendada con la labor de la presentadora de «Menudos artistas», tan guapa ella, tan maja y tan lista, que se aprendía nuestros nombres y nuestras edades. Sonia era cariñosa con nosotros y nos hacía sentir muy especiales, a veces no solo por nuestro arte, sino por cómo éramos, por lo que guardábamos en nuestro corazón.

Cuando me descalificaron, y no antes, decidí que ya no quería ser cantante, quería ser presentadora de televisión. Una presentadora de las buenas, de las amorosas, de las que creían en ti. De las que podían cambiar el futuro de la gente animándole a luchar por sus sueños.

Luego me hice mayor. Se me daban genial las mates y quería ser una gran matemática o una importante científica, pero algo se torció en el plan porque acabé en el banco sin descubrir nada nuevo y con unos niveles de motivación rozando el bajo cero.

Pero, si me esforzaba, aún podía recordar esa sensación al pasar la cortinilla de humo del programa y ver al público expectante, deseando ver mi actuación. Me volvieron a invadir esos nervios de los buenos, de los de venirte arriba y darlo todo. De los de creer que podías conseguir cualquier cosa si te lo proponías y luchabas por ello.

—Supongo que no lo descarto tan tajantemente como Kike. A mí algo de ilusión me haría —les dije quitándole importancia. Porque de verdad pensaba que Kike jamás se prestaría a ello—. Es un nuevo reto y a estas alturas de mi vida no me gusta ponerme límites.

—Lo sabemos, cariño, pero piénsatelo bien. A ese programa va mucho buscavidas y cazafortunas. Y ahora que estás tan bien considerada, no querrás hundir tu imagen pública, ¿verdad? —me alertó Marta, siempre tan precavida ella.

—Igual podría cambiar la percepción horrorosa que existe de típica concursante de *reality*. Podría decir cosas importantes para el mundo y que me escuchasen todos en horario de máxima audiencia —fantaseé.

Cuando empezasen a pegar berridos en la casa, les diría: «respeta a los demás y háblales como quieres que te hablen a ti». «Empatía, qué palabra tan preciosa, ¿sabes lo que significa?»

Cuando me contasen un cotilleo de los chungos, de los de ir a hacer daño, mi contestación sería un consejo: «No pierdas el tiempo hurgando en la vida de la gente. Céntrate en la tuya. Todo lo bueno que hagas por los demás volverá a ti multiplicado por mil».

Madre mía, me estaba dando miedo a mí misma. Parecía la líder de una secta. A ver, tampoco es que tuviese que ser yo la Dalai Lama de la casa, pero seguro que algo bueno podría hacer por el mundo aprovechando el enorme escenario televisivo.

—Me parto. Seguramente te silenciarán el micrófono como te pongas intensita y no sigas la alienación que propone el programa. O te echarán la primera semana —me dijo Ana, y quizá estaba en lo cierto.

—¿Tú qué opinas, Sara? —pregunté a la amiga más cuerda que tengo.

—Pues opino que debes hacer lo que te apetezca. Bueno, lo que decidáis los dos y lo que os haga sentir bien. El hecho de que ese tipo de programas, ahora mismo, no esté muy bien considerado, no significa que Kike y tú, dentro de la casa, no lo vayáis a estar. Eso sí, tendríais que ser auténticos y naturales, que estoy convencida de que lo vais a ser, y disfrutar de la experiencia sacando la mejor versión de vosotros mismos.

—Bueno, me parece que ahora mismo está descartado. Como tú has dicho, tendríamos que estar de acuerdo los dos. En este caso Kike se va a oponer. ¿Cómo voy a convencerlo de que entrar allí es una buena idea, si ni siquiera yo misma lo tengo claro? Además, Kike es muy discreto y muy celoso de nuestra intimidad.

Intenté quitarme la idea de la cabeza, volví a casa con Kike y no le saqué el tema del programa. No hacía más que pensar en ello, pero yo, chitón.

Esa noche intenté ignorar la voz que me decía: «Será una experiencia única, podrán conoceros mejor, verán lo geniales que sois…».

Y también a la que me decía: «Psttt, no será para tanto, vosotros ya estáis genial y sois muy felices».

A ver si se ponían de acuerdo las voces estas, porque me iban a volver loca.

Me fui a la cama y me dejé asesorar por la voz que más insistía, no sé si era el ángel o el demonio, aún no lo tenía claro.

«Tampoco te vas a perder tanto. Seguramente el programa sacará lo peor de ti y a las dos semanas, con lo activa que tú eres, estarás hasta las narices de estar allí. Te dará por fumar para tranquilizarte. Y eso que no fumas. No has fumado nunca. Pero empezarás a hacerlo. Y encima no te van a dejar fumar, que ahora no se puede fumar en ningún sitio. Experimentarás en tus carnes lo que significa la expresión que tanto has escuchado: «me estoy fumando viva». Tú solo la conocías como: «me estoy meando viva», y sabes que no es nada bueno. Es una situación desesperada. Vas a quedar como una *influencer* de pacotilla —continuó diciendo la voz buena o maligna—. Todo el día irás empijamada, con poco maquillaje. Estarás horrorosa. Igual hasta te sale un grano y no tendrás potingues para echarte. Por no hablar de tu relación con Kike. Esas cuatro paredes acabarán con vuestro amor antes de que tenga lugar el primer *edredoning*».

Hice caso a esa voz apocalíptica que parecía el colmo de la sensatez. Nada, descartado. No se me ha perdido nada en esa casa llena de famosetes. Con la decisión tomada y muy tranquila, olvidé por fin el tema y conseguí dormirme.

Al día siguiente, mientras desayunaba, recibí una llamada desde una extensión larga que no conocía. Engullendo el final de una magdalena cogí el teléfono, y cuál fue mi sorpresa cuando una chica muy amable me dijo que me llamaba de la cadena que emitía 2+2 son Vip.

—Bea, estamos valorando la posibilidad de contar contigo como presentadora de un programa de televisión sobre estilismo, cambio de *look*, pérdida de peso…

Me quedé muerta.

—¿En serio? ¿Queréis que lo presente yo? —Y en ese instante me visualicé asesorando a todo el mundo.

Quítate ese bigotillo, estás más guapo sin él.

Quítate ese bigotillo, estás más guapa sin él.

No, es broma. Mi intervención iría más allá de aconsejar una buena depilación a hombres y mujeres. Podría hacer que la gente tratase de quererse más, intentar que hablasen con su cuerpo y escuchasen lo que les estaba pidiendo. Me veía ayudando a la gente a encontrar la ropa que más le favoreciese, pero respetando siempre su estilo. Podría hacer grandes cosas. Sería la psicóloga del cuerpo, un término que me acababa de inventar pero que me iría que ni pintado.

—Sí, claro. Nos encantaría tenerte de presentadora —me contestó mi interlocutora animada.

—¡¡¡Pues por mí, genial!! ¿¿¿Cuándo me paso a firmar??? —pregunté sin disimular lo más mínimo la ilusión que me hacía, y dispuesta a estampar mi firma para que quedase constancia cuanto antes del acuerdo y que nadie pudiese echarse atrás.

—Sí, lo formalizamos enseguida. Estamos convencidos de que después de tu intervención en 2+2 son Vip vas a ser muy famosa y será genial contar contigo y con tus seguidores para el programa.

—¿Cómo? Pero Kike y yo no tenemos claro que vayamos a entrar en la casa. Nos lo han ofrecido, pero aún lo estamos valorando —le dije, sin querer cerrarme ninguna puerta y aún asimilando el chasco que me acababa de llevar. Kike no iba a querer entrar en el programa. Estaba segurísima.

Colgué el teléfono y me dio por pensar en Sonia, la que me pareció la presentadora más increíble de la televisión. ¿Qué habría sido de su vida? Intenté localizarla por internet y aún no sé para qué. Quería verla con mis propios ojos, igual me ayudaba a decidirme. Me cargaría la imagen idealizada que guardé en mi cabecita de niña de ocho años, y seguro que a su considerable edad, ya no me parecería una diosa del Olimpo, pero esperaba que le hubiese ido muy bien y que fuese una viejecita monísima con montones de hijos y nietos.

Entonces, encontré un titular bastante espeluznante.

«La que fuese presentadora del exitoso programa Menudos artistas, confiesa que fue su adicción a la cocaína la que la llevó a vivir en la indigencia».

Pobre mujer.
Lo sentí mucho por ella.
Pero eso no tenía por qué significar nada.

6
LA PSICÓLOGA DEL CUERPO

¿Sabes cómo habíamos pensado llamar al programa? —me había preguntado la simpática mujer que me había ofrecido un caramelito —ser presentadora— y luego me lo había arrebatado impidiéndome comerlo hasta que terminase mis deberes —entrar en 2+2 son Vip—.

—Pues no lo sé. No tengo ni idea. ¿Qué os parece: Beatriz, la psicóloga del cuerpo? Algo así rollo hablo con los cuerpos, escuchamos qué nos dicen y conseguimos asesorar en sus estilismos sin disfrazar a las personas. Mucho diálogo, comprensión… esas cositas.

—No lo veo. Con ese título parece que el programa va de cómo son las tardes de una psicóloga del cuerpo de policía. Como ahora hay tantos programas de estos de equipo de investigación, vete tú a saber lo que se piensan.

—¿Había psicólogos en el cuerpo de policía? Primera noticia. Aunque bueno, podría ser. Si vamos al psicólogo las personas con trabajos normales, los que se juegan la vida cada día pues igual los tienen en plantilla. Ni idea. O puede que esta mujer se lo hubiese inventado porque no le había gustado lo más mínimo el título del programa que yo le había propuesto. Seguro que no le sonaba bien o era poco comercial.

—Ya, no soy muy buena pensando títulos, la verdad —reconocí.

—Tranquila, tú déjanos eso a los profesionales —me dijo con tono condescendiente—. Lo que sí que me gusta es el rollo este espiritual de «habla con tu cuerpo», en plan *mindfullness,* que está tan de moda. Pero en cuanto al nombre, nosotros estamos pensando en algo como: ¡Oh *my look*!, Cámbiame Bea, Déjame que te cambie…

—Ya, bueno, eso ya lo que veáis. Y, una preguntita para dejarlo todo claro de antemano: si decido no entrar en el *reality,* ¿se mantiene la oferta del programa?

—A ver, Bea, bonita. —Conforme había empezado la frase me la imaginé en mi cabeza con una sonrisa forzada—. Necesitamos una presentadora con un montonazo de *followers* y que esté en boga. Si entras en 2+2 son Vip y de ahí pasas a presentar el programa, tenemos el éxito asegurado. Digamos que lo tendrías hecho. Si no participas en el *reality*, bueno, pues ya no es lo mismo, es un poquito más complicado. Se barajarían otras opciones, habría que mover hilos. Yo encantada de que entres igualmente, pero ya te podrás imaginar que yo no decido lo más mínimo. Pero, chica, no sé qué haces dudando. La gente está encantada con Kike y contigo. ¡Os van a adorar en la casa! Tú hazme caso. Esto es solo el principio. La televisión os va a abrir un montón de puertas.

—Ya, bueno, lo tenemos que pensar —le había contestado escueta, y después había colgado el teléfono. Aún no había podido ni hablar con Kike y la cadena ya me había vuelto a llamar, solo unas horas después del primer contacto, supongo que para presionarme.

Kike llegó a última hora de la tarde. Había tenido función en el teatro y había terminado tarde, por lo que me imaginaba que llegaría hambriento.

—Preciosa, me cambio y preparo algo de cena, ¿vale? —me dijo mientras me daba un beso rápido en los labios y se metía hacia el dormitorio a ponerse algo más cómodo para estar en casa.

—No, no, tú tranquilo. Relájate y descansa. Estoy haciendo *pizza* de la que tanto te gusta y en un cuarto de hora estará lista. —Quien dice haciendo *pizza*, dice calentándola en el horno, porque bien es sabido que yo, de cocinar, sé lo básico para sobrevivir y no morir de hambre. Seguí a Kike hacia la habitación, había empezado a desvestirse y así, sin pantalones y con unos boxers que le hacían parecer un modelo de Calvin Klein, se acercó hacia mí y me levantó con ímpetu hasta colocarme a horcajadas rodeando su cintura.

—¡Pero mira que eres genial! ¡Esa *pizza* me va a saber a gloria! Muchas gracias, preciosa —me dijo mirándome a los ojos, y acto seguido me lanzó a la cama y se colocó encima de mí sujetándome las dos manos e impidiendo que me moviese. Aún estaba procesando este despliegue de amor improvisado, cuando me giró la cara hacia un lado y me empezó a besar la oreja y el cuello. Mientras me tocaba los pechos, yo me despedía de la *pizza* que iba a ser víctima de quemaduras como mínimo de tercer grado dentro del horno. De ahí no nos movía nadie. Vamos, ni hablar. Con lo a gustito que estaba yo siendo la prisionera más besada del lugar.

Pero entonces hubo un giro dramático de los acontecimientos. A Kike le llegó el aroma de la *pizza*, que ya estaba lista para servir y degustar, y salió disparado como un resorte hacia la cocina. Yo me quedé más caliente que la pata de un camello que camina por el desierto y pisa la lava de un volcán en erupción.

Me fui contrariada a la cocina y lo vi ahí dale que te pego con el cuchillo cortando la *pizza* arriba y abajo. Vaya, lo que le tenía que haber hecho a lo que en italiano se conoce como mi *clitoride*, se lo estaba haciendo a la *pizza*. Y no me preguntéis por qué sé cómo se dice esa palabra en italiano, porque no os lo voy a contar.

Kike colocó unos trozos sobre mi plato y se sirvió el resto. Después se sentó a la mesa enseñándome una botellita de vino y preguntándome si me apetecía. Le dije que sí más animada, pensando que después ya me encargaría de retomar lo que habíamos dejado a medias.

—Pues hoy nos reíamos porque le he contado a Luis, al que hace de policía en la obra de teatro, lo de la tontería de entrar en el programa este de parejas. Nos hemos reído a gusto. Aquel me imaginaba despeinado por la casa y en pijama, igual con algún agujero de esos traicioneros en el calcetín, que sabes que mi dedo gordo debe ser claustrofóbico y escapa para ver la luz del día. Luis llevaba un cachondeo… —me dijo Kike metiéndose en la boca el primer trozo de *pizza* y riéndose él también al recordar la conversación.

—Bueno, ¿y por qué os habéis reído tanto si se puede saber? ¡Bien guapo que estás en pijama y sin pijama, con agujero en el calcetín y sin él! Tienes esa suerte. Lo del *reality* no hay que tomárselo a broma, es una propuesta de trabajo y como todo lo que se nos ofrece en el terreno profesional, lo deberíamos valorar seriamente.

—Cariño, es una locura. No sé ni cómo se les ha podido ocurrir sugerírnoslo. No tiene nada de profesional, es un despropósito de programa. Para mí es una idea descabellada, ilógica. Vamos que es imposible planteárselo con seriedad.

—Bueno, pues seguramente habrán pensado en nosotros porque somos una pareja muy maja, la gente nos quiere mucho y quieren ver lo que hacemos juntos las veinticuatro horas del día.

—Ya, pues yo no quiero que lo vean. Sobre todo lo que hacemos por las noches —me dijo con una sonrisa pícara mientras seguía degustando la *pizza* tan contento.

—Bueno, para eso están los *edredonings*, debe haber por ahí algún punto muerto en el que no te llegan a enfocar las cámaras y estoy segura de que lo descubriríamos.

—En casita mucho mejor. Por cierto, esta *pizza* está tremenda, cariño —me dijo engullendo su última porción y pegando un buen sorbo a su copa de vino—. Oye, ¿sabes que nos vamos de boda? Se casa mi amigo Mario el próximo mes de junio en un pueblecito de Córdoba de donde es su novia. Le he dicho que, en principio, cuente con nosotros…

—Vale, eso está genial. Pero volviendo al tema del *reality*, ¿y si nos animamos a entrar?

Sé que estaba fatal que ignorase lo de la boda de su amigo y tal, pero ¿hola? No podía dejar que cambiase de tema, tuve que volver a centrar la conversación. Le estaba dando la cena al pobre…

—Venga, Bea, déjate de bromas. Ninguno de los dos tiene ningún interés en entrar ahí. No se nos ha perdido nada en esa casa —me dijo molesto, y después suavizó el tono—. Y volviendo a lo de Córdoba, Mario me ofrece que nos quedemos en la casa familiar que tienen en el pueblo, pero mejor vamos a un hotel, ¿no? Así tendremos más intimidad y no molestaremos a la familia. Él se niega a que nos quedemos en una habitación de hotel, dice que no es ninguna molestia, pero ya se sabe que…

—¿Y si yo sí que tuviese algún interés?

—¿En ir a la casa o al hotel?

—A la casa, a la casa.

—Pues vale, nos quedamos con ellos en la casa familiar.

—¿De qué casa familiar hablas? Yo digo en la casa de 2+2 son Vip.

—Pero ¿aún sigues con eso? —me preguntó Kike, un poco irritado.

—Sí, sigo con eso porque quiero que entremos. —Kike me miró como si estuviese mirando a un marciano. Estaba totalmente descolocado.

—¿Estás hablando en serio?

—Sí, muy en serio. No lo puedes descartar tan rápido. Puede ser interesante para nosotros —le dije mientras apuraba el culo de vino de mi copa y me servía más. Se me estaba atragantando la cena. Aproveché para rellenar también la copa de Kike, me daba la sensación de que iba a necesitar emborracharlo para convencerlo.

—Cariño, dame alguna buena razón para que nos lo planteemos, porque yo no lo veo. Si es por vivir la experiencia como dice todo el mundo, nos vamos de casa rural con los amigos un mes o dos, en serio, sacaré más tiempo para hacer planes juntos, pero entrar en la casa Vip esa no es la solución.

—No es por eso. La experiencia estará curiosa, será única y ¡seguro que lo pasamos en grande! —dije mostrando un entusiasmo exagerado, como si fuera la típica animadora con falda y pompones—. Pero no es solo por eso…

—¿Es por el dinero entonces? —me preguntó mirándome a los ojos—. Créeme cuando te digo que no merece la pena.

—¡No es por el dinero! —le grité haciéndome un poco la digna—. ¡El dinero es lo de menos! A ver, escucha, Kike. —Le aparté la copa para que no hubiese obstáculos entre nosotros y le cogí las dos manos—. Es que, si entramos en el programa, cuando salgamos voy a ser la presentadora de un programa de televisión. —Kike me miró pensativo y no me gustó nada la expresión que vi en sus ojos cuando me preguntó:

—¿Ya has vuelto a tener esas alucinaciones? Te ha pasado como el año pasado, te has visto presentando un programa de televisión y ahora nos tenemos que meter en la casa infernal esa para ver si tus visiones se cumplen.

Ese comentario me sentó como una patada en la boca del estómago y me tomé mi tiempo para contestarle.

—Es verdad que el año pasado tuve un par de visiones que decidí creerme y luchar para que se cumpliesen. No hables en ese tono porque gracias a ellas estamos aquí tú y yo juntos. No habrán sido tan horribles, ¿no? —Kike negó con la cabeza, cabizbajo.

—No quería decir eso —me dijo, apurado.

—No, no he tenido ninguna visión. Desde que estoy contigo no he tenido más alucinaciones. Supongo que ya he alcanzado mi futuro, que eres tú, y ya no hay que cambiar nada más. —Vi que Kike me miraba con ternura y aproveché para continuar explicándole—. Lo que pasa es que me han llamado de la cadena y me han ofrecido presentar un programa de estilismo y cambio de *look*. Pero la oferta solo está disponible si entramos en la casa. Ellos piensan que en el *reality* alcanzaré mucha más fama y eso será bueno para lo que vendrá después. ¿Entiendes que lo de ser presentadora sí me haga mucha ilusión?

—Sí, pero igual puedes presentar el programa sin que tengamos que entrar en la casa —me replicó Kike, esperanzado.

—No, eso me lo han dejado muy claro. Las dos cosas van unidas.

—Vaya… —Solo contestó eso, «vaya»…

—A ver, Kike, que no digo que lo tengamos que hacer porque a mí me apetece y punto, esto es cosa de los dos y quiero que ambos estemos de acuerdo y tomemos la decisión estando seguros de lo que hacemos. No quiero que actúes obligado y luego vengan los reproches. Yo solo te estoy pidiendo que no lo descartes a la primera de cambio, que hay proyectos detrás que a mí me ilusionan un montón. Yo estoy contenta como *influencer,* pero no me gusta cerrarme puertas y me motivan los nuevos retos. ¿Comprendes lo que quiero decir? —le pregunté. Y al mirarle a los ojos me di cuenta de que Kike estaba intentando verlo desde mi punto de vista. Pensé que iba por el camino correcto, porque la única forma de convencerle era así, hablándole con el corazón en la mano. Sin trucos y sin manipulaciones.

—Sí, nena, claro que te entiendo. Y lo que es importante para ti lo es para mí. Ahora somos un equipo. —Me levanté emocionada por sus palabras y me senté en sus rodillas.

—¿Me imaginas presentando un programa?

—Te imagino comiéndote el mundo si es lo que te propones. Me vas a volver loco.

Y en ese preciso momento es cuando supe que Kike haría cualquier cosa por mí y que ya teníamos un pie dentro de la casa.

7
SANGRE, SUDOR Y LÁGRIMAS

Habíamos seguido las indicaciones de la cadena acerca de las cosas que debíamos llevar a la casa de 2+2 son Vip, y todo lo demás que nos pudiese hacer falta se nos suministraría allí. Ya teníamos casi todo preparado para entrar en el programa dentro de un par de semanas. Aunque Kike no estaba nada ilusionado con la experiencia, había pasado a aceptarlo y a llevarlo lo mejor posible. Porque él era así. Estaba segura de que una vez hubiese dicho que sí, no se arrepentiría, no se echaría atrás, no me lo echaría en cara, ni siquiera se quejaría demasiado. Y eso era exactamente lo que había ocurrido. Incluso había pasado a bromear con la situación.

Solo habíamos discutido por una cosa. La elección de las personas que nos representarían en el plató.

Mi elección estaba clara. Sara me apoyaría en el plató. Era la mejor candidata. Era buena persona, justa, valiente y una de mis mejores amigas.

Ni se me pasó por la cabeza valorar las otras opciones que me habían presentado sus candidaturas. Algunas con una insistencia desmedida, llegando incluso a la presión y al chantaje.

1- Mi madre

Alentada por mi tía, ya se veía maquillándose en los camerinos porque ella, una gran consumidora de televisión, pensaba que lo que es capaz de hacer la tele en cuanto a maquillaje y peluquería se trataba, era una cosa de otro mundo. En concreto, de un mundo mucho mejor y más bello. Mi madre cree fervientemente que puedes pasar de ser E.T. el extraterrestre a un ángel de Victoria Secret confiando en las manos de las estilistas de la tele, y supongo que fantaseaba con el momento en que la convirtiesen en la diva que llevaba en su interior. Dejando a un lado el interés de mi madre en lucir más bella que en toda su vida, ella afirmaba querer estar allí para apoyarme y defenderme como una gran madre coraje. Aunque yo tenía claro que si sacaban cualquier cosa censurable acerca de mi persona, ella rompería a llorar y estas serían sus palabras: «Yo no entiendo nada, mi niña no es así» y culparía de mi comportamiento a cualquiera que se hubiese acercado a mí, más de lo habitual, esa semana.

Punto fuerte:

Siempre quiere hablar, por lo que podría intervenir bastante.

Pero ojo que este también puede ser su **punto débil**:

Siempre quiere hablar y tirando de la sabiduría del refranero español: «El que mucho habla, mucho yerra».

Fue descartada porque:

Aunque yo iba decidida a ser una buenísima concursante de irreprochable conducta, si algo fallaba en el plan o me desviaba del buen camino, no la veía preparada para los embistes de la presentadora o de los comentaristas del programa. Además, tendía a hacerme pasar vergüenza delante de la gente. No me convenía en absoluto que fuese ella la que me representase.

2- Daniela

Aunque desde el principio le había dejado claro que ella sería la última de mis amigas a la que elegiría para representarme, Daniela tenía mucha fe en sí misma. Con una técnica nada sutil que yo definiría como «acoso y derribo», a fuerza de insistir y de insistir y de llamarme a todas horas para argumentar lo buena candidata que sería, aprovechaba cualquier ocasión para intentar demostrarme lo bien que me defendería en los platós ante cualquier ataque.

—Bea ¿sabes que tu vecina de arriba dice que Kike y tú sois un poco cochinos? Dice que dejáis la basura en el rellano apestando toda la finca…

—¿Doña Fina? ¡No me lo creo! Si nos adora… Sobre todo a Kike, dice que es como su hijo.

—Bueno, tú piensa que lo ha dicho. A mí me pareció oírlo.

—Pues no creo, pero vale. ¿Y qué?

—Pues, que como ha dicho esas cosas horribles sobre vosotros, le he secuestrado al perro. Pero tranquila, el chucho está encantado. Le he comprado una tableta de chocolate y está disfrutando como un enano.

—Los perros no deben tomar chocolate, lo puedes matar. Estás bromeando ¿no? ¿Estás loca? Dime que estás de coña…

—No lo llames locura, llámalo lealtad. ¿Y no te parece que alguien así de leal es la persona que necesitas en la tele? No lo pienses más, yo soy tu chica. No lo he hecho. No he secuestrado al chucho, pero sería capaz de hacerlo por ti.

—Irá Sara, tú ni de coña.

—¡Madre mía! ¡Vivir para ver! Veremos si Sara al final puede ir contigo a la tele.

—¿Y por qué demonios no iba a poder ir?

—Porque la tengo en el punto de mira de mi odio, que vigile sus pasos.

Punto débil: Daniela está como una regadera. Es imprevisible e impredecible.

Punto fuerte: Alguno debe tener, pero sigo pensando…

Fue descartada porque: Realmente no fue ni valorada como opción.

3- Kike Castor

Me sorprendió mucho la llamada de este hombre al poco de que saliera la noticia en los medios anunciando que Kike y yo participaríamos en el programa. El que fue el acosador de *bloggers* más rarito que conocí en mi vida, pensó que quizá yo podía estar interesada en que él me representase. Y lo hizo en plan bonico y desinteresado.

—¡Bei! ¡guapísima! ¿Cómo te va todo? Estoy tan feliz de que estés tan bien con Kike, formáis una pareja genial. ¡Parejota! Os vi el otro día por el centro, de tiendas y morí de amor. A ver si coincidimos pronto en algún evento, ¿no? Estaría guay. ¿Vas a la fiesta de cumpleaños de Caramela? Estarán ahí todas mis chicas reunidas y tengo unas ganas de veros a todas… —me dijo emocionado.

—Me ha invitado y voy a intentar ir, aunque, bueno, ahora ando muy liada preparando cosas, seguro que ya sabes que estaré en Madrid una temporadita…

—Sí, claro, por eso te llamo. Ya me he enterado de que entráis Kike y tú en la casa de 2+2 son Vip. Os aseguro que no me pienso despegar de la tele ni un minuto y mi teléfono va a arder de las veces que voy a llamar para apoyaros. Sois mi pareja del momento, no os saco de mi cabeza. No pasa ni un minuto en que no piense en vosotros. ¡Os adoro! Por cierto, ¿habéis cambiado de supermercado? Ya no os veo cuando vais a hacer la compra. Y te voy a reñir un poquito, me esperaba un mensajito avisándome de que entráis en la casa ¡que me tienes abandonadito! Pero no te preocupes, no pasa nada…

—Kike, te agradezco mucho tu cariño e interés, pero me tengo que marchar ya… —Volví a tener la sensación de agobio y claustrofobia que sentí al conocer a Kike Castor, alias «Kastorcito», el año pasado. Aunque sea inofensivo y solo sienta adoración por las *influencers,* a mí me dan ganas de ponerle una orden de alejamiento. ¡Por Dios, qué control! Me vino a la cabeza la necesidad de comprobar que Kastorcito no me hubiese puesto algún localizador en el móvil.

—Vale, pero espera, yo te quería decir que si necesitáis que vaya a representaros a Kike o a ti, yo estaría encantado, os defendería a capa y espada. Sobre todo a ti. Porque sabes que las *bloggers* sois mi pasión. Todas tan guapas y tan a la moda. Por cierto, me he tatuado una B en la nuca, de *blogger* y de Bea. —Uff ¿se la habrá tatuado ahí para distinguir donde termina su cabeza y empieza su cuello? —me pregunté recordando su enorme y resplandeciente calva, que brillaba como la bola blanca del billar.

Punto débil:

Si ya me persigue hasta el supermercado sin tener contacto con él, si lo involucro más en mi vida con el asunto del programa, un día me acostaré en la cama y descubriré que se ha colado en mi casa para arroparme.

Punto fuerte:

Lo conoce todo el mundo y, por extraño que parezca, no asusta a nadie. La gente le tiene mucho cariño.

Fue descartado porque:

A mí me pone los pelos de punta.

La elección de la persona que representaría a Kike fue la que nos llevó a una discusión. Discusión en plan: no estar de acuerdo con los argumentos o las opiniones de otra persona; no en plan: tirarnos los trastos a la cabeza, decirnos cosas feas o faltarnos al respeto. Eso no.

Estábamos pasando unos días en Madrid en la casa de Carmen. Hablábamos de nuestra inminente entrada en el programa y Carmen comentó que le haría mucha ilusión ser la representante de Kike. A mí me pareció una idea estupenda y a él le pareció de las peores ideas del mundo. ¿Por qué? Pues porque Kike decía que no quería exponer a Carmen, que no quería perjudicarla y que, si alguien le faltaba al respeto o le hacía pasar un mal rato, no se lo perdonaría nunca. Sobre todo estando él dentro y sin enterarse de lo que se estaría hablando fuera.

Yo, por el contrario, pensaba que Carmen estaba preparada para comerse a todo el que se le pusiera por delante con patatas fritas. Se lo tragaría hasta sin agua o lo escupiría en plan matona, porque mi cuñada estaba que se salía. Era lista y quería muchísimo a Kike, lo iba a defender fenomenal. Ella que había conseguido hacerse un hueco en las pasarelas con su colección de ropa, no se sentía intimidada por las cámaras o por tener que hablar en público. Tener síndrome de Down no le tenía que hacer renunciar a ninguna experiencia que le ilusionase, ese era mi punto de vista. Yo no veía ningún problema y así opiné cuando Carmen le sugirió a su hermano representarlo en el plató:

—Hermanito, déjame ir al programa a defenderte, porfa.

—No me parece una buena idea Carmen, prefiero que vaya algún amigo mío. Tú aún eres muy joven…

—Oye, que soy mayor de edad, eh. Yo ya soy una persona adulta —dijo haciendo énfasis en la palabra adulta, y a mí me pareció superadulta de repente.

—Yo, si me preguntáis, diré que Carmen te representaría fenomenal, Kike —intervine. Y sí, era consciente de que nadie me había preguntado nada en absoluto, así que no me sorprendió la respuesta de Kike, que no se hizo esperar.

—Ya, cariño, pero es que no te hemos preguntado.

—Vale, sí, se lo había dejado a huevo. Kike me dio un buen zasca, pero no se lo tuve en cuenta porque sus ojos hablaban por él. Sus preciosos ojitos verdes me estaban suplicando que me pusiera de su parte. Lo sentí mucho por ellos, pero yo no le veía tal drama a que Carmen fuese a la tele y, si yo no podía defender a Kike porque estaba con él, la que mejor lo podía hacer era Carmen.

—Bueno, déjale hablar —Carmen se colocó a mi lado, me dio la mano y me pareció un gesto muy tierno—. ¿A que crees que lo haría fenomenal?

—¡Pues claro que sí! —contesté decidida. Carmen tenía que representar a Kike. Unidas, podríamos. Éramos dos insistentes mujeres contra un pobre buen chaval. Estaba perdido.

—Kike, danos una buena razón y dejaremos de presionarte, te lo prometo. —Los ojos de Carmen me reprendieron, ella también pensaba que siendo insistentes podríamos lograr nuestro objetivo fácilmente y seguro que no se equivocaba.

Kike se quedó pensando por un momento y no supo qué contestar. Su único argumento era que quería protegerla, pero eso con nosotras ya no le valía. Ella no lo necesitaba y estábamos cansadas de decírselo. Aproveché su silencio para continuar con el mitin:

—Cariño, Carmen es la mejor opción. No te lo pienses. Vamos a alucinar seguro cuando la veamos a la salida, ¡qué orgullosos vamos a estar! «¡Pero qué bien lo has hecho! ¡Qué bien has hablado!» Ya me estoy imaginando la conversación cuando nos reencontremos con ella. «¡Carmen!¡Carmen! ¡Eres la mejor! ¡Superrepresentante!» —le dije pegando saltos, levantando una pierna y creyéndome una *cheerleader.*

Y acto seguido le metí a Kike el estocazo final diciéndole a mi cuñada:

—Mira, si tu hermano se niega, me representas a mí. —Vale, me había pasado un poquito, mi chico me miró perdonándome la vida. Pero bueno, él ya me conocía, no sé qué le molestaba y le sorprendía tanto. Él ya sabía que cuando yo quería algo, lo luchaba hasta el final.

—¡Toma! ¡Toma ya! ¡Ahora sí que voy seguro a la tele! —Carmen se paseó alrededor de Kike haciéndole burla y la miré, reprendiéndola. Aquí el bueno de su hermano tenía mucha paciencia, pero estábamos pasándonos un poquito con él y me supo mal. Me acerqué a Kike con cara de: «Amigos, ¿no? ¡Choca los cinco, colega!» Pero él no chocó los cinco ni en su pensamiento.

—Pues nada, está bien. Lo que vosotras digáis. Me tenéis un poco harto con el tándem este que os montáis las dos. Por cierto, Carmen, ¿a tu novio le parece bien que vayas a la tele?

—A mi novio le parece muy excitante verme en la televisión —le contestó ella segura, y Kike se sentó en el sofá abatido, resignado y no queriéndose imaginar a lo que Borja se refería con excitante.

—Bea, vamos a elegir unos modelitos para cuando vaya al programa. —Las dos salimos de la habitación emocionadas y, cuando estábamos sacando vestidos, blusas y todo tipo de *outfits* del armario de Carmen, oímos a Kike a nuestra espalda, apoyado en el marco de la puerta, que decía:

—A mí me gusta ese vestido negro, Carmen. Estarás muy guapa.

Corrí a abrazarle porque era tan mono que me lo comería. Y su hermana le sonrió y le dijo:

—Ese es de abuela. Me voy a poner el rojo con la rajita en la pierna.

—Nunca vas a hacer nada de lo que yo diga, ¿verdad? Vale, pues ponte ese rojo —dijo Kike, que quería simular enfado, pero yo no me lo tragaba.

—Creo que al final me voy a poner el negro.

Kike no lo pudo soportar más. La palabra «tocapelotas» debía de haberse inventado para definir a su hermana. Cogió el almohadón de la cama y le soltó a Carmen un almohadazo en la cara que ella no vio ni venir y la tumbó. Carmen enrojeció molesta y se lanzó contra él arrojándolo también sobre la cama. Miré divertida la escena ¡qué monos me parecían! Reían y se lanzaban cosas, juguetones. Yo los miraba embelesada hasta que me golpeó una percha en la cabeza y creí ver las estrellas. ¡Putos locos! ¡Serán animales! No sabía quién de los dos había sido, así que me lancé encima de los dos con toda mi saña, pegando patadas y codazos como si me encontrase en una partida de mi videojuego favorito de la infancia, *Streets of Rage* —sí, de niña era un poco bestia parda—, incluso hacía los mismos sonidos que hacía *Blaze* cuando metía esos patadones tan espectaculares. Es que yo era una chica un poquito vengativa que no toleraba bien las bromas y me picaba un montón. Los dos huyeron despavoridos de la cama ante mi ataque de violencia desmedida, pero me dio tiempo a alcanzar a Kike de la camiseta y volver a tumbarlo. Me disponía a pellizcarle en la poca carne que envuelve las costillas cuando tuve que parar porque me di cuenta de que estaba manchando toda la cama con mi sangre a causa de la brecha que me había hecho la percha al chocar con mi cabeza. Kike se asustó, Carmen casi se echa a llorar, y yo aún tuve fuerzas para decirles: «Esto no termina aquí», antes de que todo se oscureciese y me desplomase. Ver tanta sangre me había impresionado un montón.

Un par de horas después y con un par de puntos de sutura en la cabeza, nos encontrábamos Carmen y yo sentadas en el sofá cuando le dije:

—Hemos convencido a Kike, pero nos ha costado: Sangre, sudor y lágrimas. —Ella se rio porque estaba contenta e ilusionada y porque esa frase nos había venido al pelo.

8
EL CHUPAOREJAS

Por fin había llegado el día. O, mejor dicho, la noche. Kike y yo estábamos a punto de entrar en el que sería nuestro hogar durante el próximo mes. Podía parecer poco tiempo, eso le decía yo a Kike para que no se le hiciese tan cuesta arriba la idea, pero a mí me estaba entrando vértigo solo de pensarlo, así que me imagino que a él aún más. El agobio no me venía por la duración, sino por las implicaciones de entrar en un programa de tanta audiencia.

Pero bueno, aquí estábamos. Ya no había vuelta atrás.

Nos llevó hasta la casa un coche negro de la cadena, cuyo chófer apenas cruzó unas pocas palabras con nosotros. Lo agradecimos. Tampoco es que estuviésemos aquí, mi novio y yo, muy receptivos a suministrarle al hombre una conversación fluida. No teníamos nada que decirle y, para colmo, yo estaba rozando la histeria.

¡Con lo chula que me parecía la idea cuando me la imaginaba en la cabeza! Me veía haciendo amigos, riéndome, disfrutando y con Kike a mi lado dándome amorcito del bueno. ¡Si es que iba a molar muchísimo la experiencia! Pues no, resulta que ya no pensaba eso. A escasos minutos de entrar en el programa, mi mente había decidido que esta era de las peores ideas que había tenido en mi vida. Y la verdad es que malas ideas había tenido unas cuantas. Comprar dos mil pulseras de una página web china cuando tenía dieciocho años para forrarme vendiéndolas por internet, no había resultado ser el negocio exitoso que yo esperaba. Tampoco cuando unos años después invertí todos mis ahorros en un fondo variable y saqué todo mi dinero en cuanto aquello se desplomó perdiendo una escasa, pero a mis ojos considerable, suma de dinero. Una mala idea, sin duda. Y eso que yo de inversiones entendía un poco. La teoría me la sabía, pero me había invadido el pánico y estaba comprobado que, ante el pánico, mi respuesta era pésima. Vale, pues ahora mismo estaba entrando en pánico.

Entrar en el programa iba a ser un desastre, lo veía venir. En ese momento esa casa no me inspiraba nada bueno e hice lo mismo que la buena gente que va a subir a un avión, pero tiene el presentimiento de que se va a estrellar.

—¡No podemos entrar! ¡Vamos a morir! ¡Lo presiento!

Eso exactamente no lo dije, pero algo parecido salió de mi boca:

—Kike, vámonos a casa. Me lo he pensado mejor y no entro. —Kike me miró con expresión divertida, pensando que estaba bromeando.

—Oye, que te lo digo en serio, que no quiero entrar. Ha sido una mala idea. Te he arrastrado a una malísima idea. —Por el tono con el que me dirigí a Kike, y también por la cara llorosa que le estaba poniendo, empezó a entender que no estaba bromeando para nada.

—Bea, que ya hemos llegado. Aquí este buen hombre está esperando a que bajemos y las cámaras que ves ahí fuera están preparadas para grabar nuestra feliz entrada en la casa. —Kike quería que fuese consciente de la realidad que nos rodeaba. Efectivamente, había unas cuantas cámaras enfocándonos y eso no hizo más que acrecentar mi agobio. Además, el señor chófer permanecía impasible esperando que abandonásemos el vehículo para seguir con su vida. Pero nada, yo no me movía. No me veía con fuerzas. Es como cuando suena el despertador y estás muy cansado y visualizas todo el día que te espera por delante y no puedes afrontarlo. Así que, ¿qué haces? ¿Te vuelves a dormir? ¿O te levantas como un resorte y te pones en marcha? Pues eso es lo que tenía que decidir en ese instante.

Sopesé mis opciones en silencio mirando hacia abajo, hacia mi precioso vestido negro, muy corto y muy ajustado y también hacia mis zapatos de tacón, que en este momento dudaba de que pudiesen sostener mi tembloroso cuerpo. Kike me cogió la mano y eso me dio una fuerza que no sabría explicar. Él no hablaba, pero su cuerpo me decía: «Tranquila, estamos juntos en esto. No te va a pasar nada malo estando conmigo». Lo cual me reafirmó en el título que había elegido para el futuro programa «Beatriz, la psicóloga del cuerpo». Y es que a mí los cuerpos me hablaban y eso era una realidad. Me armé de valor. Tenía narices que Kike me tuviese que animar, pero bueno, hasta cuando estás decidido a hacer algo te puede entrar el canguelo, ¿no? ¡Que somos humanos! Y tenemos un enemigo: el miedo. Ese terror que paraliza muchas oportunidades. Pues nada, eso no me podía pasar a mí. Tenía que cambiar el chip y tenía que hacerlo rápido. Ya no era momento de echarse atrás, entre otras cosas porque a saber en qué líos legales me podía meter, ya que había firmado un contrato. Un contrato bastante largo que ahora me daba cuenta de que no me había leído con la profundidad que requería, pero que seguro que en alguno de sus anexos estipulaba que yo no podía abandonar el programa a escasos minutos de empezarlo. Esperaba que estuviesen tirando de publicidad, porque ya había pasado el tiempo prudencial en el que aquí, los tortolitos, deberíamos haber abandonado el coche.

—Por favor, tenéis que salir ya. Me están hablando desde el programa y me dicen que salgáis cagando leches del coche —nos dijo el simpático chófer, que se estaba alterando un poquito.

—¡Vamos, preciosa! —Kike abrió la puerta y, por más que le estiré el brazo, reteniéndole para que me diese unos segundos para mentalizarme, salió del coche. Dejó la puerta abierta tendiéndome la mano para que saliese. Y yo no le podía dejar ahí colgado, con la mano suspendida en el aire como un mimo esperando a que le echen una moneda. Tenía que ser valiente. Me arremangué un poco el vestido, que era tan precioso como incómodo y, viendo que, ahora sí, tenía una cámara justo delante enfocándome el careto y lo que no es el careto, traté por todos los medios de no abrir en exceso las piernas y empezar inaugurando el programa enseñando el *parrús*. Apreté una pierna contra la otra en una postura nada natural que implicaba rodillas para dentro y pies para fuera, en plan payaso de circo bailando el *Chuchuwa* y, ayudada por la mano de Kike, me incorporé como una reinona y hasta sonreí. No me preguntéis de dónde saqué la sonrisa, porque ni yo misma lo sé. Supongo que tener a Kike en plan boniquísimo abriéndome la puerta y dándome la mano me hizo envalentonarme. O igual no se trataba de una sonrisa, sino de una mueca histérica fruto de los nervios del momento. Pero me vi reflejada en la cámara y daba el pego. Parecía feliz.

Cogidos de la mano nos acercamos a la puerta de la casa. Aunque estábamos en verano, la noche era fresquita, o estaba yo destemplada, que también puede ser, y pasé el brazo de Kike por encima de mis hombros buscando cobijo.

Cuando traspasamos el umbral, se me pasó un poco el agobio y los dos nos emocionamos ante lo que teníamos delante de nuestros ojos. La casa era una pasada. No sé si deberíamos llamarle casa, megacasa, chaletazo, o igual hasta le podríamos llamar mansión. No sé qué término es el más adecuado, pero ahí había metros cuadrados para aburrir. Empezamos a recorrer todas las estancias, ya que habíamos sido la primera pareja en entrar y podíamos disfrutar de todas las habitaciones los dos solos. Nos quedamos en estado de *shock*. La verdad es que habíamos visto imágenes del que sería nuestro hogar durante el programa, pero no le hacían justicia en absoluto. La casa era espectacular. Kike y yo no parábamos de proferir exclamaciones y risas histéricas maravillándonos con cada rincón. Visitamos los dormitorios que, a mí, personalmente, me recordaron los de los campamentos de mi niñez con tantas camitas juntas. También nos paseamos por los baños que eran muy modernos y espaciosos. Visitamos la cocina, que tenía unos electrodomésticos de última tecnología y una mesa redonda bastante grande. Nos imaginé allí a todos juntos comiendo algo que esperaba que cocinase gente maja, porque yo era la anticocinera por antonomasia. Si Alberto Chicote me viese improvisando entre los fogones, le daría un ataque de ansiedad, fijo. Tengo una técnica nada depurada que consiste en que mis platos queden crudos o quemados y, aunque sea muy complicado de imaginar lo que os digo, o no tanto según vuestras dotes culinarias, también soy capaz de dejar una misma comida quemada y cruda a la vez. Todo un arte.

Después nos acercamos al salón comedor que era muy amplio y luminoso y nos dejamos caer en un sillón gigantesco que ocupaba media estancia. ¡Qué gustazo de sofá! Y desde allí se veía con claridad el gran televisor en el que descubriríamos cada semana lo que estaba pasando en el plató. Al imaginar ese momento me volvieron a visitar un poquito los nervios de nuevo y me entraron ganas de ir al baño, en plan que te vas por la pata abajo, pero apreté fuerte el culo e intenté distraerme, porque no quería ser conocida como la cagona de la casa.

Por último, salimos al jardín donde había muchos árboles, vegetación y hasta un riachuelo que discurría de un lado al otro del espacio otorgándole al paisaje un aire muy bucólico. Entre árbol y árbol se balanceaban unas hamacas y, como pieza estrella, un gran *jacuzzi* de agua caliente invitaba a relajarse entre sus burbujas. Pensé en desnudarme ya y meterme con Kike a hacer cochinadas en ese mismo instante, y entonces caí en la cuenta de que, aunque lo pareciese, no estábamos solos y no íbamos a estarlo durante una larga temporada.

Oímos voces en el salón y nos acercamos a ver quién había entrado. Enseguida reconocí a una presentadora de un programa de televisión con la que había coincidido en alguna ocasión en algún evento de la cadena. Se llamaba Paula y, si mi instinto no me engañaba, era un amor de chica. Me alegré mucho de verla. La abracé como si abrazase a mi hermana y, lejos de mostrarse sorprendida ante tal despliegue de amor, me correspondió con la misma emoción que yo. Supongo que una cara conocida a la que has visto en varias ocasiones y parece maja, siempre es una buena noticia. Mejor que ver llegar de frente a alguien a quién tienes atravesado y no soportas. Y es que perfectamente podíamos llevarnos una desagradable sorpresa estando ya en la casa, porque a día de hoy las personas que iban a convivir con cada uno de nosotros eran un secreto. La cadena solo había confirmado, supongo que como reclamo, que Kike y yo entrábamos y que también lo haría la colaboradora del programa Sobreviviré Pomelo: Marisa. Todo lo demás habían sido rumores. Incluso había llegado a oír que iban a meter a mi exnovio Carlos en la casa, pero esperaba que fuesen solo habladurías sin fundamento. La verdad es que si lo hubiese visto entrar por la puerta, me hubiese dado un parraque. Entended que no me hubiese hecho especial ilusión tener allí a Carlos, siendo espectador privilegiado de mi amor con Kike en la casa de 2+2 son Vip. Y, por otro lado, también tenía que ser masoca el chaval para entrar aquí con nosotros si lo que me habían contado era cierto y Carlos aún seguía coladito por mí.

Por ahora teníamos aquí a Paula y yo estaba encantada.

Mi nueva amiga nos presentó a su novio Jaime, un chico que también me pareció bastante majo. No detecté nada raro en su forma de saludar y en el minuto en que intercambiamos unas palabras. Y pensaréis: Jolín, ¿cómo vas a detectar algo raro en solo unos minutos? Bueno, pues es posible, y la siguiente en entrar en la casa lo confirmó.

Marisa apareció por la puerta delante de su marido, Popi. Sí, lo sé, parece el nombre de un dibujo animado, de un perro o de todo, menos del marido de alguien. Pero es que este señor tenía varios *pubs* y discotecas y pensaba que molaba y se hacía llamar Popi aunque tuviese casi cincuenta años.

—¡Ya estoy aquí! ¡Ya he llegado! Game Master, ¿dónde está mi *suite*? —gritó Marisa, hablando hacia el techo y moviendo teatralmente sus manos. La gran diva había entrado en la casa. Una colaboradora que se había hecho famosa por su relación con el soltero de oro, Popi, y que por su llamativa forma de ser había logrado hacerse un hueco como tertuliana en un programa en el que solo era necesario chillar mucho y no tener mucho sentido del ridículo, porque igual te disfrazaban de gamba, que te hacían tirarte un eructo en pleno directo. Pero eso era *pecata minuta* para ella, que cumplía con creces las expectativas del programa. Si le pedían un eructo, ella se tiraba cinco pedos. Una crack que, en los últimos diez años, no había faltado ni una tarde a su cita con la nada desdeñable audiencia del programa, que por cierto la adoraba.

—Marisa, saluda a tus compañeros —le contestó la voz grave del Game Master, que al parecer no tenía muchas ganas de cháchara.

Ella se acercó a mí poniendo la mejilla y yo le correspondí con la mía. Chocaron ambas como me dio la sensación que íbamos a chocar nosotras, con un golpecito seco y desagradable. Luego se encaminó a Kike y colocó su mano en posición de que él se la besase. Kike se la giró con una enorme sutileza y pareció que se daban la mano. ¡Ole, mi chico! Esto a Marisa no le gustó demasiado y acudió enfurruñada a saludar a los demás.

Popi también vino decidido hacia nosotros gritando desde lejos y, con una efusividad desmedida, nos dio unos cuantos besos y abrazos. Yo habría apostado a que estaba borracho. Más tarde lo comenté con Paula y ella me dijo que él siempre hablaba así, así que, o circulaba por la vida siempre alcoholizado, o solo hablaba como si lo estuviese. Pensé que sería su forma de hablar porque, a no ser que su intención fuese entrar en la casa para desintoxicarse, aquí lo iba a pasar un poco mal, porque poca bebida iba a poder consumir.

—Essstoy encantado de conoceros a todos. Marisita mía, estate quieta que pareces un polvorín. —Agarró a su mujer que andaba como loca paseando arriba y abajo e inspeccionándolo todo. Nosotros los observamos curiosos mientras entraban en la habitación. Marisa colocó su maletita al lado de una cama y dijo:

—Esta cama es para mí, que necesito estar al lado de la puerta por si se me afloja la vejiga o me vienen unos aires nocturnos. —Ella y su marido se rieron ruidosamente ante su escatológica conversación. Después, ella se lanzó sobre la cama y Popi hizo lo propio. Popi se puso a pegar saltos sobre la colcha y la sonora risa de Marisa inundó toda la estancia. La falda plateada que llevaba la tertuliana se le subió para arriba, dejando entrever su ropa interior color carne. Enseguida el ojo de la cámara que tenía más cerca se agrandó, supongo que para no perderse detalle de las bragas de Marisa que, o no se había percatado de la situación, o no le importaba lo más mínimo y estaba encantada de enseñar el papo en directo el primer día. Y ahí está lo bonito de este mundo. La variedad que reina en él. Lo que a unas nos aterroriza, a otras les encanta. Pues oye, ¡ole su papo!

Mientras un Popi descamisado pegaba brincos, ahora de rodillas, encima de la cama y Marisa se sujetaba a cuatro patas a los extremos para no caer, los demás nos acercamos al salón porque había entrado una tercera pareja.

Yo apretaba la mano de Kike, aunque me sentía mal porque mi mano estaba un poco sudada a causa de los nervios y daba un poco de grimilla, pero estrujar a Kike esta noche me tranquilizaba un montón, así que ya se lavaría luego las manos porque «no existe el asco certero en el amor verdadero». Dicho que me acababa de inventar, pero que era una verdad absoluta.

Mientras caminábamos, yo iba charlando animadamente con Paula de todo. Justo en ese momento estábamos hablando de Madrid. Yo le contaba mis zonas favoritas de la ciudad y los sitios de marcha por los que había salido, siempre acompañada de Kike. Se paralizó la conversación cuando vi al chico que acababa de entrar en la casa. Él vino sonriente y decidido hacia mí, me abrazó y me levantó haciéndome girar un poco en el aire, mientras yo continuaba en *shock* y no sabía si me alegraba o no de verlo allí. Kike nos observaba un poco alucinado porque no tenía ni idea de quién era este chico que tenía tanta confianza conmigo como para darme vueltas y abrazos. La verdad es que yo tampoco entendía tanto colegueo porque solo lo conocía de una noche. Pero bueno, siempre nos han dicho que en la casa de 2+2 son Vip todo se magnifica y se ve que la cosa empezaba a magnificarse nada más poner los pies en su interior.

Se trataba de Miguel, el chico al que conocí a través de Daniela en esa cena de chicas a donde acudió con los compañeros de la masía en la que trabajaba.

Estaba muy guapo. Tenía el pelo negro un poco engominado con el flequillo en punta y vestía una ropa muy moderna, bastante distinta a la que llevaba la noche que lo conocí. Llevaba unos vaqueros negros, tipo pitillo, rotos a la altura de las rodillas —que, por cierto, le sentaban como un guante— y una camiseta gris desgastada con el dibujo de una calavera.

Entró con una chica que, a mi parecer, no debía de tener ni treinta años. Nos miraba sonriente con su pelo largo castaño y sus ojos almendrados de un bonito color miel. Estaba muy delgada pero a la vez era muy llamativa. Tenía uno de esos cuerpos que te cuesta creer que hayan venido así de serie. ¿Y por qué no te lo crees? Porque no sería justo que alguien, sin apenas carne a la que agarrarse, hubiera desarrollado dos melones tan gordos y tan bien puestos. No existía en ellos ni un atisbo de flacidez. Es como si el peso de los dos senos y el efecto de la fuerza de gravedad no existieran en esta realidad paralela donde habían crecido esas dos tetazas, que seguro que hacían muy feliz a su dueña y al que las disfrutase. Y según apuntaban los últimos acontecimientos, el afortunado debía de ser Miguel.

—Y bien, ¿se puede saber de qué os conocéis? —nos preguntó la chica que enseguida me presentaron como Carla y que se mantenía un poco alejada de nosotros.

—Bueno, tenemos amigos en común y hemos coincidido en alguna ocasión —contestó Miguel, que se llevó las manos a la cabeza mientras exclamaba por lo bajo: «¡Menuda casualidad!».

No me creí en absoluto que le hubiese sorprendido encontrarme allí, porque desde la cadena habían repetido hasta la saciedad que Kike y yo íbamos a entrar en el programa, pero tenía que reconocer que el chico disimulaba genial y a mí me estaban pareciendo totalmente realistas todas sus reacciones. Me dio por pensar entonces si la cadena, que no da puntada sin hilo, se habría enterado de que Miguel y yo nos habíamos conocido en la cena en la que Daniela nos convocó a todos, y se les había ocurrido que igual entre nosotros podría haber «tomate» al habernos visto volver solos y juntos en el coche. A mí me parecía mucha casualidad que la entrada de Miguel hubiese sido una coincidencia.

—Pero vamos a ver, Miguel, ¿qué se le ha perdido a un tenista en la casa de 2+2 son Vip? —le pregunté con curiosidad, porque la verdad es que no me imaginaba a Rafa Nadal metiéndose en ninguna casa entre Roland Garros y Roland Garros. No tenía ningún sentido. Aquí no iba a poder entrenar. Menudo tenista profesional de pacotilla estaba hecho aquí el amigo.

—¿Qué dices, loca? ¿De dónde te has sacado eso? Yo no sé jugar al tenis, me defiendo con el pádel porque no hay que correr tanto. ¿Quién te dijo que era tenista? ¿Daniela? —Kike arqueó una ceja al oír el nombre de Daniela. Seguro que ya se estaba imaginando lo peor sobre este hombre si era un conocido de la loca de mi amiga.

—No, me lo dijiste tú. Te pregunté a qué te dedicabas y me dijiste que eras tenista —le contesté confusa, y me di cuenta de que todos estaban pendientes de nuestra conversación, hasta Marisa y Popi, que ya habían abandonado sus jueguecitos en la habitación y se habían reunido con nosotros.

—Ni de coña, Bea —me contestó rotundo, y enseguida cambió la expresión porque cayó en la cuenta de algo—. ¡Ahhh! Vaya tela, que creo que entendiste tenista cuando te dije que era tronista.

Eso sí que no me lo esperaba. Ahora entendía por qué nos habían tratado tan bien en la discoteca a la que habíamos ido y por qué mis seguidoras se habían querido hacer también una foto con él.

Había dos opciones para el significado de tronista:

1. Este chico era el rey de España, cosa muy poco probable porque, se me va la pinza, pero de que hemos cambiado de rey me habría enterado. No soy de ver demasiado la televisión, ni aun siendo *influencer* me entero de todos los cotilleos, pero ¿hola?, ¿nuevo rey? ¿Daniela nos lleva de cena con el nuevo rey? ¿Y luego nos vamos de fiesta con él? No me cuadra…

2. Miguel era conocido por salir en la tele en el programa este de citas donde un chico o una chica se sen-

taba en un trono y a su lado un montón de pretendientes intentaban conquistar su corazón.

Sin duda, la segunda opción era la buena. Y yo que en su día lo visualicé tan claro en mi cabeza con la raqueta y la ropa pija y ahora solo lo podía ver en plan macarrilla riendo, bebiendo alcohol y acostándose con un montón de mujeres.

—¡Vaya! ¡Pues sí! ¡Te entendí mal! ¿Y ella quién es? Cuando quedamos me dijiste que no tenías novia… —Estaba pareciendo un interrogatorio y además podía dar a entender que me importaba lo más mínimo la situación sentimental de este chico, pero de verdad que no. Es que yo era muy curiosa y la intriga me comía por dentro.

—Ella es Carla. Cuando nos conocimos yo estaba visitando a la familia y a los amigos en Valencia, pero seguíamos con las grabaciones del programa *Jugando a los tronos* en Madrid. Carla fue la chica a la que elegí como pareja en el programa y desde que terminó estamos saliendo juntos. No nos hemos vuelto a separar.

Carla le miró con ojos enamorados. O eso me pareció a mí, que me gustaba más una película romántica que comer con los dedos, las chuches, el chocolate y el gustazo de trasnochar y levantarme tarde. Como os podréis imaginar, todas esas cosas me gustaban muchísimo.

Por las fechas que me estaban diciendo, la parejita llevaba poquísimo, así que era normal que estuviesen en un momento muy dulce de su relación. Miguel me confirmó que *Jugando a los tronos* pertenecía a esta misma cadena de televisión y me pareció una buena jugada de los directivos de la cadena que los ganadores de su otro programa entrasen en la casa.

Con todo esto del reencuentro con Miguel, me dio por pensar en Daniela. ¿Sabría que Miguel había entrado en el programa? Fijo que estaría flipando ahora mismo, seguro que ya habría llamado a la tele para decir que nos conocía a todos y estaría indignada por no poder estar ella aquí viviendo la experiencia.

Miguel y Carla repitieron lo que habíamos hecho todos los demás y se fueron a recorrer todas las estancias de la casa cogidos de la mano. Yo no quería ser prejuiciosa, pero estos amoríos que surgían en un par de citas en un programa de la tele a mí nunca me habían convencido. Y además, ¿por qué necesita este chico que es guapo, alto, simpático y sin ninguna tara aparente, encontrar el amor en un programa de televisión? La vieja juzgona que todos llevamos en nuestro interior giraba la cara de un lado a otro censurando estas modas tan extrañas. Y luego está ella, Carla, compitiendo con un montón de chicas más para ganarse el amor del príncipe Miguel. Y a la inversa igual, eh, no lo digo en plan feminista, pero que el formato así montado de unos pretendientes que van a ligarse a otro mortal no lo veía claro. Me parecía todo un poquito falso y preparado, y el amor necesita de la improvisación y de la intimidad para desarrollarse, ¿no? Pero oye, yo no me iba a meter a juzgar si se querían mucho o poco, a mí con que nos llevásemos bien, no comieran como ceporros porque teníamos pocos suministros y fueran majos, me sobraba.

Solo quedaba una pareja por entrar. La última. Por ahora, el balance de concursantes no estaba yendo del todo mal. Una que es muy de hacerse mapas de situación, que a priori parecen verdades absolutas y en muchas ocasiones resultan estar tremendamente equivocados, ya había decidido que Marisa y Popi eran la pareja con la que menos *feeling* iba a tener. La primera impresión era esa. Me resultaban un poco cansinos y habíamos pasado poquísimo tiempo juntos, así que si tenía que extrapolar la sensación a un mes entero de convivencia, estaba segura de que iba a acabar de ellos hasta el moño. Era posible que la audiencia los tirase pronto, aunque me parecía poco probable porque Marisa tenía un cuantioso club de fans. También era posible que no les tuviese que soportar mucho porque me echasen a mí enseguida y esto era más probable, sobre todo si me daba por ponerme intensita lanzando mensajes positivos de ayuda al prójimo que no le interesasen a nadie. Porque en este mundo estresante en el que vivimos, la gente prefiere escuchar tonterías que mensajes filosóficos elaborados. Y no los juzgo eh, que a veces ni yo misma me aguanto. Pero ¿era o no una buena oportunidad de decir cosas chulas ahora que iba a tener a millones de personas viéndome?

Igual incluso me podía inventar alguna rima pegadiza y todos la tararearían por las calles. Era impresionante cómo me venía arriba con mis ideas. Podía caer superbién en la casa con mi actitud molona o podía llegar a escuchar algunos comentarios como:

—Eres una petarda muy pesada. Deja de hablar y tírate al suelo y da vueltas.

¡No tenía ni idea de cómo iba a reaccionar la gente! Por lo pronto iba a intentar seguir los consejos de mi amiga Sara, una tía sabia de narices. Ella me dijo que fuésemos nosotros mismos, que no sobreactuásemos y que fuésemos auténticos. Corrí a coger a Kike de la mano porque lo verdaderamente auténtico era lo que yo quería a ese hombre. Lo quería una auténtica barbaridad.

Y entonces entró la última pareja de la casa y, sin darse cuenta, Kike se sobresaltó y me soltó la mano.

9
ESCUCHITAS EN REUNIÓN

Ella se llamaba Martina y era un espectáculo de mujer. Tenía una larga, lisa y preciosa melena pelirroja, los ojos azules y la piel clara, y alguna pequita discreta salpicaba su nariz respingona. Era alta y se le intuían las curvas, aunque vestía muy elegante, con un vestido corto azul klein que le sentaba genial.

La reconocí enseguida, era una modelo que había visto en varias ocasiones por la tele, pero nunca había coincidido con ella en ningún evento. Entró con un chico, Javi Montes, un empresario moreno, no excesivamente guapo, pero sí atractivo. Y me diréis ¿en qué te basas para afirmar que no era guapo, pero sí atractivo? Pues me baso en mi opinión y en mi criterio personal. Si hubiese alguna tabla de medir universal que regulase la belleza, basándose en el espacio óptimo entre los dos ojos, la longitud de la nariz, el grosor de los labios o algo similar, la aplicaría con gusto. Pero como no es el caso, tendréis que confiar en mi criterio cuando os digo que, bajo mi punto de vista, el chico era atractivo: muy moreno de piel, alto y proporcionado, con una mandíbula prominente, ojos grandes y pestañas largas. Un galán de película con una cara simpática, otra apreciación personal, pero creo que estaréis de acuerdo conmigo cuando os digo que hay gente cuya cara derrocha simpatía y hay otra que trae puesta de serie la expresión de que le hayan metido un palo por un culo repleto de hemorroides. Imaginaos la escena: estar tomando una cerveza fresquita en una terraza donde no hace ni frío ni calor, el airecito es el ideal, acompañada de tu libro favorito y escuchando una música suave de fondo con los pies en alto. Pues hasta en esa situación la cara de culo es irremediable en cierto perfil de personas.

En un primer momento, no me pareció el caso de Javi Montes y tampoco me pareció el de Martina. Me acerqué a Javi y nos dimos dos besos un poco tímidos, ya que el chico no sabía muy bien hacia qué lado tirar, que desembocaron en un pequeño abrazo, también algo forzado. Javi estaba muy cortado, así que no se lo tuve en cuenta. Después fui a hacer lo propio con Martina. Me acerqué a saludarla con los brazos abiertos y ella me recibió con los brazos cerrados, así que la apretujé como pude y me alejé con esa sensación de ligera humillación que te invade cuando notas que te han dejado un poco en ridículo. Pero quise pensar que la chica estaba nerviosa y no había sabido cómo reaccionar. No olvidemos que aquí no llevamos un guion, estamos en directo e improvisando, así a lo loco. También nos podía haber pasado perfectamente en la calle. A veces saludas a alguien, tú le das dos besos, porque es el protocolo besucón español, ella a ti te da uno, al darse cuenta tira a darte otro, pero tú ya te estás alejando y has movido la cabeza, y por poco os dais el besete en los morros. ¿A quién no le ha pasado eso alguna vez? Pues lo que os digo, que quizá la había pillado en frío. Se ve que ella después ya entró en caliente porque se acercó a Kike y, con una familiaridad que me resultó chocante, le cascó dos buenos besos recreándose en cada uno de ellos como si le fuese la vida en ello. Vaya, que la muchacha le puso todo su interés en lo que estaba haciendo en ese momento, como si el beso que le dio a Kike fuese para nota. Martina: *nine points* —léase con la entonación que le da la muchacha que otorga los puntos en Eurovisión—.

No era buena idea ponerse aquí a analizar las reacciones de cada uno, así que no le di mayor importancia y me dediqué a observar distraídamente cómo interactuaban los demás miembros de la casa. Hablábamos emocionados unos con los otros, intentando conocernos mejor o, mejor dicho, intentando conocernos un poquito, porque éramos perfectos desconocidos. Vaya, igual que la película; tendría que proponerles hacer ese juego de dejar los móviles en el centro de la mesa y leer lo que le llegue a cada uno al teléfono para descubrir sus secretos. Eso da más información sobre uno mismo hoy en día que la Wikipedia. Aunque tendrá que ser cuando salgamos, porque dentro de la casa no nos iban a dejar mirar los teléfonos. Solo nos iban a permitir conectarnos a la web del programa y escribir en una especie de blog contando nuestra experiencia dentro de la casa. Respecto a esto, tengo que hacer un inciso para comentar dos cosas:

1. ¿Sabéis si WhatsApp tendrá suficiente capacidad para mantener todo el movimiento de mi móvil durante un mes entero? Mis amigas habían creado un grupo en el que me habían metido, aunque yo poco iba a interactuar ahí, que se titulaba «¡¡¡Con V de Vip!!!». El título había sido una clara alusión a mi blog: Con B de Beatriz. Habían puesto una foto de grupo en la que salíamos las cinco y encima de mi cabeza se leía «Yo soy la Vip». No puedo llegar a imaginarme todo lo

que las cotorras iban a despotricar en dicho grupo. Y además, existe entre mis amigas una de esas especímenes vagas, de las que son incapaces de escribir y solo se dedican a mandar audios. Estoy hablando de Daniela. Es una profesional de este tema. Manda audios para todo. Sabe grabarlos sin necesidad de apretar todo el rato el botón de micrófono, esto le viene muy bien para los audios extralargos que te dejan la oreja dormida. Pero también es capaz de contestar a una pregunta con un monosílabo sin escribirlo. Un audio de sí, o de no, es bastante habitual en ella. Y esos me sacan de mis casillas. ¿Será necesario que mande un audio en lugar de escribir una palabra de dos letras? Pues de conversaciones, de audios, de fotos y de vídeos iba a estar lleno mi móvil cuando lo recuperase.

Vamos al asunto número dos:

2. ¿Cómo íbamos a sobrevivir todos sin el teléfono? ¿Qué haríamos cuando se nos ocurriese consultar el tiempo para mañana? ¿Cuando estuviésemos solos, por ejemplo, desayunando, y no pudiésemos mirar el móvil? ¿Y cuando fuésemos al baño? ¿Nos tocaría buscar etiquetas de champús para leer como hacían en la antigüedad? Fuera de coñas, el proceso de desintoxicación iba a ser *heavy*. El único beneficiado iba a ser el señor Google, que iba a descansar una temporadita de mis preguntas absurdas. No iba a poder consultarle nada a mi mejor amigo, al más imprescindible de todos los que tenía. Mis últimas búsquedas en internet habían sido:

-Me agobio estando en casa, solución: Esto lo había buscado por si me entraba una especie de ataque de ansiedad claustrofóbico dentro. Más valía estar preparada. Pero la verdad es que las respuestas de Google no me habían ayudado mucho en esta ocasión. No obstante, me había hecho una lista con lo que había sacado en claro.

Siempre aprendes algo del sinfín de «entradas relacionadas» propuestas por el buscador.

-¿Se puede tomar pasta cocinada que no has guardado en la nevera?: Las dudas de salud eran habituales en mí. Lo que me lleva a la siguiente consulta:

-¿Se puede vomitar debido a los nervios?: Esa fue mi última pregunta antes de entrar y las dos últimas cuestiones están directamente relacionadas. El día previo a mi entrada perdí un kilo vomitando. Y nunca supe si me había dado por tirar hasta los higadillos a consecuencia de los nervios, o por culpa de la dichosa pasta que olvidé meter en la nevera.

Cierro inciso y vuelvo a lo que estaba aconteciendo dentro de la casa. Todos los habitantes estábamos bastante emocionados. Salimos fuera y comentamos el puntazo del *jacuzzi* y lo precioso que era nuestro jardín. Sí, sí, ya íbamos así, con el sentido de la propiedad pisando fuerte. ¡Qué bonita nuestra nueva casa! ¡Qué jardín tan grande tenemos! Como si acabásemos de pagar la hipoteca ayer mismo. Me fijé en ese momento en una caseta, un poco cochambrosa, que estaba en una esquina apartada. Era pequeñita y fea, la verdad. Podían haberla pintado con un poquito de gracia y habría ganado un poco, pero era marrón caca y no nos gustó mucho. De todas formas, Paula, Jaime, Kike y yo nos acercamos a echarle un vistazo más de cerca.

—¡Ah! ¡Ya entiendo! ¿A que nos traen animales y los meten aquí dentro para que los cuidemos? ¿Qué os apostáis? —dije atando cabos y recordando otras ediciones donde había visto ese mismo proceder—. Espero que no sea así, los animales tienen que estar en el campo.

—¡A mí me encantaría que nos trajesen animales! —Paula parecía emocionada.

Yo no opinaba como ella en absoluto. ¿Me gustaban los animales? ¡Pues claro que sí! Los conejitos peluditos, los perritos y hasta los gatos cuando no eran gatos ariscos que te acercas, te arañan y por poco pierdes un ojo. En general, me gustaban todos los animales y era una defensora acérrima de sus derechos. No podía soportar que nadie les hiciese daño. La gente que no cuida y quiere a los animales, a la gente mayor y a los niños, son malas personas. Malísimas personas, y eso es una verdad como un templo.

Pero yo no estaba de acuerdo con que metiesen en la casa animales. Ni siquiera conejitos o perritos que me encantaban, porque ellos tenían sus sentimientos y estarían desubicados allí. En anteriores programas había visto vacas, gallinas, y hasta cerdos. Y me había dado mucha rabia. Y, para colmo, yo había salido delicadita. Como me decía mi padre: «Hija, qué delicadita eres, reina».

¿Por qué me lo decía? Porque el olor a campo —traduzcamos olor a campo como olor a caca de la vaca— a mí me ocasionaba vómito instantáneo. Lo mismo me sucedía con el olor a cerdo. Y las gallinas, aunque no oliesen mal, se movían mucho y volaban, así que esperaba que nadie contase conmigo para pillarlas en plena acción, porque no iba a ser capaz. ¿Y si me picaban? No digo que lo fuesen a hacer con maldad, no nos engañemos, poco espacio físico para un cerebro maquiavélico tienen estos pobres animales con alas, ¡vaya cabeza diminuta tienen los pobres! Más bien lo harían para defenderse, pero el picotazo te lo has llevado. Estaba yo elucubrando totalmente, visualizándome a la fuerza con el *look* de granjera: peto vaquero, camisa de cuadros, pañuelo en la cabeza y con dos trenzas en el rancho de Texas donde me había teletransportado, cuando Kike me dijo:

—Dudo mucho que vayan a meter aquí animales, si os asomáis a la ventana, yo creo que hasta se pueden ver camas.

—Ja, ja, ja, camas, dice —me burlé—. Serán siete camas para los siete enanitos que están llegando de trabajar en la mina y se tienen que echar un ratito. Pues que no cuenten con que las mujeres les hagamos la comida, que nosotras también estamos muy cansadas de hacerles las camas, limpiar, recoger y quitar las manchas de grasa de su ropa sucia de mineros —le dije en un alegato feminista algo insolidario. Lo recapacité y sentí lástima por los pobres enanitos mineros que trabajaban de sol a sol. Y es una forma de hablar, porque los pobres el sol ni lo olían. De vitamina D iban escasos.

Paula se rio un poco sorprendida por mi discurso y Jaime me dijo algo que no es la primera vez que escuchaba:

—Tú estás como una cabra, ¿no?

—Tampoco es para tanto. Yo le llamo exceso de imaginación. Y que si veo una casa diminuta, pienso en Blancanieves, igual de ahí paso a pensar en manzanas, de ahí a gusanos y de ahí, a acabar hablándote de política, hay un paso. Pero todo tiene su porqué —intenté explicarme.

Kike me apretó de lado contra él y me besó en la cabeza, y el mensaje que saqué de ese gesto fue:

«Yo te quiero tal y como eres». Algo que por otra parte ya sabía. Kike ya me conocía bastante, a él no hacía falta que le explicase el funcionamiento de mi cabeza. Por suerte. Aun así me hizo sentirme muy reconfortada.

—Lo que quiero decir es que esto es diminuto. Aquí no cabemos —afirmé convencida—. Kike no me agobies que ya me está entrando claustrofobia.

Intenté rememorar la lista esa de Google y fui incapaz de recordar ni un solo punto. Me di la enhorabuena por la pérdida de tiempo. Me había pasado más de media hora mirando un montón de páginas web para evitar agobiarme dentro de la casa y no había conseguido retener nada de utilidad. Kike levantó los hombros en plan pasota, como diciendo «tú piensa lo que quieras, pero aquí dentro hay camas».

No pudimos investigar mucho más, nos quedamos con la intriga porque el Game Master nos llamó a todos y nos pidió que nos sentásemos en el salón.

Cuando nos alejábamos de la caseta de los enanitos, o de los animales —aún no había quedado claro—, Kike quiso apartarme para contarme algo, pero el Game Master nos había llamado y yo me sentía como la típica niña repelente y empollona que afronta un nuevo curso con demasiada ilusión, así que le dije:

—Ahora no es el momento, Kike. ¿No ves que nos llama el Game Master? —Es que imponía ese título: Game Master. ¡No me digáis que no! Como para desobedecerle—. Venga, vamos a coger buen sitio en el salón para enterarnos de lo que nos dice. —Vale, sí, se confirma, me estaba comportando como en el colegio, corriendo a elegir pupitre para que no me tocase al lado del mocoso de la clase.

Arrastré a Kike del brazo intentando correr con su peso muerto a cuestas, porque no tenía tanta prisa ni emoción como yo y, efectivamente, como me temía, todos se habían ubicado ya y solo quedaba sitio al lado de Marisa. Hay que ver la ojeriza que le había cogido yo a esta mujer desde que el año pasado la vi comentando, en el plató de Sobreviviré Pomelo, mi trágica ruptura con Kike. Y yo comiendo papas y llorando, en pijama todo el día y con los nervios a flor de piel en el sofá de mi casa. —Y, por cierto, ¿no os parece preciosa la expresión «Tener los nervios a flor de piel»? A mí me parece maravillosa, supongo que por lo de la flor sobre la piel—.

Por suerte, todo se había arreglado y aquí estábamos los dos juntos, así que pensé en intentar acercarme a Marisa, borrar las ideas preconcebidas que tenía de ella y probar a conocerla mejor.

—Niña, cuidado, respeta mi espacio vital —me dijo mirándome con mala cara cuando me senté a su lado.

—Pero, Marisa, si hay varios palmos entre nosotras. Además, es que si no, Kike no cabe aquí conmigo —le contesté, comprendiendo en ese instante que me iba a resultar complicado llevarme bien con ella, por la sencilla razón de que era una tipeja mala sombra.

—Bueno, que tampoco tenéis que estar pegados todo el día. Que no sois gemelos. Yo a Popi cuanto más lejos lo tenga, mejor —me dijo doña romántica, y se echó a reír escandalosamente. Popi también se rio desde el otro extremo del sofá. Al parecer, no era casualidad que estuviese sentado en la otra punta, pero bueno, cada pareja es un mundo. Ellos están en el suyo propio, aunque al parecer prefieren estar en hemisferios separados y, si cada uno está en un polo distinto, pues mejor aún.

—No le hagas caso a mi culebrilla. Necesita su espacio, si no, se nos agobia.

Me llamó la atención que dijese «se nos agobia» como si fuese un ente que nos perteneciese a todos. Pero lo más reseñable es que la llamase, entiendo que cariñosamente, culebrilla. ¡Alerta! Desde luego el apelativo no iba nada desencaminado, tenía que fijarme cuando volviese a abrir la boca para observar si tenía la lengua partida en dos.

Como la culebrilla me hizo moverme, Kike se quedó de pie a mi lado porque el pobre no cabía y Martina le ofreció un sitio junto a ella. Kike no parecía muy contento con la idea, yo también prefería que estuviese conmigo, pero le animé con la mirada a que se sentase en ese sitio. Teníamos que ser simpáticos.

Apareció entonces en la pantalla María, la presentadora, y se dirigió a nosotros:

—Buenas noches a todos y bienvenidos. Estamos encantados de que estéis aquí y deseando veros todos los días. Esperamos que os sintáis como en casa. En cuanto terminemos la conexión de hoy podréis ir a instalaros a vuestras habitaciones. Durante los próximos días os explicaremos cómo será el funcionamiento del programa. Cada semana empezaréis una prueba semanal que tendréis que superar. Si lo hacéis, se os dará el máximo del presupuesto que podréis canjear por comida o útiles que necesitéis y, si no la superáis, el presupuesto será recortado prácticamente a la mitad y os aseguro que eso no será suficiente para la alimentación e higiene de todos los integrantes de la casa.

—¡Qué horror! —exclamó Marisa.

El resto nos miramos con cara de circunstancias. La presentadora se calló por unos segundos y después continuó con su discurso:

—Pero todo eso os lo explicaremos con detalle mañana. Por cierto, queremos que empecéis muy contentos y con muy buen pie en la casa, así que os hemos preparado una fiesta de bienvenida con comida, música y mucha bebida. La fiesta será mañana y, ¡sorpresa! Para pasar esta noche tan divertida tendréis que cumplir con los requisitos que os haremos saber mañana por la mañana. Ahora, descansad, que ha sido un día de grandes emociones.

María se despidió de nosotros y la pantalla se quedó negra. En ese momento sí que estallamos de emoción. Miguel me guiñó un ojo sonriente y yo le levanté los dos pulgares mientras pegaba pequeños botes en el sofá, lo que me hizo parecer demasiado emocionada. Pero es que yo era así, lo vivía todo muy intensamente. Si veía una película de género dramático, lloraba a moco tendido y me llevaba un disgusto que me duraba varios días:

«¿Por qué se tenía que morir? ¡¡¡Si era su mejor amigo y una buenísima persona!!! ¡¡¡La mejor persona que he conocido en mi vida!!! ¡¡¿Por qué?!! ¡¡¡Menuda injusticia!!!» Kike ya no me dejaba ver dramones porque luego no levantaba cabeza.

Si veía una de acción, durante varios días me sentía igual que los protagonistas. Imitaba sus gestos y me habría encantado vivir esas aventuras tan apasionantes. Las de espías eran mis favoritas. Yo creo que en otra vida fui una espía, en serio.

Me meaba —en unos años seguro que esto se convertía en algo literal— de la risa con una película de humor. Y es que yo me reía con ganas, no lo podía evitar. Me quedo muy impresionada cuando voy a ver un monólogo y tengo al lado a alguien que no se ríe con ninguna gracia. ¡Por favor, si los monólogos son graciosísimos! El tipo o la tipa en cuestión cuenta cosas del día a día y te partes la caja, me dan ganas de explicarles la gracia a todos esos sosainas ¿Pero cómo puede ser que no te rías, *tolai*? Es que yo no lo llego a entender.

Y, cuando se trataba de una peli de miedo, ya os podéis imaginar lo que me pasaba. Vale, pensaréis que me cagaba de miedo y ya está. Pues no, la cosa se ponía seria. Chillaba como una hiena herida y, aún sin ánimo de maltratar a nadie, arañaba y pegaba al que estuviese a mi lado. Sin darme cuenta, os lo prometo. Pero el ataque ahí estaba. Vale, Kike tampoco quería que viese pelis de miedo y, si las veía, me obligaba a llevar las uñas bien cortas. Se nos acababan las temáticas.

Lo que os quiero explicar con esto de las películas es que yo era superintensita. Si cuando estornudaba la gente me miraba porque no se podían creer que semejante estruendo saliese de mi pequeño cuerpo. Aún alucino cuando alguna muchachita delicada, del estilo de mi amiga Marta, estornuda que casi ni la oyes, ¿cómo demonios lo hacen? ¡Es como si estornudasen hacia dentro! Pues yo no era así, y ahora mismo estaba bailando la *Macarena* en mi interior y en mi exterior también. La emoción me embargaba. Disfrutaríamos de una fiesta mañana, tendríamos que cumplir algunos requisitos, no sé a qué demonios se refería con eso, pero me resultaba fascinante. ¡¡¡Pero en qué sitio tan chulo nos habíamos metido!!!

Me acerqué a celebrar con Kike mi euforia y me quedé un poco parada al ver que Martina estaba diciéndole algo al oído en ese momento.

¿Qué le estaría diciendo? Si Kike no estaba sordito, ni había música en la casa, ni nada que justificase unas «escuchitas en reunión son de mala educación». Kike se levantó al verme llegar y vino hacia mí. Yo seguía pletórica y lo abracé fuerte, y entonces él me dijo: «Tenemos que hablar». Y me sonó mal. ¿Qué digo mal? ¡Me sonó fatal!

10
EL PASADO BIEN PRESENTE

Kike me llevó al jardín. Lo vi buscando un ángulo muerto en el que las cámaras no nos enfocasen, pero eso era imposible. Estaban por todas partes, así que me senté en un banquito que había delante del *jacuzzi* y después se colocó a mi lado.

—Mírame, Bea —me pidió con seriedad, cogiéndome la cara entre sus manos. Pero vaya, que no hacía falta que me lo dijese, que pensaba mirarle y no perderme detalle. Que el «tenemos que hablar» había conseguido que fijase totalmente mi atención en él.

—Dime, Kike, ¿a qué viene esto? —le pregunté nerviosa—. Me estás asustando.

—No, preciosa. No te preocupes. Solo quiero que sepas algo que no te había contado fuera de la casa. —Kike parecía preocupado, sudaba y me di cuenta de que no sabía cómo abordar el tema. Intenté ayudarle.

—Tranquilo, dímelo sin más. Sabes que a mí puedes contarme cualquier cosa.

—Martina es mi exnovia —me dijo precipitadamente, como si le quemasen las palabras en la boca y necesitase soltarlas cuanto antes.

—Vale. —Yo me quedé sin palabras. No sabía qué decirle—. ¿Sabías que iba a entrar en el programa? —le pregunté con un hilo de voz.

—¡Claro que no, Bea! Estoy alucinado. No tenía ni idea.

—¿Es la chica que te rompió el corazón? —Kike me miró y entendí que no quería contestarme a eso. No delante de las cámaras.

—¿Por qué rompisteis? —Sabía que no quería hablar de ello, pero yo necesitaba saberlo. Tenía que contarme algo más, darme alguna información que me tranquilizase, como, por ejemplo, que Martina era un ser despreciable, que pensaba tener el mínimo contacto con ella posible, que la odiaba… En definitiva, alguna cosita mala me haría tomarme esta noticia con algo más de positividad.

Kike se acercó y me susurró al oído:

—Te prometo que te lo contaré todo cuando salgamos. Perdóname, no puedo decírtelo estando aquí dentro, pero te aseguro que no tienes que preocuparte por nada. —Unió sus manos pidiéndome perdón y no insistí con el tema. No podía ponerle en esa tesitura y menos delante de las cámaras, que no perdían detalle. Además, los micros, aunque bajito, lo habían grabado todo y lo iban a subtitular para que lo leyese todo el mundo en sus casas. Se iban a enterar todos, hasta los que de normal no se enteran mucho porque están un poco «tenientes». Yo eso lo tenía clarísimo, porque ya había visto otras ediciones del programa. Aquí pocos secretos íbamos a poder tener, teníamos que habernos inventado un lenguaje de símbolos, de esos que usábamos cuando éramos niños. ¡Qué rabia! Eso habría estado genial. ¡Muy mal, Beatriz! Es que cuando me riño a mí misma me llamo Beatriz, para darle solemnidad al enfado. Pero la verdad es que yo no me podía imaginar que estaría dentro de la casa la expareja de Kike y, por cierto, digo yo que, en un año de relación, ya me podía haber sacado antes el tema el muchacho, que cada vez que le preguntaba por su ex me decía que prefería no hablar sobre cosas del pasado. Pues mira tú por donde, ¿no quieres caldo? Toma dos tazas. Aquí teníamos el pasado bien presente. Y si me lo hubiese contado fuera, yo ya sabría a qué atenerme con ese bicho malo de Martina. Ya, ya, igual es una bellísima persona, pero me permitiréis que esto me cayese como un jarro de agua fría sobre mi piel desnuda en el invierno de Laponia y me apeteciese insultarla un poquito a la hija del mal. Resumiendo, esto era una auténtica putada que iba a cambiar mi forma de concursar, de relacionarme con los compañeros y también con Kike, más que nada por la incertidumbre de lo que les pasó en el pasado. No quería pecar de histérica. Yo era una novia moderna segura de mí misma. Kike me quería a mí y yo no tenía de qué preocuparme, porque ni aunque se le apareciese aquí la tía más buena, lista y cariñosa del universo, mi chico dudaría de nuestro amor. O al menos eso es lo que esperaba. Nosotros estábamos fenomenal. ¿Por qué tenían que cambiar las cosas? Además, por amor, y por simple precaución, yo no me iba a separar de él. Lo tenía agarrado del brazo como un mono a una rama, y estaba pensando justo en eso, cuando oí que llamaban a Martina y a Kike a la sala de confesiones. Una habitación de la casa en la que se podía entrar para hablar con el Game Master o directamente con la dirección del programa. ¡Sí que empezaba bien mi plan de pegarme a Kike como una lapa! Mi chico me hizo una mueca de disgusto. Yo le pregunté por qué les llamaban a los dos y él me contestó que no tenía ni idea.

Martina, que estaba cerca hablando con los otros compañeros y que ya me había fijado yo que no quitaba ojo a nuestra conversación, se acercó a nosotros y le dijo a Kike:

—Ey, K, nos llaman. Tenemos que irnos. —Kike se levantó con brusquedad y le contestó:

—No me llames así. Ve yendo tú y ahora enseguida acudo. —Acto seguido me besó. Un beso que me pilló un poco desprevenida porque no me lo esperaba para nada. Me dio un abrazo y yo lo estrujé fuerte, como si se fuese a la guerra y no lo fuese a ver en meses. Casi me pongo a llorar y aún no entiendo el porqué. Estaba muy sensible. Esta casa me había convertido en una moñas que te cagas. Después de la melodramática despedida, se levantó, me dio otro beso, esta vez en la mejilla, y se marchó andando deprisa y con las manos metidas en los bolsillos de su pantalón.

Yo estaba flipando con Martina, ¿qué decía de K? Menos tonterías, que me enciendo. Pasé de ser una *drama queen* a una mala bestia en cuanto Kike desapareció de mi campo de visión.

«¡¡¡Mi novio no se llama K!!! El tuyo se llamaría K, ¡¡¡pero el mío se llama Kike!!!», me dieron ganas de gritarle. Anda que llamarle K, ¡¡¡será flipada!!! Aunque tenía que confesar que me había gustado eso de K. Era molón, ¿no? De su boca había sonado genial. Llamar por la inicial me parecía muy sugerente. Bueno, pues no podía ser, no era K y, si Martina le llamaba así, la iba a tener que poner en su sitio.

Y otra cosa, ¿para qué los llamaban a los dos a la sala de confesiones? Aquí se estaban olvidando de que su pareja soy yo, y encima ya me estaba oliendo que Kike no me iba a contar el motivo por el que les habían llamado. Seguramente me iba a venir con secretitos, acogiéndose a la quinta enmienda que se había inventado él en 2+2 son Vip. ¡Qué desastre todo!

Miguel, al verme sola en el banco del jardín, se acercó a mí y se puso a hablarme emocionado. Este chico no se estaba percatando de mi estado de ánimo en absoluto. Quizás yo disimulaba muy bien, cosa que dudaba, más que nada porque lo de: «Hija mía, qué poquito sabes disimular», lo había oído en infinidad de ocasiones y mi cara solía ser el reflejo de mis pensamientos. No me guardaba nada para mí. La otra opción es que el chico no fuese demasiado observador, en tal caso la barrita esa que llevaban los Sims —un juego que me mantuvo viciada durante media vida— encima de la cabeza indicando el estado de ánimo, a él le habría venido fenomenal. Pero en esta casa no existía.

Miguel, feliz en su mundo y ajeno a mi malestar, me animó a que entrase con él en la casa, porque el resto de los participantes ya estaban eligiendo camas y yo tenía que decidir dónde nos ubicaríamos Kike y yo. Mi cabeza estaba centrada en otros pensamientos, pero en cuanto vi dos camas, una al lado de la otra, me las agencié. Martina estaba con Kike, y su novio Javi aún no se había enterado de que estábamos eligiendo catres, así que no estarían cerca de nosotros. Perfecto.

Miguel se colocó en la cama de al lado y Carla junto a él. Se me había pasado un poco la sensación de malestar y estábamos charlando animadamente y sacando nuestras pertenencias para colocarlas en los armarios, cuando entraron Kike y Martina. Ella le estaba diciendo algo al oído. ¡Lo que faltaba! La veleta emocional en la que me estaba convirtiendo volvió a girar hacia el malhumor y el cabreo. Le pregunté a Kike para qué les habían llamado y pasó lo que me imaginaba, que no me lo podía contar. Ale, pues nada, ¡otro secretito! Con lo que me molesta a mí no saber las cosas, porque mi segundo nombre es impaciencia.

Ya me estaba molestando bastante esa actitud, «¡jolín, Kike, que soy tu novia!» le grité para mis adentros. Como lógicamente no me escuchó, procedí a ignorarlo y continué de charleta con Miguel. Kike empezó a sacar sus cosas en silencio a mi lado y le hice notar mi pequeño cabreo como signo de protesta ante su voto de silencio. Cuando intentaba intervenir en nuestra conversación saqué la artillería pesada y le lancé pullitas «en plan broma» a diestro y siniestro. Un comportamiento infantil a más no poder, lo sé, pero fue el único mecanismo de defensa que encontré para sobrellevar mejor el asunto de la exnovia, de la sala de confesiones, de las escuchitas y de tanto secretismo. Kike aguantó estoicamente con una sonrisa forzada durante por lo menos veinte minutos, pero después, aburrido, me dijo que se marchaba al salón y me preguntó si quería ir con él. A lo que yo le contesté, en un alarde de madurez sin parangón:

—Ay, no, mejor vete con Martina que tendrás más cosas de las que hablar con ella que conmigo, ya que no me puedes contar nada. —Me arrepentí al instante de mi pataleta, sobre todo al ver salir a Kike de la habitación solo y entristecido. No os penséis que no se me pasó por la cabeza salir y disculparme, sí que lo pensé, sí. Estaba siendo injusta y lo sabía, pero mi orgullo me impidió recular y lo dejé irse solo. Estaba deseando que volviese a mi lado y vigilaba la puerta todo el tiempo, sin llegar a centrarme lo más mínimo en la conversación que, al parecer, estaba manteniendo con Miguel. En algún momento la novia de Miguel, Carla, se había marchado junto con el resto de compañeros, pero yo no me había dado ni cuenta. Debió de suceder hacía rato, cuando todas mis neuronas estaban concentradas lanzando borderías a mi novio, para que acabase huyendo despavorido y se alejase de mí.

—Estoy tan contento de estar aquí contigo. Me caíste genial cuando te conocí y ahora míranos, aquí, los dos juntos. —Miguel estaba pletórico y yo no entendía mucho a qué venía tanta emoción. Que sí, que guay coincidir con gente maja y algo conocida, pero, chico, ni que fuese yo tu mejor amiga. «Echa el freno, madaleno».

—Sí, tú, yo y ocho personas más —maticé. Yo tenía *el culo pelao* de ver estos programas y no quería que se sacase de contexto este momento de intimidad.

—Sí, pero bueno, que yo estoy encantado de estar aquí contigo. Parece cosa del destino que nos conociésemos en esa cena y ahora vayamos a estar viviendo juntos. —Miguel me pasó el brazo por los hombros y yo me alejé como si le oliesen fatal los sobacos y, al levantar el brazo, me hubiese llegado todo el tufo. Siento ser tan gráfica, porque seguro que ya os está llegando el olor a cebolla podrida al imaginarlo. Por desgracia se trata de un olor demasiado conocido, sobre todo si frecuentas el transporte público. Mi petición a quién se encargue de eso: agarraderas más bajitas, por favor. Luchemos para que las personas con menos aseo no tengan que levantar sus brazos para asegurar su sujeción y seguridad. Lo estoy diciendo de la forma más educada que encuentro.

Y, volviendo al tema de Miguel, me levanté porque no quería líos, que estas conversaciones los dos solos las carga el diablo y hasta a mí me había parecido demasiado íntimo el acercamiento de este chico, así que me imaginé que los que llevan el programa se estarían frotando las manos. No es que quisiera ser yo la planta de 2+2 son Vip, ese personaje tipo potus que no aporta nada y al que en lugar de darle comida habría que regarlo, y con una vez al día tendría bastante. Pero de eso, a ser aquí la que la primera noche ya está «tonteando» con otro —nada más lejos de la realidad—, después de ser una cacho borde con su novio —esto sí que es real—, había un paso.

Le sugerí a Miguel que nos fuésemos con los demás y estuvimos charlando todos hasta tarde. Kike y yo fuimos los primeros en retirarnos y lo hicimos sobre las dos de la madrugada. Volví a intentar que me contase por qué les habían llamado a los dos a la sala de confesiones y me insistió en que no me lo podía decir, me aseguró que pronto lo entendería. Aunque le di un beso fugaz, de buenas noches, en los labios, no quise refugiarme en su abrazo por pura cabezonería. Así de terca era yo, qué le vamos a hacer. Al poco rato de cerrar los ojos, oí a Kike levantarse de la cama y salir de la habitación. Me costó dormirme, la verdad. Morfeo estaba luchando con toda su artillería para llevarme con él, y yo resistiéndome con la cabeza bullendo a mil por hora. Pero finalmente me dormí sola, triste y sintiéndome una completa idiota.

11
ALEGRÍA, ALEGRÍA

Empezamos la semana en la casa con la explicación de la primera prueba semanal.

Iba sobre deportes y el programa había elegido a Martina y a Kike como capitanes de los dos equipos. Ese era el secreto que les comunicó ayer el Game Master y, en el caso de que alguno avanzase algo a su pareja o al resto de compañeros para prepararlos, su equipo empezaría con una penalización y puntuaría menos.

Los dos tenían que organizar un programa de actividades para toda la semana y desde el programa además nos pondrían unas pruebas físicas en las que seríamos puntuados como equipo y también de forma individual.

Cuando se nos explicó la situación miré a Kike, sintiéndome fatal por el enfado de ayer, y él me devolvió la mirada con una sonrisa comprensiva. No se había enfadado, menos mal. Parecía tranquilo con que desde la dirección del *reality* hubiesen acabado con el secreto tan pronto. Pero es que desde hoy mismo empezaba la prueba y había mucho trabajo por hacer. Kike me contó después que se había levantado la noche anterior para organizar las pruebas y pensé en el rato que me tiré antes de dormir imaginando cosas absurdas como que Kike habría salido a hurtadillas para hablar con Martina de su antigua relación, de su ruptura o de cualquier cosa, porque la mente siempre se pone en lo peor. ¡Ojo al panojo!, que hasta me imaginé que se daban un besito furtivo en plena noche y sin venir a cuento, así de negativa estaba mi cabeza. Yo no sé si os pasa lo mismo pero, al menos en mi caso, las noches tienen una facultad especial para situarme en el peor de los escenarios en cuanto a preocupaciones se refiere. Las ideas más descabelladas y apocalípticas se han desarrollado en mi mente casi siempre de noche. Y, como también suele ser habitual, me desperté y volvió a brillar la luz en mí. Se habían disipado los malos augurios. Vi a Kike tumbadito en su camita con esa cara de ángel bendito que Dios le ha dado y me calmé. Con la confirmación de que se había levantado para preparar la prueba semanal me quedé ya tranquilísima y me dispuse a afrontar con buen humor los ejercicios que hubiesen preparado Kike y Martina. Un cambio de chip brutal, así estaba viviendo yo este encierro y, dado que era una situación nueva para mí, no sabía si mi comportamiento era normal y razonable o me estaba afectando demasiado la situación de confinamiento y convivencia con desconocidos.

Volviendo al tema de la prueba, lo primero que teníamos que hacer era decidir los equipos. Elegirían a los integrantes de cada grupo ambos capitanes y por turnos. Empezó a elegir Martina, que escogió como primer miembro de su equipo a su novio Javi, y me regocijé por dentro: «Muy bien, fenomenal. A ver si te centras en hacerle caso a tu noviete y nos dejas tranquilitos». Le dije solo con la mirada, pero hablándole muy en serio.

Kike me eligió a mí y me alegré infinito por ir con él, pero al mismo tiempo me dio mucha rabia que la naturaleza me hubiese dotado con dos pies izquierdos y que pronto todos lo fuesen a descubrir. Gimnasta no era mi tercer nombre, ¡qué va!

La realidad es que yo no soy una bola de grasa por un sencillo tema de constitución, no de Constitución Española, sino de mi cuerpo serrano y, también, porque soy un poco polvorilla y quemo calorías sin grandes esfuerzos. Pero si tenemos que puntuar mi actividad deportiva diaria antes del encierro:

1. Hacer gimnasia en casa o en el gimnasio: cero patatero. Y eso es así porque nunca veía el momento de ponerme a pegar saltos, sudar o fortalecer mis músculos. El año pasado, motivada por convertirme en una *influencer* en forma, me había apuntado a ese lugar infernal lleno de gente sudorosa. Pero la verdad es que me dedicaba a pasearme por allí y lo máximo que hacía era andar en la cinta. Lo confieso, no estoy hecha para la actividad de intensidad media-alta.

2. Salir a correr: cero patatero. Tenía menos aguante en una carrera que mi abuela artrítica de ochenta años.

3. Hacer aeróbic, *ballet*, zumba o cualquier tipo de danza: -10. Entramos en negativos porque mi descoordinación roza el ridículo. ¿Recordáis el juego de ponerle la cola al burro con los ojos tapados? Ahí os lo dejo. A ver, tampoco quiero ser injusta conmigo misma. Yo llegaba a todos los pasos, pero con un retardo de unos tres minutos aproximadamente. Si la gente ya estaba levantando la pierna izquierda, yo aún iba por la derecha, moviéndome hacia el lado contrario y posiblemente tropezando con la mayoría de mis compañeros. Pero vaya, que eso tenía fácil solución. Teníamos que organizarnos y hacer los mismos pasos, pero respetando mi pequeño desfase. ¡Venga equipo, nosotros podemos! ¡Vamos, compis, hacedlo por mí! Pero el hecho de que Kike me hubiese elegido de-

mostraba cuánto me quería, porque él sí que sabía de mis nulas habilidades deportivas. Me había visto no devolver ni una pelota cuando jugábamos al pádel; desistir a los dos segundos, tirando la toalla y tumbándome en el suelo, cuando me animó a que saliésemos a correr juntos, y os recuerdo que el año pasado me tuvo que rescatar de una piscina porque casi me ahogo, aunque también es verdad que estaba borracha como una cuba nadando en un agua congelada y, en esa situación, igual hasta Mireia Belmonte tragaba un poco de agua. Rompo una lanza a mi favor, no era nada fácil sobrevivir en esas condiciones tan adversas.

Después elegía otra vez Martina, que llamó a Jaime para que se uniese a sus filas. Perdonad que utilice expresiones militares, pero parecía que nos preparábamos para una guerra y la chica no era tonta en absoluto, había seleccionado a un chico joven y que parecía estar en forma.

Pensé que Kike elegiría a Miguel, porque era otro que se intuía que cuidaba su cuerpo y sería buen deportista, pero eligió a Paula, y yo me alegré mucho porque la chica me caía superbién y confié en que además no se le debía dar nada mal el ejercicio. Tenía un cuerpo muy tonificado, ni un gramo de celulitis y el vientre plano como una tabla de planchar. Mi admiración absoluta de mujer a mujer sin pizca de envidia ni resquemor.

Martina sí que eligió a Miguel. Era de esperar, la chica parecía ir a por todas.

Solo quedaban Carla, Popi y Marisa.

Estos dos últimos se miraron contrariados y empezaron a bufar impacientes; me dieron un poco de lástima porque me dio la sensación de que iban a ser los pobrecillos que se quedan mirando cómo eligen a todos los demás antes que a ellos. Me pareció ver a Marisa apenada, hasta creí verle los ojos vidriosos. Se me hizo raro porque de normal era una mujer «subidita» y un poco prepotente.

Entonces Kike, en un acto bastante kamikaze, eligió a Marisa, que vino corriendo a nuestro equipo, ya sin ningún ápice de pena. Creo que le había entrado algo en el ojo en el momento menos oportuno.

Yo no daba crédito. «¡Qué bueno eres, novio mío, pero qué tonto también!»

Martina, superfeliz, eligió a Carla, joven y también con aspecto muy saludable. Aunque la chica estaba bastante operadita por todos lados y las tetorrillas esas enormes que lucía orgullosa igual le pesaban para realizar ejercicio físico. Yo pienso, y creo que no estoy exagerando, que medio kilo le pesaba cada berza. Algo así como media sandía, aunque estoy calculando a ojo de buen cubero. También le habían operado de los morretes, haciéndolos más gruesos. Y eso no le iba a afectar como gimnasta, os lo comento solo a título informativo. De todas formas, a mí me parecía mejor candidata que Marisa sin dudarlo, y que Popi, que ya se había colocado al lado de Kike como último miembro de nuestro equipo.

Y así habían quedado los dos grupos:

El equipo de Martina contaría con los siguientes integrantes: Javi, Jaime, Miguel, y Carla.

Y en el equipo de Kike nos encontrábamos Paula, Marisa, Popi y una servidora.

Cada equipo se fue a un sitio de la casa para charlar. Kike y Martina habían preparado una rutina de ejercicios que habían puesto en común, y que nos mantendría ocupados casi todo el día. Y además, cada uno de ellos nos entrenaría para que hiciésemos lo mejor posible las pruebas físicas que nos iban a poner desde el programa. Pese a ser los capitanes, Kike y Martina también serían evaluados, aunque no me parecía que ellos fuesen a tener grandes problemas. Sin embargo, yo sí. De esta o me ponía en forma o me quedaba en el sitio tras infartar.

Kike nos preguntó a cada uno de nosotros por las que pensábamos que eran nuestras habilidades. Yo confesé que se me daba todo mal y pensaron que estaba exagerando porque era joven, estaba fibrosa y algo debía hacer bien. Pero la verdad es que no.

A media mañana nos reunimos todos en el salón y el Game Master nos explicó que el programa iba a valorar, en primer lugar y, sobre todo, el número total de repeticiones o tiempos de cada ejercicio, que no podrían ser inferiores a los mínimos que marcarían. Pero también nos quisieron tranquilizar diciendo que prestarían atención al progreso de cada participante —la cantidad que consiguiésemos hacer el primer día de rutinas y la que lográsemos hacer al final— para motivarnos y que no tirásemos la toalla.

Nos evaluarían en cuatro apartados: número total de flexiones, abdominales y tiempo en la carrera de fondo y en los esprints.

Enseguida nos pusimos manos a la obra. Kike nos puso a practicar todos los ejercicios para conocer el punto de partida de cada uno de nosotros, y comprobó que nuestro equipo, generalizando, no estaba formado por grandes atletas.

Yo le estaba poniendo toda mi intención y estaba sudando la camiseta como si estuviese dentro de una sauna vestida con ropa de nieve. Mis mejillas echaban fuego debido al sobresfuerzo cuando Kike me puso a correr alrededor de la casa. Estaba echando los higadillos, pero no desistí y aguanté un buen rato corriendo. Supongo que no quería *hacer el ridi* y, además, quería que pasásemos la prueba semanal. Desde antes de entrar en el programa tenía claro que si perdíamos alguna prueba por mi culpa, me iba a sentir muy mal, así que me pensaba esforzar al máximo. Pero tenía un grave problema. Yo era incapaz de hacer flexiones y ese era uno de los puntos en los que nos iban a evaluar. Teníamos que conseguir hacer quince flexiones como mínimo y yo no conseguía hacer ni siquiera una que me fuesen a dar por válida. Mis brazos se espachurraban y mi boca lamía el suelo cuando lo intentaba. Mis extremidades superiores no estaban capacitadas para soportar el peso de mi cuerpo, esa era la realidad. Si durante mi vida había hecho poco ejercicio, el relativo a brazos había sido inexistente. Yo pensaba que no quería tener unos brazos fuertes y musculosos, como si me fuesen a salir los bíceps de Popeye a la primera de cambio y sin comer espinacas, que además me parecían asquerosas. Y ese discurso me venía genial para seguir con mis brazos fofos. Mi amiga Sara me dijo hace poco que el ejercicio de brazos era importante para que no se te descuelgue el músculo y la piel con la edad. Escuché su consejo y me pareció útil, pero tampoco le hice ni puñetero caso. Yo era de brazos flacos, cuando se me empezasen a descolgar cosas, lo que menos me preocuparía serían los brazos: el descolgamiento de la tripa, el culo, las piernas, incluso de la cara estaban antes en mi lista de prioridades. Pero confieso que, en este momento, sí que me habría gustado tener los bracitos más firmes. ¡Si es que Sara siempre tenía razón! Bueno, de poco servía ahora flagelarse por ignorar los sabios consejos del pasado. La realidad es que tenía que hacer quince flexiones y mis brazos temblorosos eran incapaces de subir y bajar el peso de mi cuerpo.

Kike me levantó del suelo y me dio un par de pesas: «Tranquila, empieza por fortalecer los brazos. Iremos poco a poco». Las cogí con energía, motivadísima y emocionada. Sentía que la fuerza se introducía en mis músculos con cada levantamiento y me miraba mi inexistente bola del brazo para ver si notaba algún avance. Pero la cosa iba lenta. Kike se acercó a mí y me enseñó cómo lo hacía él. Él no era un chico musculoso y venoso. Yo llamo así a las personas de músculos abultados cuyas venas afloran al exterior de su piel reluciente, casi siempre por la presencia de algún aceite que ayude a que no pasen desapercibidos esos músculos que, como yo estaba comprobando, no eran fruto de un día. Él era más bien un chico de los que con camiseta parece normal —dentro de que es el tío más bueno que encontrarás sobre la faz de la Tierra—, pero cuando deja al aire su torso desnudo dices: «*Oh my god*, ¿¿¿pero dónde tenía guardado este hombre este cuerpo escultural???». Así que cuando Kike empezó a subir y bajar las mancuernas con cara de concentración me quedé absolutamente hipnotizada con sus rítmicos movimientos y pensé que me había muerto y estaba en el cielo. Después, se colocó detrás de mí para ayudarme a subir y bajar la pesa, algo que por otro lado no tenía mucha ciencia, pero fue absolutamente necesario ya que mi brazo había perdido toda su fuerza y movimiento ante la presencia de Kike respirando sobre mi cuello. Este hombre no quería entrenarme, había venido a provocarme, a hacerme perder la razón, la cordura y a que me abalanzase sobre él como si fuese víctima de un hechizo de amor que indujese al vicio y al fornicio. Un hechizo tipo Harry Potteriense pero en versión mayores de dieciocho años.

En ese momento Marisa llamó a Kike, que se alejó de mí dejándome sola y con la mancuerna en la mano, lo que hizo que poco a poco mi cuerpo bajase unos cuantos grados mi temperatura corporal y volviese a centrarme en el ejercicio y en la prueba semanal.

En este primer día, Kike y Paula demostraron ser dos atletas francamente buenos, no tenían problemas con ninguna prueba, pero Marisa, Popi y yo, por ahora, éramos el lastre.

Popi y yo lo estábamos intentando con todas nuestras fuerzas, y esta frase era la pura realidad, estábamos exhaustos. A mí me costaba hasta subirme las bragas después de mear y tenía agujetas en partes de mi anatomía con las que no estaba casi familiarizada. Sin embargo, Marisa ya estaba avanzando que su cuerpo no estaba hecho para sudar, que no podía hacer esfuerzos porque temía que le diese un chungo. Cuando le metíamos caña para que se esforzase, nos gritaba que era una mujer mayor y que contásemos con que ella haría lo que pudiese sin entrenar demasiado. Vamos, que se iba a tocar el toto a dos manos toda la semana. Eso me enfadó, porque por lo menos hay que intentarlo y darlo todo. Si no lo quieres hacer por ti, hazlo por los demás ¡que somos un equipo! Y se lo intenté transmitir con toda franqueza.

—Marisa, yo creo que deberías intentar entrenar y hacer caso a las indicaciones que te da Kike. Por algo es el capitán y va a tener en cuenta tus límites, no te preocupes por eso.

—Ay, cariño, yo ya estoy muy mayor. Ya sabes, haré lo que pueda.

—¿Harás lo que puedas? ¿Eso te parece suficiente? —le pregunté irritada. Estaba muy cansada, olía fatal y tenía la cara desencajada de tanto correr y, sin embargo, ella estaba más fresca que una rosa. Para el deporte que había hecho perfectamente podía haberse puesto un vestido de fiesta, pero iba muy conjuntada con su ropa de deporte de marca. Me dieron ganas de arrancarle su atuendo dejándola desnuda delante de todos y hacer una hoguera con ella en el jardín. Con Marisa no, eh, con su ropa. Que estaba enfadada, pero no tanto.

En ese momento el Game Master interrumpió nuestra conversación y nos dijo que iban a tener lugar las primeras nominaciones en la casa. Nos animó a que fuésemos yendo por parejas a la sala de confesiones. Yo busqué a Kike, que se acababa de duchar y olía de maravilla, y me excusé porque estaba muy sudada y maloliente, pero ya no me daba tiempo a ducharme antes de ir a nominar, así que tendría que salir de esa guisa delante de toda España: acalorada y roja, pero como una deportista muy entregada.

Teníamos que votar a tres parejas con uno, dos y tres puntos negativos. Las dos parejas con más puntos estarían nominadas y el público votaría y mandaría a una de las dos parejas a su casa.

Kike me propuso votar a Martina y a Javi con la mayor puntuación para evitar la convivencia con su ex en la casa. Me explicó que, más que por él, lo hacía por mí, ya que había notado que me hacía sentir incómoda y, bueno, siendo sincero, él también prefería la convivencia sin ellos. Pero yo tenía que ser justa y la persona que menos estaba demostrando saber convivir y formar parte del equipo era Marisa. Popi fue un daño colateral y, sintiéndolo mucho o sin sentirlo en absoluto, ellos dos se llevaron nuestros tres puntazos. Martina y Javi dos, y Miguel y Carla el último punto, ya que no queríamos votar a Jaime y a Paula por ahora.

Salimos de la mano y nos dirigimos hacia el baño, ya que la ducha me estaba llamando a gritos. Kike se quedó conmigo, según me dijo, por si se me acababa el jabón o necesitaba que me acercase algo, lo que interpreté como una excusa para echar un vistazo a mi cuerpo enjabonado y resbaladizo, que le parecía más interesante que cualquier otra cosa que estuviese sucediendo en la casa. Terminé de arreglarme y, oliendo ya a champú y a perfume, y no a animal salvaje, nos dirigimos al salón. Nos tumbamos en una esquina del sofá y buscamos nuestro ratito de intimidad. Los demás continuaban yendo por parejas a la sala de confesiones a votar a los que menos cariño tenían en la casa. Cerré los ojos y Kike me hizo caricias por la frente, las mejillas, la nariz y los labios. Por un momento nos olvidamos de que no estábamos solos en absoluto, incluso de que había cámaras que no dejaban de enfocarnos cada vez más de cerca. Kike se aproximó a mi boca y me besó. Me dio un beso dulce y tierno que me hizo sentir en casa. Nuestras caras estaban pegadas. Estábamos tan cerca que no veía con claridad todos sus rasgos, pero no quería que se separase de mí ni un poquito. Hasta amorfo y desenfocado me parecía que Kike era guapísimo.

Realmente llevábamos poco en la casa, pero a mí me parecía que el tiempo allí transcurría mucho más lento y era como si los días contasen el doble. Acostumbrados como estábamos a convivir los dos solos, me daba la sensación de que con tanta gente a nuestro alrededor estábamos un poco distanciados. Juntos pero alejados. Es difícil de explicar, pero era así. Por eso, ese ratito a solas con él me supo a gloria y me dio una fuerza que no podría transmitiros con palabras. Pero poco duró nuestro momento de intimidad porque, a medida que votaban, todos los compis venían al salón. Nos daba un poco de apuro y nos hacía sentir maleducados permanecer tumbados y ajenos a sus conversaciones, así que nos sentamos y nos integramos en la charla distendida que estaban llevando a cabo, aunque permanecimos con las manos unidas y lo interpreté como una señal de que seguíamos siendo «los agapornis» Kike y Bea entre todo ese gentío.

Cuando estuvimos todos allí reunidos nos dijeron desde el programa que ya podíamos ir a vestirnos para la cena. Nos fuimos muy animados a las habitaciones, porque os recuerdo que María, la presentadora, nos había dicho en la primera gala que si cumplíamos con los requisitos que nos comunicarían desde el programa, podríamos disfrutar de una cena con mucha comida, música y bebida. Estábamos todos deseando pasar una noche divertida, así que no le pusimos pegas a las condiciones que, por lo que habíamos podido saber, consistían en que durante la cena llevaríamos los ojos vendados y además todos iríamos disfrazados y los compañeros no podrían ver nuestro atuendo hasta que llegase la hora del postre.

Nos dispersamos por la casa y nos encerramos donde pudimos para colocarnos los disfraces. Yo iba de policía. Me pareció muy bien, así ponía un poquito de orden en esa casa de locos. Después salimos uno por uno y la voz del Game Master nos guio hasta la cocina.

—Para hacerlo más divertido, Bea, tendrás que desempeñar un papel durante la cena. Vas a estar diciendo obscenidades todo el rato —me dijo con mucha seriedad el Game Master. Vaya tela, estos directores de los *realitys* ya no saben que inventar, dentro de nada nos visten de gallinas, pensé.

El público en su casa lo iba a pasar pipa, pero mi madre se iba a avergonzar de tener una hija tan cochina y guarruza, porque si había que decir guarradas, lo iba a hacer. Eso lo tenía claro.

Me senté donde me dijeron y empecé a escuchar cómo llegaban divertidos mis compañeros. Pude ir reconociendo sus voces y me pareció que tenía a mi izquierda a Miguel y a mi derecha a Martina. Tendría que controlar mi pierna porque yo era muy de patalear hacia la derecha de toda la vida. ¡Qué va! Es broma. Aunque yo pienso que siempre hay un poco de verdad en las bromas.

Intentaba adivinar por dónde estaría situado Kike, pero no le oía. La verdad es que Kike no era para nada de chillar y hacer el cuadro, así que pasaba bastante desapercibido en una mesa con un par de histriónicos como Popi y Marisa, que debían de estar en la otra punta de la mesa, pero yo tenía sus voces incrustadas en el cerebro.

Pregunté levantando la voz:

—¿Kike estás por aquí? —Pero era imposible oír a nadie con claridad con el follón que estaban armando todos mis compañeros de encierro. Además, Popi no paraba de hacer ruidos de animales, ahora se debía de sentir gallina y estaba cacareando como un loco. Me lo imaginaba haciendo los gestos del animal, incluso lo visualicé poniendo un huevo. Aunque teníamos los ojos vendados, no me costó trabajo proyectar esa imagen en mi cabeza, porque era un tipo bastante teatrero. Pensé que en la casa, además de vernos y oírnos, también nos leían la mente, porque Popi estaba actuando como un ave de corral.

La comida estaba servida en la mesa y desde el programa nos invitaron a comenzar a degustarla. Pero era complicado porque, sin ver nada, nos chocábamos intentando pillar algo de los platos.

Tanteé con la mano y vi que tenía una copa delante. Me lancé a bebérmela sin miramientos. Era vino. Avisé a mis compañeros de mi hallazgo y se animaron a palpar para encontrar las suyas. Como me había bebido la copa de un trago, me puse a tratar de localizar una botella de vino para rellenarme la copa. Lo sé, era una tarea complicada sin ver nada, pero, bueno, habría que intentarlo. Me puse de pie y me incorporé sobre la mesa para adentrarme en la búsqueda de la botella que estaba en paradero desconocido. Mi expedición iba bastante bien, aunque sufrí un parón debido a que cuando encontré queso y jamón por el camino, el vino de la copa de Martina se desparramó por mi pantalón de policía.

Ella se disculpó entre risas y el que estaba a su lado gritó:

—¿Se ha caído una copa? Alegría, alegría.

Oí como alguna chica se tiró un eructo pequeño y lo vi todo tan grotesco que recordé que teníamos una misión y quise pensar que esa sería la suya. Me animé a desempeñar la mía:

—Chupapollas, vagina, pilila, que os gusta mucho meter las vergas en cualquier sitio, lameculos. —Lancé ese montón de improperios y todos se quedaron en silencio.

—¿Me estás llamando a mí chupapollas? Te he dicho que se me ha caído la copa sin querer —me contestó Martina, a la que se la intuía de repente de mal humor. Solo se había quedado con lo de chupapollas, ¡qué curioso!

—No, mujer, no te lo decía a ti, es que me apetecía compartir con vosotros unas palabras porque estoy emocionada de estar en la casa —le contesté pretendiendo ser graciosa y que entendiesen que tenía que decir guarradas, porque a todos nos habrían dicho desde el programa que hiciésemos alguna cosa de estas raras.

Oí a Marisa intentando decir algo en inglés, pero su pronunciación era lamentable.

Volví a la carga:

—Chúpame las tetas, polla con patas. —Me daba vergüenza soltar todas esas cosas, pero me daba miedo perjudicar a mi equipo si no lo hacía, así que dije toda esa sarta de cerdadas que me hacía parecer que tenía el síndrome de Tourette.

—Pero ¿¿¿qué dices Bea??? Para ya, por favor. —Por fin oía a Kike y me estaba riñendo. Lo noté muy avergonzado.

—Me encantaría hacer eso que acabas de decir. —Escuché que me decían en voz baja y por la izquierda. Así que supuse que sería Miguel y casi me da un infarto.

Seguía habiendo un ruido increíble entre el pesado de Popi haciendo sonidos de animales, Marisa hablando en inglés y la chica que no he identificado haciendo sonidos escatológicos. Además, Javi se quejaba de toda la comida diciendo que estaba malísima. Yo seguía diciendo cerdadas y Miguel insinuándose, ¡lo que me faltaba! Esto era un despropósito de cena.

—¿Pero qué dices? No te lo decía a ti —le contesté cortarrollos, como debía ser.

—Estaba de broma, pequeña. —Miguel me volvió a pasar el brazo por los hombros, se acercó a mi cara y sentí un beso suyo en la mejilla. Le aparté con un pequeño empujón y se cayó sobre la mesa. Sonaron platos rotos y la gente seguía gritando: Alegría, alegría.

Y ya no sabía si gritar: «Que salten y bailen todos los rabos y las vaginas de la mesa» o si quedarme calladita. Así que lo que hice fue pegar un trago a morro de la botella, para que no se derramase más vino.

12
MI GATO

La cena continuó desmadrándose. Marisa se dirigió a mí y me dijo:

—Bea, ¿*why are you so pig*? —Aunque pig era más bien el animal «cerdo», entendí que ella me estaba preguntando por qué era tan cerda hablando. Y le contesté:

—Porque te huele el chocho muy fuerte a coliflor. —La mesa se rio, hasta Marisa se rio, pero el aguafiestas de Kike lanzó un bufido. Me dieron ganas de gritarle «¿te han dicho que tienes que bufarme toda la noche?». Porque, hijo mío, se te da de categoría... Me abstuve. Quería brindar con alguien, porque me encanta brindar. Pensé en ponerme de pie y decir unas palabras dirigiéndome a todos los presentes, pero no quería seguir enfadando a Kike y, además, igual no era una buena idea. Se caerían más cosas o armaríamos demasiado follón todos de pie con los ojos vendados tratando de localizar las copas, así que como no quería brindar con Miguel por no darle coba, me tuve que girar a la derecha y proponerle a Martina un brindis.

—Por dejar el pasado en su lugar y las vaginas y las pililas sin retozar.

Martina se rio golpeando mi brazo como si, en ese momento, yo le pareciese supergraciosa, y brindó conmigo con energía. No sé si había entendido mi mensaje cifrado de que se alejase de mi hombre o simplemente estaba ya bastante borracha y se reía por todo. Yo creo que, más bien, fue lo segundo. Y no era de extrañar porque, al menos en mi caso, cada vez que alargaba la mano había una botella de vino a mi alcance. Supongo que a todos los demás les estaría pasando lo mismo. Yo creo que, mientras teníamos los ojos vendados, algunas personas enviadas por la organización del programa se dedicaban a rellenar copas y a poner botellas por todas partes. Mientras, Popi, que ahora mismo creo que intentaba hacer el sonido de una jirafa o de un delfín, no lo tengo claro, se estaba poniendo tibio a comer, y le dije:

—Cerdo gordo, no comas tanto o te va a pesar tu verga cuando hagamos la prueba deportiva esta semana. —Y además se lo dije despacio y con un marcado acento alemán, sin motivo aparente. La recomendación me salió así. Mi frase provocó otro estallido de risas. La verdad es que me estaba enganchando a decir obscenidades. Además, a todo el mundo —bueno, menos a Kike— le estaba haciendo una gracia tremenda con mis improperios.

Cuando por fin terminamos de cenar e iba a tener lugar el postre, nos dejaron quitarnos la venda de los ojos y confesar el papel que desempeñábamos en la mesa.

Yo ya os he dicho que iba de policía y me hizo gracia que a Kike le habían puesto un disfraz de ladrón.

—Ven aquí que te espose. Te voy a meter en el calabozo —le dije con autoridad, pero esta vez la fuerza del orden tenía acento español. Él me miró enfadado.

—Más alcohol para el preso, por favor, que mirad

qué cara de acelga tiene —grité subida encima de una silla. Me sentía supergraciosa con mis nuevos amigos riendo todas mis gracias, pero Kike era, al parecer, un público difícil. Yo creo que si hubiese tenido tomates o lechugas a mano, me los habría lanzado. Pero ya no quedaba comida, se la había zampado toda Popi.

Me estaba dando cuenta de que estaba abochornando a Kike con mi actitud, pero no podía parar de bromear. Estaba feliz, borracha y me sentía como una monologuista de éxito. «¡Un poquito de ponerse en mi lugar, Kike, por favor!»

Os cuento de qué iban los demás disfrazados porque la verdad es que estaban muy guapos y graciosos:

Jaime iba de vaquero y Paula de india, y, con las trencitas y la cinta en la cabeza, estaba monísima.

Javi iba de piloto de avión y Martina de azafata. Ella dijo que le habría gustado más ir de piloto, su profesión frustrada, así que Paula y yo fuimos a desnudar a Javi, que se dejó hacer sin quejarse demasiado, porque el chico era un tipo bastante calladito. Le colocamos las prendas a Martina entre risas, aplausos y gritos por parte de todos nosotros, que parecía que habíamos estado sin pegarnos una fiesta años y estábamos dándolo todo.

Miguel iba de ángel y Carla de diablesa. Pensé que a Miguel ese traje no le pegaba, porque su cara era de pillo que te cagas. El de diablesa a ella le quedaba bien. Las tetas esas enormes serían una gran tentación para muchos y me parece que sus cuernos tampoco estaban de más, porque Miguel parecía un poco díscolo. Lo del rabo ya no lo tenía tan claro. No pensaba que Carla tuviese rabo, pero oye, en este tipo de programas siempre hay misterios ocultos, e igual Carla resultaba haber sido Carlos en el pasado. No parecía que esa teoría inventada por mí tuviese ningún tipo de fundamento, pero si al final eso era así y me lo preguntaban más adelante, yo ya había barajado la posibilidad. La más espabilada de toda la casa. Por si acaso yo no iba a comentar mi teoría con nadie, ni siquiera con Kike, porque la chica se molestaría, y con razón, si yo estaba pregonando erróneamente que tenía una pilila más larga que la del negro del WhatsApp. Porque si Carla tenía pilila, iba a ser larga y gorda; esas son cosas que una se imagina al visualizar a una determinada mujer con miembros varoniles. Yo, al menos en su caso, la visualizaba así.

Popi y Marisa iban disfrazados de Superman y Superwoman respectivamente. Tengo que reconocer que estaban muy graciosos, sobre todo Popi, que se notaba que se veía muy favorecido con esa caracterización y sacaba pecho, y eso que ya lo tenía bastante abultado a causa del disfraz.

Marisa fue la primera en desvelar que le habían pedido desde el programa que hablase en inglés, algo que ya habíamos intuido, porque nadie con tan poca fluidez en un idioma elige practicarlo en una cena sin que nadie le siga el rollo. Aunque ella afirmó que después de la cena su nivel de inglés había mejorado mucho, ya que el «achispamiento» le había soltado la lengua, y estaba muy contenta con sus progresos. Eso lo decía ella. Nosotros no habíamos notado ninguna mejoría.

Javi nos dijo que tenía que criticar toda la comida que probase y Carla nos confesó, con la cara roja por la vergüenza, que tenía que hacer ruidos escatológicos, pero que no le salían. Popi le dijo que ojalá le hubiese tocado eso a él, porque se había estado aguantando un pedo toda la noche y le dolía la barriga. Nos reímos con su salida. Yo le dije que con todo lo que había comido no me extrañaba que sus movimientos gastrointestinales fuesen a mil por hora, y Marisa le reprendió con la mirada.

A Popi ya sabíamos lo que le había tocado hacer. Sus molestos ruidos de animales no habían pasado inadvertidos para nadie, y yo confesé que me había tocado decir obscenidades y que, aunque me daba vergüenza, pensaba que si no las decía, nos podía perjudicar al equipo de alguna forma, y me dio la sensación de que, en ese momento, Kike relajaba el gesto.

—A mí no me han dicho que haga nada, por eso estaba alucinando con todos vosotros —confesó Kike, y Martina se le unió diciendo que a ella tampoco.

—A Miguel le han dicho que me acose seguro, ¡eh, Miguel! «Tírale los trastos a Bea durante la cena». ¿A que sí? —le pregunté dándole un pequeño toque con mi codo en su brazo, segura de que le había pillado.

—No, que va. Yo tenía que proponer brindis todo el rato —contestó en voz baja, y me dejó cortadísima.

—Pero si no has propuesto ninguno. Yo sí que he brindado con Martina, tú no —le contesté molesta, sin saber muy bien el motivo.

—Ya, es que se me ha olvidado que tenía que hacer eso.

—¿Se te ha olvidado porque estabas intentando ligar con Bea? —le preguntó Carla, y sin esperar respuesta se marchó con el rabo entre las piernas. Literal, de verdad. Pero el del disfraz, ¡eh! Yo no sabía dónde meterme y Kike también me miraba descolocado, pero me lo estaba pasando muy bien y no quería que una tontería lo estropease todo, así que cuando volvió Carla me acerqué a hablar con ella.

—Carla, estábamos de broma. Miguel solo estaba siendo simpático. Perdona porque me parece que al decir eso te he dado la noche. De verdad, el chico solo estaba de risas. —Carla pareció relajarse.

—Es que la verdad es que soy un poco celosa y sé que a Miguel le caes genial y se alegró tanto de verte en la casa, que ya me he montado yo mis películas en la cabeza.

—Si es que nos montamos unas películas todas que ni Spielberg —le contesté risueña tocándole el brazo con cariño, porque yo era una persona muy de tocar al expresarme y 100% gesticuladora. Seguro que ya sabéis de qué palo voy porque conoceréis a más de uno así. A mí me cortan los brazos y me hacen una desgraciada, me refiero a más desgraciada que al resto. Me tendría que expresar solo con la cara, con el tronco y con las piernas. Repartiría patadas a diestro y siniestro. Y, volviendo al tema de Carla, tengo que reconocer que no estaba tan segura de que lo suyo fuesen películas de ciencia ficción, más bien serían basadas en hechos reales. Pero bueno, que yo no le pensaba dar bola al muchacho para nada, por eso podía estar tranquila.

Cuando ya estábamos recogiendo la mesa nos llamaron al salón. Nos iban a comunicar los nominados de la semana.

María apareció ante nosotros, nos saludó y esperó pacientemente a que una chica de muy buen ver le acercase el sobre con el resultado. Justo detrás de María estaba sentada mi amiga Sara y casi me da algo al verla.

—Sara, Sara, te quiero. Te estoy viendo. Estás guapísima. ¡¡¡Qué pasada!!! ¡¡¡Qué guapa estás!!! —grité emocionada. Kike se vino corriendo a mi lado y me cogió la mano mientras sonreía de oreja a oreja al ver a Sara. Ella, que nos estaba viendo y oyendo desde el plató, sonrió y nos lanzó montones de besos con una sonrisa enorme que iluminaba toda su cara.

—¿¿¿Todo bien??? —le pregunté, tratando de sonsacarle algo, cualquier tipo de información y ella me tranquilizó levantándome el dedo pulgar.

La verdad es que no sé qué otra respuesta podría darme. Aunque estuviesen pasando cosas horribles allí fuera, nos estuviesen poniendo a caldo a Kike o a mí o le estuviesen dando para el pelo a ella por defendernos no me lo diría y, si había pasado algo grave fuera de la casa, el directo previo a los resultados de las nominaciones no era el momento de que ella me lo desvelase. Aun así su reacción me pareció sincera y me dio un subidón enorme verla allí sentada, apoyándome seguro y defendiéndome con uñas y dientes —en el caso de que esto último hubiese sido necesario, pero esperaba que no—.

Kike le gritó:

—Sara, ¿tienes por ahí a mi hermana Carmen? ¡Cuídamela, eh!

Pero no dejaron que Sara contestase. Se oyó a alguien tosiendo de fondo, risas y gritos. Pero ya no volvimos a oír a Sara, la sacaron de foco y María tomó la palabra.

—Bueno, chicos, ya está bien. Dejad de interrogar a Sara, que la tengo aquí muy tranquilita viendo el programa, y vamos a centrarnos en escuchar los resultados de las primeras nominaciones.

Todos nos cogimos de las manos y me alegré mucho de tener a Kike a mi lado. Si éramos los primeros en salir nominados y finalmente nos expulsaban, me apenaría, porque eso significaría que no habíamos caído muy bien a la gente. Pero bueno, nos iríamos juntos, llevándonos una divertida experiencia y, a partir de ese momento, comenzaría un nuevo proyecto laboral como presentadora. Suponía yo. Nadie nos había dicho que teníamos que ganar el programa, solo debíamos participar, y por nuestra parte habíamos cumplido. Pero no fueron nuestros nombres los que salieron de la boca de María, fueron los de Paula y Jaime y Marisa y Popi.

Por un momento no supe cómo reaccionar. Que Marisa y Popi estuviesen nominados no me entristecía en absoluto, pero lo de Paula y Jaime no me lo esperaba para nada. Les tenían que haber votado con muchos puntos el resto de parejas, dado que nosotros no les habíamos dado ni uno. No entendía a mis compañeros. ¡Si eran una pareja muy agradable! ¿Por qué los habrían votado? ¿Habrían empezado a idear estrategias para ganar? Bueno, en todo caso, esperaba que el público los apoyase, porque no merecían irse los primeros. Fui a darles un abrazo y también tuve que hacer lo mismo con Marisa y Popi, era lo políticamente correcto porque vinieron hacia mí con los brazos abiertos y yo soy de abrazo fácil cuando estoy embriagada, pero su abrazo no fue ni tan sentido ni tan largo.

El ambiente se quedó un poco plof tras conocer los resultados de las nominaciones, pero desde el programa enseguida quisieron animarnos. Subieron la música y nos dijeron que en este momento continuaba la fiesta y que teníamos mucha bebida que nos habían dejado en la cocina.

No tardamos mucho en animarnos, nos preparamos unas copas y nos pusimos a bailar. Me acerqué a Kike con dos *gin-tonics* en la mano y le ofrecí uno.

—¡Qué guapa estaba Sara! ¿Verdad? Joder, cómo la echo de menos —le dije, porque era la pura realidad. Echaba muchísimo de menos a mis amigas.

—Sí, nena. Sara estaba estupenda y seguro que está hablando genial allí en el plató. Sabes que ella no tiene problemas para decir lo que piensa con mucha educación. —Bebió un sorbo de su copa y después me preguntó:

—¿Dónde estaría Carmen? Me ha extrañado no oírla gritar cuando he preguntado por ella... Conociendo a mi hermana esperaba que se hiciese notar para hacerme llegar algún mensaje. —Kike parecía preocupado y no me extrañó en absoluto, porque siempre se pasaba de protector con su hermana y estar en la casa encerrado sin saber nada de ella creo que es lo que peor llevaba de todo.

—Vamos Kike, tu hermana está de lujo. Fijo. No le ha dado tiempo a decir ni pío, pero seguro que está genial. No te preocupes —le dije revolviéndole el pelo como si fuese un crío pequeño. Después lo abracé fuerte y apoyé la cabeza en su hombro.

Se nos estaba olvidando que estábamos de fiesta hasta que vinieron Paula y Jaime y nos sacaron a bailar. Hicimos intercambio de parejas en la pista de baile y continuamos bebiendo y riéndonos.

Marisa estaba encima de una silla cantando con un micrófono invisible la canción que sonaba en ese momento. Vaya, la abuelita Marisa ahora parecía que no estaba tan mayor y cansada como cuando hacíamos ejercicio físico. Yo no conocía la canción que sonaba en la fiesta antes de entrar en la casa, pero por la cantidad de veces que nos la ponían, debía de ser de un grupo que estaba patrocinando el programa. A fuerza de tanto oírla dentro todos nos sabíamos la letra de memoria. Nos la ponían a todas horas. Sonaba al despertarnos, a la hora de la comida y a la hora de la cena. Sería muy bonita la canción, pero yo le estaba cogiendo un asco ya que no veas, aunque trataba de disimularlo.

Popi no paraba de pedir que le pusiesen la canción de Raphael *Mi gran noche*. Todos le decíamos que no, que esa canción no, por favor, que no nos apetecía. Pero una vez que la pusieron la cantamos alegres, porque era la leche de pegadiza. Era un clásico que todos conocíamos bien, y Popi y Marisa estaban disfrutando un montón oyéndola. Los que estábamos más cerca nos agarramos por los hombros cuando llegó el estribillo:

«Que pasará, que misterio habrá
Puede ser mi gran noche
Y al despertar ya mi vida sabrá
Algo que no conoce».

Miguel, que venía del baño, se acercó a mí dando pasitos pequeños e imitando a Raphael. Clavaba el tono de voz y las caras del artista, abriendo un montón la boca y dando vueltas sobre sí mismo y casi temí que se marease y cayese al suelo. En su cara se dibujaba una sonrisa exageradamente grande y movía su cabeza como si tuviese flequillo y pelazo, aunque no era el caso. Yo me estaba meando de la risa. Era buenísimo, en serio. Un gran imitador del cantante. Todos le hicieron un corro y él me cogió para bailar con él dentro.

Kike en ese momento se salió del grupo y se dirigió a la barra de la cocina, sonriente, para prepararse otra copa. Como siempre estoy atenta a los movimientos de mi chico me percaté de que Martina fue tras los pasos de Kike, dejó su copa, que aún tenía por la mitad, en la mesita de centro del comedor y se encaminó hacia la cocina. ¿Qué demonios le estaría diciendo? Vale, muy bien, me di cuenta de que le estaba pidiendo que le preparase una copa ¡menudo zorrón! Y le decía algo muy de cerca poniendo una cara de: «Te hablo así para que me oigas bien, que hay mucho jaleo». ¡Pufff, vaya falsa!

Intenté pasar del tema y seguí a lo mío. Justo en ese momento Miguel pretendió cogerme en brazos y darme vueltas y casi le meto un porrazo en toda la cara porque mi gorra de policía salió despedida y me dio la sensación de que yo me iba volando detrás. Con las vueltas y el alcohol, Miguel se mareó un poco y casi me tira. Pataleé hasta que me bajó. Ahora ya no sonaba Raphael, así que no tenía sentido que siguiese dándome volantines y me acerqué, sin disimulo, a Kike y a Martina.

Me dirigí a ella directamente y le dije:

—Me lo llevo, ¿vale? Es que esta que empieza a sonar es nuestra canción. —Martina me sonrío con falsedad y cogí a Kike estirándole hacia la pista de baile que habíamos montado en la casa.

No sabía qué canción era la que estaba a punto de empezar. Habría estado bien que fuese: *Your song* de Elton John o *I will always love you* de Whitney Houston o *I don't want to miss a thing* de Aerosmith o cualquiera mínimamente romántica. Pero la realidad es que por los altavoces de la casa empezó a escucharse la canción de Rosario: *Mi gato*. En serio, repito, *Mi gato*. Kike se empezó a reír porque era poco creíble que esa fuese nuestra canción y, si así fuese, éramos una pareja con el romanticismo en la planta de los pies. Cuando llegó al estribillo lo di todo:

«Uy, uy, uy mi gato hace uy, uy, uy, uy, uy, uy
mi gato hace ay, ay, ay, ay…».

Lo canté concentrada dirigiéndome a Kike como si él fuese mi gato, un gato muy especial y, moviendo las muñecas como bailando sevillanas, le dediqué el *Mi gato* —que sería a partir de ahora nuestra canción— con todo mi corazón. Kike se estaba riendo muchísimo y cuando terminamos de escuchar la voz de Rosario, me besó. Me dio un beso muy romántico y la gente nos empezó a silbar y a gritar lo típico de «Iros a un hotel». Después empezaron a contar, como se hace en las bodas, y cuando llegaron a diecisiete ya nos empezaron a abuchear, cansados porque no parábamos de besarnos. Teníamos demasiado aguante para esos principiantes.

Tras un montón de canciones más, diversas copas y múltiples risas, dimos por finalizada la noche. Nos fuimos a la cama siendo rebeldes y dejando los restos de la fiesta en el salón. Pero a ver quién era el guapo que sacaba el mocho ahora.

Nos retiramos a las habitaciones y seguimos armando lío en los baños. Las chicas nos enseñamos todas la ropa interior, no sé muy bien por qué motivo, y confirmé que Carla no escondía allí un badajo, a no ser que fuese diminuto y estuviese metido hacia dentro. Pero no lo creía.

Cogí la cama de Kike y la arrimé a la mía y, cuando vi que me miraba desde la puerta lavándose los dientes, di unos ligeros golpecitos sobre el edredón, un gesto que en el lenguaje coloquial significa «Ven para acá, moreno».

Sonrió y volvió al baño, hizo unas cuantas gárgaras que en mi cabeza sonaban como «gggggggg allá voy, gggggggg», y volvió a aparecer. Se dejó caer en la cama bocarriba y después se giró hacia mí. Empezó a besarme y a abrazarme y me empecé a poner nerviosa. Kike y yo habíamos hablado antes de entrar en el programa y habíamos llegado a la conclusión de que éramos dos seres humanos maduros y preparados para abstenerse, sexualmente hablando, durante las semanas que durase el *reality*. No teníamos por qué mostrar algo tan íntimo en una casa donde estábamos tan expuestos. Los dos estábamos de acuerdo en ese punto, y me resultó llamativo cómo mi cuerpo, que en ese momento estaba tomado por los efectos del alcohol, ignoraba ese acuerdo y pretendía saltarse esa premisa a los pocos días de entrar en la casa. No sé qué le estaría pasando por la cabeza a Kike, si tendría los mismos impulsos cavernícolas y descontrolados que tenía yo en ese momento o no. Él no decía nada, pero se dejaba llevar por los besos y caricias que había empezado a suministrarle por todo el cuerpo. En ese momento yo le mordisqueaba una oreja y con mi mano recorría su pecho firme. Empecé a notar la respiración acelerada de Kike cuando empezó a bajar una mano por mi espalda hasta llegar a mi culo, que apretó con firmeza. Se empezaron a escuchar risitas y cuchicheos a nuestro alrededor. No sabía si se debían a nuestra actitud o no, pero a mí me sirvió para bajar a la realidad y tirar de Kike para que bajase conmigo.

—Gordi, no es esto lo que hablamos —le dije en un susurro.

—Has empezado tú —me acusó divertido, y sonreí a este chiquillo que me resultaba tan encantador—. Has desatado a la bestia —me dijo Kike levantando la sábana para que viese los efectos que mis caricias habían provocado en su sexo.

—¡Madre mía, Kike! —grité, y él me tapó la boca porque intentábamos pasar desapercibidos. Después nos entró la risa porque estábamos muy borrachos y se oyeron unos «chsssst» de algunos que al parecer intentaban descansar—. A ver quién se duerme ahora —dije dándole un suave beso en la mejilla, y él me pidió que me girase porque me iba a hacer cosquillitas por la espalda.

—Necesito que te duermas para poder hacerlo yo. Si sé que sigues despierta, la tentación será demasiado grande y me va a resultar imposible conciliar el sueño. —Le hice caso y cerré los ojos. Pronto el cansancio del ejercicio y el alcohol de la fiesta hicieron su efecto y, a los pocos minutos, caí rendida con las caricias de Kike.

13
EL YOGA LO CARGA EL DIABLO

La cancioncita de marras que ponían a todas horas sonó para despertarnos a todo volumen. Cuando abrí los ojos pensé que la sensación debía ser similar a diez mil cuchillos atravesando mi cerebro. La noche anterior la mezcla de distintos tipos de alcohol no parecía preocuparme en absoluto, pero hoy cambiaba la cosa. No teníamos reloj ni sabíamos la hora, pero me atrevería a afirmar que no habíamos llegado a dormir profundamente ni cuatro horas seguidas. Desayunamos —bueno yo me bebí un vaso de agua y otro de zumo para reponer líquidos y también porque no me entraba nada más—, adecentamos entre todos la casa, nos pusimos la ropa deportiva y empezamos el entrenamiento que habían preparado los capitanes. Uno de ellos ya sabéis que era mi novio, pero la verdad es que, me sabe mal decirlo y todo, en algunos momentos del entrenamiento me caía muy mal.

—Vamos, Bea, ¿eso es todo lo que puedes hacer? ¿De verdad? ¡Venga, que te pesa el culo! ¡Échale ganas! No te veo sudar. —«¡Será malasombra! Si estoy desencajada. ¡Estoy sudorosa a más no poder! ¿Me está vacilando?» A este hombre se le había subido un poquito el cargo de capitán a la cabeza. ¿Qué se pensaba?, ¿que éramos deportistas de élite y que nos estaba preparando para las Olimpiadas? Yo estaba cerca de echar la pota. No era buena idea hacer tanto ejercicio después de beber, la noche anterior, hasta el agua de los floreros. La dirección del programa era mala gente. Muy mala gente. Sabían que no nos íbamos a perder una fiesta y también se podían imaginar que nos querríamos desinhibir un poco con el alcohol para coger confianza con la gente de la casa, a la que apenas conocíamos. Era bastante previsible que todo esto iba a suceder, qué mala leche montarnos la fiesta sabiendo que teníamos la dichosa prueba de los deportes. En eso estaba pensando mientras corría por el jardín con el resto de mi equipo detrás de mí, o quizá delante, porque ya les había visto pasarme por el lado un par de veces, cuando vi a Marisa repantigada tomando una bebida isotónica. Ahí reconozco que se me llevaron los demonios y no fui dueña de mí misma. Me agaché a buscar algo por el suelo para ver si se lo podía lanzar. Sí, ya, lo sé, me estaba enajenando. Solo quería arrojarle algo, por ejemplo pensé en tirarle una zapatilla. Pero si me quedaba descalza, Kike, que se tomaba la prueba muy en serio y ya había reñido a Marisa, se enfadaría conmigo, así que descarté la zapatilla, pero encontré una piedrecita. Era pequeña, no la mataría, como mucho le haría una moradura. Sin pensarlo dos veces, se la lancé, y era una pena que no valorasen la puntería en las pruebas porque le di de lleno en la rodilla. Pero tranquilos, sucedió lo que predije, nada grave. Lo que pasa es que la tía me empezó a gritar como una posesa y Kike, que no se había enterado de nada, pero ya estaba un poco harto de ella, la castigó a hacer cincuenta abdominales y casi se nos queda en el sitio.

Cuando llevaba treinta, ya sin fuerzas para subir una vez más, empezó a arrastrarse como una culebrilla de campo y la dejamos marchar mientras nosotros empezábamos a intentar mejorar nuestros tiempos en las carreras cortas. Estábamos todos bastante entregados y Kike terminó la jornada felicitándonos porque habíamos mejorado mucho nuestras marcas personales. No sabía cómo le estaría yendo al equipo de Martina, pero yo estaba muy orgullosa de nuestro esfuerzo. Hasta Marisa se quiso unir a nosotros y realizó algún esprint cuando se hubo recuperado del atracón de abdominales. Parece que la pedrada le había hecho recapacitar y, aunque ser impulsiva no me parecía una cualidad especialmente buena, en este caso me hizo felicitarme a mí misma por estar tirando del carro junto a Kike y organizar de la mejor manera a nuestro inepto pero entrañable equipo.

¿Recordáis la barbaridad de comida que se había metido Popi en la cena entre pecho y espalda? Pues podemos decir que con el entrenamiento del día llegó a quemar la mitad, que ya os digo yo que no está nada mal.

Cuando terminamos el ejercicio, Martina se me acercó y me felicitó por mi esfuerzo. No supe cómo tomármelo, apenas hablábamos en la casa. No existía mucho *feeling* entre nosotras y ¿se acercaba para felicitarme por algo que obviamente no era mi punto fuerte? ¿Estaría riéndose de mí? Si era así, estaba muy equivocada. La situación no era para reírse, porque aunque yo fuese un poco zopenca en los deportes, me sentía orgullosa de mis avances. Y además, yo tenía una cosa muy clara, *jamás de los jamases* hay que reírse de alguien que se está esforzando haciendo ejercicio. Aunque sude, esté rojo como un tomate o corra a dos km por hora hay que apoyarle y, si ella se estaba burlando, me parecía fatal. Tuvimos un rato para charlar y tengo que reconocer que fue muy amable y me dio muy buenas vibraciones. Igual era más maja de lo que yo pensaba, igual no roneaba a mi chico como una perra en celo. O igual sí que lo hacía y solo quería acercarse a mí por estrategia o por interés. No tenía ni idea, pero bueno, si la chica me trataba bien, lo mismo recibiría de mí. Yo vivía pensando que la gente es buena hasta que no se demuestre lo contrario y, aunque la veía interesadilla en mi chico, no había hecho nada serio para ganarse mi rechazo. Así que le di la bienvenida a mi grupo de amistades en la casa y me mostré abierta a compartir con ella grandes momentos. Kike nos miraba extrañado. No sabía cómo se había gestado ese nuevo acercamiento, pero no comentó nada.

Los días siguientes fueron del estilo. Vivíamos para entrenar. Continué consolidando mi amistad con Martina, que ahora ya me parecía una mujer increíble llena de cualidades y ¿qué demonios? tenía que reconocer que entendía perfectamente lo que Kike había visto en ella. Si es que era un cielo de chica, ¿cómo no se iba a enamorar de ella alguien hasta las trancas? Y no me preocupaba en absoluto que fuese tan maravillosa, porque yo estaba muy feliz con Kike y con el paso de los días nuestra relación estaba volviendo a ser tan natural y bonita como lo era antes de entrar. Nos profesábamos múltiples muestras de afecto, caricias y besos furtivos. Nos preocupábamos el uno del otro y nos cuidábamos. Estábamos juntos y muy unidos aunque viviésemos con tanta gente.

Una tarde nos encontrábamos Kike y yo en el jardín comentando la prueba semanal. Ya sabéis que yo soy una emocionada de la vida y me sentía pletórica celebrando mis avances. Y exagerando también un poco, la verdad…

—Kike, estás flipando, ¡dime que sí! He hecho cinco flexiones perfectas, ¿te das cuenta? Y corro como si fuese de Kenia. Joder, que me ves y ya no me ves. Me noto hasta la piel más morena y…. ¿qué me dices de los músculos? —Kike se empezó a reír con ganas cuando le enseñé mi bola, que ni aun ayudando yo por detrás con la otra mano lograba que subiese demasiado.

—Sí, cariño, estoy impresionado. Estás poniéndote en forma. —Kike, que estaba sentado en un banquito del jardín, me cogió y me colocó encima de sus piernas. Le puse su mano en mi culo y le dije: «¿Cómo te quedas? Glúteos de acero me llaman». Kike me estrujó las nalgas y me dijo que como capitán estaba haciendo una comprobación rutinaria. Bromeamos cuando le avisé de que no se le ocurriese hacerle la comprobación a Paula. Le di permiso para explorarles su mejoría de nalgas a Marisa y a Popi, pero Kike se negó en rotundo. Después me dijo que se iba a duchar antes de la cena y me preguntó si entraba con él en la casa. En la ducha ni de broma, queríamos mantener nuestra promesa de nada de sexo y evitar las ocasiones comprometidas era lo más sensato. Le contesté que ahora enseguida iría, porque me apetecía estar un rato a solas. Me encantaba disfrutar de algún momento de soledad viendo el anochecer desde el jardín.

Me encontraba tumbada en el césped cuando empecé a oír movimiento entre los matorrales. Pensé que sería algún animal que olisqueaba por fuera de la casa, pero entonces escuché:

—Perra de la guerra, ¿estás por ahí?

Ignoré esa expresión que me resultaba tan familiar. Daniela se dirigía a mí así en demasiadas ocasiones, pero sería otra persona. Eso no era posible, tenía que ser una casualidad. Daniela estaba en Valencia.

—Perraca, zorrona, arpía, mala pécora… —Oí una voz de mujer que hablaba bajito.

Bueno, eso ya me empezó a resultar raro.

—¿Quién habla? —pregunté temerosa.

—El fantasma de las navidades pasadas. ¿Quién voy a ser zorrupia? ¡¡¡Daniela!!! ¿Tan pronto te has olvidado de mí?

—¡¡¡Madre mía!!! ¿Qué haces aquí, Dani? —Noté que se me ponía una bola de nervios en el estómago y se me aceleraban las pulsaciones.

—Disimula, pava. Vamos, haz como que haces yoga y habla entre dientes, que no nos pueden descubrir.

Me puse a cuatro patas. Tampoco conocía mucho el yoga, pero digo yo que esa sería la postura del perro o del gato, que algo de eso me sonaba que existía. Estiré la espalda y me contraje. Eso era de yogui total, seguro. Luego dije en voz alta: *Namasté*. Y ahí sí que lo había triunfado, es un agradecimiento típico del yoga.

—¿Qué dices de *Namasté*? ¡La puta madre, Bea! ¡Préstame atención, que me tengo que ir! Hoy tengo que acompañar a Sara a una fiesta de esas de famosetes, ¡a ella la invitan a todas! Y yo no me la podía perder. De paso he venido a Madrid a decirte que eres tonta del culo y que estás haciendo el ridículo, ¡coño!

—¡Qué mal hablada eres, joder! —susurré—. ¿Ves? Ya me lo has pegado, con lo tranquila que estoy aquí haciendo yoga. —Cuando dije esto último subí el tono intencionadamente.

Mi interpretación estaba siendo bastante nefasta, pero me daba la sensación de que desde el programa no se habían percatado de la presencia de Daniela tras los setos, así que seguí con el teatrillo.

—Saludo al sol —dije estirándome, y me di cuenta de que sabía varios términos de yoga. Igual me animaba a practicarlo ahora que me estaba volviendo tan deportista.

—Ya no hay sol, payasa. Ahora céntrate en lo que te voy a decir. Abre tus oídos de par en par. Tengo que ser rápida y te lo voy a decir en clave por si nos escuchan. Ahí va: No te fíes de la que quiere volar más alto que las nubes.

—¿Qué? ¿Qué dices? Yo quiero volar más alto que las nubes. ¡Me encantaría! Es un sueño precioso —le dije susurrando. Luego chillé otra vez: *Namasté*, y me coloqué con las piernas cruzadas en plan indio. No sabía si sería una postura de yoga, pero me puse a inspirar y a espirar profundamente, como si estuviese concentradísima con mi propia rutina de ejercicios inventada.

—A ver, que te estoy hablando en clave, lerda. ¿Puedes concentrarte?

—¡Lo estoy intentando! —le dije en voz baja pero un poco alterada, y seguí respirando.

—El pasado siempre vuelve. ¿Te suena de algo? —me preguntó nerviosa.

—¡No! El pasado, pasado está —apunté. Daniela me estaba agobiando y yo estaba histérica pensando en que como la descubriesen se me iba a caer el pelo y no podía concentrarme en resolver sus mensajes cifrados. En ese momento, la cabeza de Martina se asomó por la puerta del jardín y me preguntó:

—¿Qué haces, Bea? ¿Meditación?

—Exacto. Yoga, meditación, interioridad. Todas esas cosas.

—¡Perfecto! —me contestó ella emocionada—. ¡Me encanta! Mañana, si quieres, lo hacemos juntas. Soy maestra yogui. Antes de entrar en la casa practicaba todas las mañanas y me venía fenomenal para liberar la mente del estrés.

—¿Y te ayudaba a concentrarte en ser más puta que las gallinas? —oí decir a Daniela, y casi me da algo.

Martina me preguntó:

—¿Has dicho algo?

—No, qué va. Sí, sí, practicamos mañana. Entro enseguida —le dije, disimulando.

Martina volvió sonriente a la casa y yo me levanté, abrí mis piernas y metí la cabeza entre ellas enfocada hacia los arbustos del jardín.

—¿Por qué dices eso? ¡Te podía haber oído! ¡Ahora nos llevamos bien! —le dije susurrando sin despegar mis labios.

—Pues eso es lo que te intentaba decir. Que no te enteras de nada. —Daniela volvió a mover los arbustos para disimular su voz—. ¿Quién quiere volar más alto que las nubes? La payasa esa que quería ser piloto de avión. Eres una ingenua, que esta chica se quiere ligar a Kike y estás haciendo el tonto siendo su amiga.

—Tú no la conoces, no digas eso —contesté ofendida y roja. No a causa del enfado, más bien porque se me había bajado toda la sangre a la cabeza—. Ella es muy maja y, porque haya tenido una relación con Kike en el pasado, no hay que pensar que es una mala persona y que se lo quiere ligar.

—Bueno, me da igual lo que pienses. Tú haz caso a lo que te digo que yo sé más y no te estás enterando de nada aquí dentro. Por cierto, ¿sabes que sigo saliendo con Daniel? ¿A que no te lo esperabas? Esta relación me está durando un montón, el sexo es buenísimo y, por cierto, ya no me importa que nos llamemos igual.

—Sí, sí, genial —le dije sin prestarle atención. Se creerá ella que, ahora mismo, es el momento de contarme su vida amorosa.

—Bea, me tengo que ir ya. No te fíes de Martina. Hazme caso. Han sacado vídeos suyos diciendo que ha entrado en la casa para reconquistar a Kike. Ese es su objetivo principal y va a por todas. Deja de hacer el canelo, amiga, por favor. Tenía que avisarte. Te quiero.

No le pude ni contestar. Me puse de pie mareada por el esfuerzo y por la concentración de sangre en mi cabeza y a los pocos segundos oí cómo se marchaba. Me quedé en *shock*. Tendría que hacer caso a Daniela porque era verdad, yo no me estaba enterando de nada aquí dentro. ¿Habría entrado Martina en la casa con el objetivo de seducir a Kike? ¿Se lo pensaba ligar delante de su novio Javi? ¿Se había ofrecido a enseñarme a hacer yoga para que estuviese calmada cuando me levantase a mi chico? Demasiadas preguntas sin resolver. Y yo que pensaba que la chica era sincera y que nos estábamos haciendo amigas. A partir de ahora no me pensaba separar de Kike. ¡Nadie se mete en medio de dos agapornis!

14
MISTER POTATO

Había llegado el día de la resolución de la prueba semanal. Nos examinarían en las pruebas deportivas para las que nos habíamos entrenado duramente toda la semana. Lamentablemente, no la pasamos. El equipo de Martina ganó como equipo, ya que consiguieron mejores marcas que nosotros, y les recompensaron dejándoles ver un mensaje que les habían grabado sus familiares. Kike estaba molesto porque habría querido más que nada recibir un mensaje de Carmen y, hasta la semana que viene, que estaba prevista la visita de un familiar o amigo, no sabría nada de ella.

En nuestro equipo el máximo lastre fue Marisa, que no mejoró sus resultados en ninguna de las pruebas y sus bajísimas puntuaciones mermaron el resultado de todo el grupo. Me pareció muy injusto, todos los demás lo habíamos hecho muy bien y habíamos superado casi todas las pruebas. Yo solo había fallado en las flexiones y, aun así, había logrado hacer ocho flexiones perfectas antes de que mis brazos flaqueasen y me estampase contra el suelo. De todas formas, me sentí muy orgullosa ya que desde el programa me felicitaron por mi esfuerzo y por mi mejoría en todos los ejercicios, y esto me motivó para seguir esforzándome.

Kike y Martina fueron los más rápidos y los que mejor realizaron las pruebas. Miguel también lo hizo fenomenal y en algunos ejercicios superó a Martina, pero en la carrera corta, la modelo, llegando a la meta, sacó fuerzas de no sé dónde y pareció que volaba. Consiguió un tiempo tan bueno que le dieron el segundo puesto. No me extrañaron los logros de Kike y Martina, ya que ellos ya eran los mejores la semana anterior y los dos se habían partido los cuernos entrenando de sol a sol. Esa era la pura realidad. Y también era muy real el hecho de que, al perder, habíamos visto cómo se reducía nuestro dinero para la compra semanal y hubo algunas desavenencias a la hora de elegir los productos que necesitábamos para la semana siguiente.

¿Pensáis que la principal culpable de nuestro fracaso, Marisa, se abstuvo de meter baza mientras hacíamos la lista de la compra con los productos imprescindibles? ¿Pensáis que cerró su pico y dejó decidir a los que se lo habían currado? ¿Creéis que se mostró prudente y apenada con la situación?

Si pensáis eso, os equivocáis. De hecho, era la que más exigencias tenía. Se debía de pensar que estaba escribiendo la carta a los Reyes Magos y no paraba de pedir, y nos llegó a amenazar con boicotear las siguientes pruebas si no le comprábamos cosas de aseo personal y belleza absolutamente innecesarios, como por ejemplo tinte para el pelo o un espejo de lupa para depilarse las cejas. ¡¡¡Pero si apenas le quedaban cejas!!! ¡Era de esa generación que se pasó arrancándose pelos en su juventud y ya no le salían! Deseé con todas mis fuerzas que sacaran su imagen exigiendo sus absurdas peticiones por la noche en máxima audiencia, para que la gente se solidarizase con el grupo y la echasen de la casa cagando leches.

Pero no fue eso lo que pasó. Esa noche, todos congregados en el salón frente al gran televisor, nos tocó despedir a Paula y a Jaime. Yo no podía comprenderlo. Estaba muy molesta e indignada porque no llegaba a entender que la gente valorase más la estancia en la casa de una mujer insolidaria como Marisa, pero bueno, había que respetar la decisión del público. La verdad es que en el fondo me lo esperaba. Cuando conectaban en directo la gente la vitoreaba y se reía mucho con sus despropósitos y los de su esposo mantecoso. También ayudaba el hecho de que seguía emitiéndose, todas las tardes, Sobreviviré Pomelo, el programa en el que colaboraba Marisa, y estaban llevando a cabo una campaña muy potente de apoyo a la tertuliana y a su marido. Eso nos lo contó ella en *petit comité* a Kike y a mí, cuando nos confesó que no estaba para nada preocupada por las nominaciones, porque sabía que ella no se iba a marchar de la casa.

Los pobres perjudicados de esa falta de apoyo fueron los expulsados. Se me rompió un poco el corazoncito al despedirme de mis grandes amigos en la casa, pero Paula y yo nos prometimos que retomaríamos nuestra amistad en cuanto acabase el programa. De todas formas, el encierro no iba a durar demasiado. Era un *reality* cortito con poquitas parejas, así que pronto nos reencontraríamos. Aunque en la casa todo se vivía muy intensamente y me sentía abatida con su marcha, intenté no dramatizar.

Marisa y Popi estaban eufóricos. Cantaban, bailaban y se abrazaban. Llevaban celebrando su victoria desde que habían escuchado los nombres de sus compañeros como expulsados. No fueron capaces de disimular ni un ápice su alegría, ni siquiera ante las pequeñas lágrimas que rodaban por las mejillas de Paula.

Pero pronto iba a cambiar el ambiente, ya que las sorpresas de la noche no habían terminado. La que nos comunicaron a continuación hizo que la alegría de Marisa y Popi se desvaneciera de golpe. María nos explicó que solo Martina y Kike, al haber conseguido los mejores tiempos en la prueba semanal, vivirían en la casa esa semana.

—¿Y los demás qué? ¿Qué va a pasar con nosotros? —preguntó Carla, nerviosa.

Y no tardamos nada en recibir contestación. A todos los demás nos mandaban a la minicasa. Y con la minicasa me refiero a la caseta esa del jardín creada para ubicar animales, enanitos de Blancanieves o cualquier espécimen que midiese menos de 120 cm.

No nos lo podíamos creer. Aquello era diminuto. Nos asomamos para verlo horrorizados. Prácticamente consistía en una estancia que estaba ocupada por nuestras camas, una minicocina con una mesa para comer y un aseo muy pequeño que tendríamos que compartir entre todos.

Me sentí muy decepcionada, porque había superado todas las pruebas menos una y me había esforzado mucho. ¿Esta era mi recompensa? Separada de Kike y embutida en una caja de cerillas. Y, además, estaba indignada porque la gente había tenido la oportunidad de conocer a Paula y a Jaime, que eran buenas personas y, sin embargo, los habían echado y habían dejado dentro a Marisa y a Popi. Con lo complicado que iba a ser ganar las pruebas semanales con la tertuliana, que no se esforzaba en absoluto, organizar con ella la comida que íbamos a pedir y, sobre todo, convivir con ella. Si no nos habíamos llevado bien en una casa enorme llena de comodidades, ¿cómo íbamos a hacerlo dentro de un lugar en el que si estirabas todos tus músculos, llegabas a tocar ambos extremos de la casa? Todo esto era un desastre. Y no solo me sentía decepcionada, también me sentía muy triste. Iba a separarme de Kike una semana entera. Coincidiría con él una hora al día. ¡Sesenta minutos! ¿Qué era eso para nosotros que estábamos acostumbrados a pasar tanto tiempo juntos? ¡Ni que estuviésemos en la cárcel y nos permitiesen un vis a vis! Me entraron muchas ganas de marcharme de allí, pero no podía hacerlo. Además de que me apetecía el proyecto laboral de ser presentadora que me habían ofrecido si aguantaba en la casa, yo no era una persona que tirase la toalla. No me iba a marchar porque no me pensaba rendir. Porque, por más obstáculos que me pusiesen en el camino, yo iba a resistir. Si el plan de la cadena de televisión era hundirme, estaba muy equivocada. Beatriz Morales no se rinde. Me dieron ganas de gritarlo frente a las cámaras de televisión. Pasaría la semana de la mejor manera posible y luego me reencontraría con Kike con más ganas aún de estar con él, de abrazarle y de disfrutar de su amor.

    ¿Si me preocupaba que fuera a pasar tantas horas con Martina? ¿Que fuese a dormir a su lado cada noche? Y, ¿que si se sintiese solo, ella sería la única que podría calmar su soledad? Hombre, no era el mejor de los escenarios que me podría haber imaginado, y menos después de que Daniela me hubiese puesto sobre aviso. Martina quería recuperar a Kike. ¿Cómo culparla? Kike era un hombre excepcional, por eso tendría que confiar en él. Y si, finalmente, me equivocase confiando en él porque terminase engañándome esa semana, pues entonces no sería un hombre tan excepcional y estaría mejor sin él en mi vida. Hay que ver lo claro que se ve todo en la teoría. Pero siendo sincera conmigo misma, esperaba de todo corazón que eso no pasase. Si nuestra relación se acababa, no me moriría, claro que no, porque de amor no se muere nadie, pero iba a estar jodidilla. Y con jodidilla me refiero a bastante depre, echa una caca y triste hasta decir basta. Que una cosa no quita la otra. Que si has sentido mucho, es imposible que no te duela. Pero me volvería a levantar. Y estaría completamente segura de que había perdido más él que yo.

Por ahora no cabía en mi cabeza ese escenario. Así que confié una vez más en Kike y en nuestro amor, le di un beso tan fuerte que me acabaron doliendo los labios, y me fui peregrinando con mis compañeros, lentamente, hacia la caseta del jardín. Es que íbamos muy despacio, como si nos llevasen al matadero.

Una vez allí dentro no nos costó mucho organizarnos, ya que no había demasiado que decidir. Nos ubicamos en un colchón cada uno y apelotonamos nuestros enseres en los escasos armarios de los distintos habitáculos de la casa. Carla y Miguel estaban a un lado de mi colchón y Javi al otro lado. Delante estaban Marisa y Popi. Estábamos todos muy reunidos.

Miguel quiso animarnos y empezó a imitar a distintos artistas para que los adivinásemos. Lo hacía muy bien, le podíamos haber bautizado como el hombre de las mil caras, y Carla lo miraba embelesada, quizá pensando en lo gracioso y guapo que era. A mí, que no tenía ningún interés en él, me lo parecía, así que supongo que a ella, a la que se la veía bastante enamorada, pues aún más. Nos hizo pasar un buen rato y me olvidé por un momento de este rollo de vivir aquí durante una semana. Me dormí pensando que ya quedaba una noche menos para volver a sentir a Kike descansando plácidamente a mi lado.

La musiquita de marras volvió a interrumpir mi sueño. Había empezado un nuevo día. Siendo cuatro personas menos, era curioso que nos costase mucho más organizar el desayuno, pero es que era muy complicado preparar algo decente en una cocina tan pequeña.

—Hacedme hueco, por favor, que tengo que tomarme mis tostadas con tomate —nos gritaba Marisa. Y al verla así, recién levantada y con los pelos esos de pájaro loco, pensé en lo poco que valorábamos el trabajo de las peluqueras y maquilladoras de la cadena, que debían de ser *cum laude* en lo suyo, porque obraban verdaderos milagros, al menos con Marisa. Por eso ella, de naturaleza presumida, al verse tan avejentada y poco agraciada en la casa, nos llevaba por la calle de la amargura pidiendo todo tipo de potingues que le camuflasen su aspecto actual. Pues chica, todos estábamos igual. La diferencia, además de la edad, es que en mi caso yo solía mostrar a la gente mi lado más natural antes de encerrarme en el *reality*. Me encantaba compartir fotos recién duchada, con la cara lavada y sin ápice de maquillaje, así que mis seguidoras debían de seguir reconociéndome desde casa. Las marujas, sin embargo, estarían haciendo las delicias comentando lo horrorosa que estaba Marisa y luego votándola para que se quedase, que una cosa no quita la otra.

Sin embargo, llamaba la atención, al menos a mí, lo guapo que estaba Kike. Se había rapado el pelo antes de entrar en la casa, porque tenía un pelazo envidiable y sabía que le molestaría cuando avanzasen los días y tomase vida propia, y además se había dejado una barbita sexy que no se podía aguantar. Con su nuevo *look* me recordaba mucho a Rubén Cortada. Estaba aún más guapo dentro de la casa.

Estaba fantaseando con mi chico mientras me peinaba la melena, cuando se empezó a oír una música y salimos todos corriendo hacia el lugar donde sonaba. La música provenía del jardín, de una máquina bastante grande con espacio para ubicar a varios de nosotros. Era básicamente una minipista de baile, con distintos círculos donde, al parecer, tendríamos que ir moviendo nuestros pies al ritmo de la música.

Minutos después vimos salir a Martina y a Kike de la casa y acercarse hacia la máquina del jardín, y no pude evitar darme cuenta de que Martina lucía muy risueña y descansada. Debía de haber dormido genial. Kike, por el contrario, tenía el gesto contraído y parecía preocupado, así que me acerqué a él para darle un beso y que notase que todo estaba bien y que me tenía a su lado aunque fuese durante escasos minutos al día. Se le dibujó una gran sonrisa en la cara al verme, pasó su brazo por mi hombro y me sentí en el cielo.

Nos habían congregado a todos allí para explicarnos el funcionamiento de la máquina. Después de la explicación, vino el turno de preguntas y alguno se coronó:

—Y si nos entra pipí, ¿qué hacemos? —preguntó Carla, que al parecer volvía a tener cinco años y problemas para contener su vejiga durante un ratito.

No le contestaron y me pareció normal. No se merecía otra cosa la pequeña Carla. Le dijeron que se subiese a la máquina, junto a Miguel y a mí, y nos avisaron de que hasta que no parase la música no podríamos bajar de allí. Deseé que Carla hubiese hecho pis nada más levantarse. También nos contaron que los siguientes deberían subir a reemplazarnos sin que la máquina parase de moverse en ningún momento, ni la música dejase de sonar. Si eso sucedía, porque no detectaba a nadie encima, perderíamos la prueba semanal.

Además, tendríamos otro cometido. Durante una hora al día nos juntaríamos con Kike y Martina y tendríamos que preparar juntos una coreografía. Íbamos a acabar del bailoteo hasta el pirri, pero al menos vería a Kike durante ese ratito.

Los vecinos se despidieron y marcharon hacia su mansión y yo le dije adiós a mi chico con la mano y le lancé mi corazón y mis entrañas, muy teatralmente, desde lo alto de la máquina de baile.

Los tres primeros bailarines nos pusimos manos a la obra o, mejor dicho, pies a la obra. La máquina se iluminaba mostrando dónde debíamos colocarnos en todo momento. Miguel empezó a bromear sobre mi retardo con todos los pasos. Ese minutillo por detrás que hacía que yo fuese pisando el color que marcaba la máquina justo después de que ya se hubiese encendido el siguiente. Los tres nos reíamos de mí, pero no me importaba. Miguel era muy gracioso y no podía molestarme cuando me estaba riendo a lágrima viva, lo cual hacía que el retraso en mis pasos fuese aún mayor. Aunque a veces con Kike también me pasaba. Se burlaba de mí y yo me reía porque eran gracias muy ingeniosas y luego, ya en frío, me enfadaba con él por sus burlas. Bueno, es que cuando se pasa el momento divertido la cosa pierde gracia y siempre puede una ofenderse un poquito y que su noviete venga a disculparse y a darle mimos. Pero ahora no quería los mimos de Miguel, ni tampoco que me catalogase de loca vengativa que se enfada por cosas que le habían resultado graciosas en el pasado más inmediato. Aunque no le pensaba guardar rencor más adelante, le pedí que parase de bromear porque me estaban entrando agujetas y también porque me pensaba tomar esta prueba muy en serio y me tenía que concentrar en solucionar el desfase. Terminé mi turno totalmente sincronizada con la máquina. Me visualicé quedando la primera en algún programa de baile, porque de verdad que lo hice de categoría. Esto iba a ser pan comido. Esperamos a que nos relevasen Popi, Marisa y Javi y, cuando ya estaban allí arriba, nos bajamos de un salto. Carla cayó con mucho estilo, Miguel, haciendo el gamba, se revolcó por el césped y yo caí como la patosa que soy, pero en versión mejorada. Esto quiere decir que chupé césped, pero después di una voltereta y me levanté cuál gimnasta olímpica estirada y digna, ante el sonoro aplauso de mis compañeros.

Más tarde, mientras arreglábamos nuestras camas, comenté con ellos que temía que la vaga de Marisa se bajase de la máquina. Al escuchar mis palabras Miguel salió como alma que lleva el diablo hasta la tertuliana y le dijo que como no se esforzase no la pensaba dejar dormir y le crecerían tanto las ojeras y las arrugas que no iba a haber bastante maquillaje en el mundo para taparlas.

Se lo dijo muy serio y Marisa no le contestó, pero yo observé cómo sus flácidos glúteos se contraían y se concentraba en seguir el ritmo de la máquina de baile.

Cuando acabaron su turno Popi, Marisa y Javi, los sustituyeron Martina y Kike. Yo me asomaba a la miniventanita de nuestra caseta para ver a mi chico un poquito y deleitarme con sus músculos marcados y su cuerpo sudado por el ejercicio, cual grupi acosadora pero inofensiva. Observé que, de vez en cuando, mantenía alguna conversación con Martina, pero no duraba demasiado. También es normal, con ese ritmo de baile, hablar no compensa. La fatiga se multiplica y el flato empieza a hacer su aparición. Al menos, así había sido en mi caso. Nunca había podido entender a esos *runners* que quedan para correr y se van contando sus cosas. El interior de sus cuerpos debe ser distinto al mío. No debemos tener lo mismo en el organismo. Tendría que poner una queja al departamento del interior de cuerpos. Me estaba riendo internamente con la chorrada que acababa de pensar acerca de ese departamento inexistente, pero que al parecer tendría trabajo contestando a mi reclamación, cuando se acomodó a mi lado Javi. El novio de Martina era un gran desconocido para mí. Había hablado poco con él, pero ni cuando nos contaron que Kike y Martina estarían solos en la casa lo vi alterarse o mostrar el mínimo disgusto. Yo estaba aquí con el runrún de su novieta y mi chico, y sin embargo parecía que nada de eso iba con él.

Aproveché que los demás estaban a su rollo para indagar:

—¡Hola, Javi! Estaba mirando a nuestros chicos. ¡Madre mía, qué guapa es tu novia!

—Sí, Martina es preciosa —me dijo sin demasiado entusiasmo.

—Bueno, preciosa es quedarse corto. ¡Es espectacular! ¡¡¡Una pasada de mujer!!! —le dije con énfasis para ver si le tiraba de la lengua y así él me demostraba que, aunque fuese poco expresivo, estaba loco por ella.

—Sí, supongo que sí —me dijo pensativo. Conocía poco a Javi, pero me daba la sensación de que era más aburrido que observar desplazarse a un caracol de cien años que carga su casa y la de su hermana durante dos horas seguidas.

—La echas de menos, ¿verdad? —Nada me había hecho pensar eso en su actitud, pero yo qué sé, igual es de esos que parece que todo le resbala, pero en realidad lo lleva por dentro y luego le estalla de golpe. Igual estaba hecho polvo el chaval y le iba a entrar de repente una depresión aguda, pero sabía disimular muy bien.

—Sí, bueno. No es lo mismo, ¿no? Estar aquí con ella, que sin ella. —Gran explicación del Pitágoras español. Formulado matemáticamente sería: Javi+Martina no es = Javi solo. Gran deducción. La conversación con el empresario me estaba pareciendo un rollo patatero. Ahora, por fin, todo cobraba sentido. El novio de Martina era un muermo. Guapo, pero muermo. Técnicamente, se le podría llamar un guamermo. Y eso que a mí me había parecido que tenía una cara simpática cuando lo conocí, pero ahora lo veía como un sieso y un aburrido, me parecía hasta feo y me hizo plantearme la siguiente duda:

¿Qué haces más de dos días con un guamermo, alguien que no te inspira, cuyas conversaciones te adormecen hasta cabecear y que no te hace reír? Pues nada, no puedes hacer mucho. Cuando te das cuenta de eso, el plan solo puede consistir en darle puerta y recuperar a tu novio anterior que es listo, guapérrimo y tan ingenioso y bueno que parece irreal.

Eso es lo que le había pasado a Martina, ahora lo tenía claro. Bueno, también cabía la posibilidad de que Javi fuese un tío genial y que al no tener confianza conmigo se comportase como un tubérculo. No me gusta ser injusta, así que seguí a la carga.

—Yo creo que te debe estar echando mucho de menos —le dije intentando que su cara registrase algo de actividad.

—¿Tú crees? Podría ser —me contestó, y después añadió—: Ahora vengo, que tengo que ir al váter. —*Pelos como escarpias,* me puso. El romanticismo de este hombre no tenía parangón. Me dejó con la palabra en la boca, porque se ve que tenía el mojón asomando. No pude pensar en ello demasiado porque nos volvía a tocar subir a bailar.

Miguel, Carla y yo corrimos hacia la máquina. Cuando llegamos, Kike me dio la mano para ayudarme a subir, sin dejar de moverse. Es que era un hombre que estaba en forma y *multitask*. A partir de ahí ya no le pude hacer mucho caso porque me tenía que concentrar en mis pasos, ahora nada desfasados. Vi que, con unas cuerdecitas que había en la máquina, Kike había dibujado la forma de un corazón. Igual de romántico que el señor que ahora mismo me imaginaba postrado en el inodoro haciendo fuerza.

15
TRES SON MULTITUD

La semana transcurrió bastante rápido, por suerte. Estábamos tan ocupados bailando sin parar que los días volaban sobre nuestros pies de Fred Astaire y Ginger Rogers. A principios de semana volvimos a nominar y esta vez nuestros tres puntazos se los llevaron la Mujer Maravilla y su patata, o lo que es lo mismo: Martina y Javi. Y salieron nominados junto a Marisa y Popi, que repetían por segunda semana consecutiva y seguían confiados en que ellos no serían los expulsados tampoco en esta ocasión. Me alegró saber que a Kike y a mí nos querían nuestros compañeros, ya que nos habíamos vuelto a librar de salir a la palestra.

Tras reunirnos antes de la cena para conocer los resultados de las nominaciones, nos volvimos a retirar a nuestras habitaciones.

Se estaba convirtiendo en algo habitual que los habitantes de ese pequeño hogar compartiésemos risas, chistes y todo tipo de animaciones, casi todas protagonizadas por Miguel y Marisa, que eran bastante payasos. Cada día solíamos pasar un buen rato liberando endorfinas antes de dormir.

Cuando terminó el gran espectáculo de esa noche, cada uno se metió en su cama. Javi hizo unas cuantas flexiones mientras resoplaba en calzoncillos y después se lanzó a la cama agotado, cerró los ojos y al minuto nos dimos cuenta de que se había dormido.

—Vaya tela, eso sí que es tener facilidad para sobar. Este se duerme antes de que la primera oveja haya saltado la valla. ¡Qué envidia! Con lo que me cuesta a mí conciliar el sueño, y más en la casa esta que estamos todos apretados y encerrados todo el día, que estoy teniendo unos sueños que si me los investiga un psiquiatra, me pone la camisa de fuerza y me ata a la cama —dijo Miguel, y al momento oímos también los fuertes y acompasados ronquidos de Popi.

—Vaya, pues ahí tienes otro al que tampoco le cuesta nada entrar en trance —comenté yo entre risas. Marisa le hacía ruiditos chocando la lengua contra el paladar como cada noche, sin percatarse aún de que esa técnica no funcionaba en absoluto, al menos con Popi. Después se giró y se colocó un almohadón sobre el oído para intentar dormir.

—Que no se queje, ¡que es su mujer! Si ella no tiene paciencia con los ronquidos de animal salvaje de su marido, nosotros menos. Anda, Carla, ve y métele un calcetín en la boca a la morsa marinera. Y si está sucio, mejor, que se calle de una vez. ¡Qué tortura escuchar esos ruidos del infierno! —Me reí, aunque pensé que esas bromas de Miguel podían sentar mal a los familiares de Popi cuando las viesen desde el plató.

—A mí si me tienes que decir algo, me lo dices a la cara. Antes de que te vea burlándote cuando me expulsen y se me quede cara de «P. Miguel».

—Buenooo —exclamó Miguel, riendo—. Quiero que hagas ya la cara de: «P. Miguel»

Hice una cara de mucho asco mezclada con: «te estoy perdonando la vida, chaval», y él aplaudió enloquecido.

—Está bien, a petición tuya te voy a decir lo que pienso a la cara, bueno más bien al oído.

Carla miró a Miguel desconfiada y él rectificó:

—Bueno, a las dos me refería. Acercaos aquí, que os voy a decir una cosita.

Carla y yo nos acercamos y casi me da un pasmo cuando escuché lo que me tenía que decir Miguel.

—Estás de coña, ¿verdad? —le preguntó Carla, agobiada.

—Pues claro que está de broma —le contesté empujando a Miguel, que cayó tumbado en su cama—. Es un tipo muy bromista que no piensa lo que dice. ¿A que sí? ¿A que eres un tarado que siempre está de coña? —Y se lo pregunté con una vocecita muy ridícula, como si le estuviese hablando a un niño de tres años.

Miguel nos miró con una sonrisa en la cara.

—Venga, no seáis petardas, que parece que acabáis de salir las dos de un convento.

—Del convento de tu puñetera madre de las misericordias —le contestó Carla, acabando así con todo nuestro ambiente bromista y despreocupado. Y yo no supe si estaba blasfemando, pero la expresión sonó francamente mal. Me imaginaba a la madre de Miguel en el plató, diciendo que esa chica no iba a terminar con su hijo y que ya se encargaría ella de que esa relación no durase. No le iba a gustar nada que la nombrasen en esos términos.

—¿Te has picado?, ¿en serio? —Miguel parecía muy sorprendido, y yo no sabía dónde meterme. No quería estar en medio de una discusión de pareja, pero definitivamente lo estaba y no me podía evaporar, ya que os recuerdo que seguíamos en la casa de los siete enanitos.

—¿¿¿A ti qué te parece??? —le chilló Carla al borde de la histeria—. ¡Es que no te entiendo, en serio! Al final, vas a hacer que le pille manía a Bea.

—Uy, no, no. No me cojas manía, que yo tampoco sé por qué dice esas cosas. Cógele manía a él, que es el cerdo bromista —le dije a Carla agobiada porque, oye, yo no había hecho nada. No tenía la culpa de que su novio hiciese esos comentarios tan fuera de lugar.

—Alucino Carla, no vayas de mojigata, que tú y yo hemos hecho muchas cosas en el tiempo que llevamos juntos. Y antes también. No quieras dar una imagen de monja de clausura porque no te pega nada. —Me pareció que Miguel insinuaba que se habían enrollado y hecho «muchas cosas cerdis» antes de elegir a Carla como su pareja en el programa. Pensé que esto iba a dar mucho que hablar en la cadena y me extrañó que a Miguel se le hubiese escapado esa información sin querer. Vamos que, para mí, había soltado la bomba con toda la intención.

—Habremos hecho cosas, pero nunca le has propuesto un trío a una persona con la que tonteas descaradamente desde que estamos aquí, sin consultarme y delante de mi cara —le contestó Carla alteradísima. Y yo le dije por señas que bajase el tono porque había dejado de oír los molestos ronquidos de Popi y solo faltaba que se uniesen a esta discusión el resto de integrantes de la casa. Como si la cosa no fuese bastante violenta participando solo nosotros tres.

—¿Y qué prefieres, que lo haga a las espaldas? Te he invitado a ti también, no te deberías enfadar. Alucino, haga lo que haga siempre la cago contigo. Eres complicada de narices, Carla, nunca sé cómo acertar. —Miguel me dejó asombradísima. Debían de tener una relación en la que estaba permitido investigar nuevos caminos, sexualmente hablando porque, si no, me parecía a mí que era bastante comprensible que la chica se picase cuando su novio organiza un trío improvisado antes de irse a dormir. Pero él parecía que no entendía a qué venía tanto alboroto. Como si invitasen a unirse a más personas a sus juegos sexuales todas las semanas.

—Vamos a ver, aquí no pasa naaaada —dije estirando la a y abriendo las manos con naturalidad. El lenguaje corporal es muy importante y quise sonar despreocupada—. Miguel siempre está de cachondeo. No lo dice en serio. Calma. —Quise dejar claro que me tomaba a guasa todo lo que decía este hombre. Era un chico divertido, bromista. No había que tomárselo en serio. Yo lo veía como este tipo de personas que mucho dicen, pero poco hacen. Típico chico parchís, que se come una y cuenta veinte. No me creía nada. No había que hacerle caso. Era un bocas. Tenía la boca más grande que un buzón de correos, pero a la hora de la verdad seguro que era un «cagao». Eso pensaba yo y así se lo hice ver a ellos.

—Bea, os lo estoy diciendo muy en serio a las dos. ¿Qué hay de malo en que hagamos un trío? —dijo esto último sonriendo, como si así la cosa tuviese menos importancia—. Carla, somos una pareja abierta.

—Pero yo no quiero ser una pareja abierta. Yo quiero estar solo contigo —le confesó ella visiblemente agobiada y apenada.

En ese momento sí que entendí que yo no pintaba nada ahí. Así que me quise esfumar, algo imposible. Pero bueno, sí que podía tratar de huir a zambullirme entre mis sábanas. Pero antes de desaparecer me dirigí muy seria a Miguel.

—No tengo ni idea de la relación que tenéis, ni me interesa. Pero sabes perfectamente que yo estoy con Kike y nunca haría un trío, un dúo, ni un cuarteto contigo porque jamás haría nada que le hiciese daño, y además lo quiero tanto que no tengo ningún interés en hacer nada con nadie más. Si no estabas de broma, es que eres un egoísta egocéntrico que no ve más allá de sus narices. Y, por cierto, ya me estoy metiendo donde no me llaman, pero os lo digo a los dos: nadie dicta las normas de una relación, las escribís vosotros, pero si alguno no está a gusto ni comparte los deseos que tiene el otro, igual no estáis hechos para estar juntos. —Ahora me dirigí a Carla, que parecía abatida—. Carla, piensa si este es el tipo de relación que buscas y con la que te sientes bien. Y si no lo es, recuerda que cada uno de nosotros nos merecemos lo mejor y somos los únicos capaces de conseguirlo.

—Madre mía, os tomáis esto las dos de una forma exagerada que no entiendo. Un polvete sin importancia, chicas, para desfogarnos en esta situación excepcional. —Con ese comentario tan desafortunado en un momento tan inoportuno, cuando yo les estaba hablando con seriedad y ya nadie estaba bromeando, me temí que Miguel estaba intentando desempeñar un papel en la casa. Un papel bastante chungo, a mi modo de ver, pero me dio la sensación de que quería crear polémica para que le invitasen a todos los platós al salir del programa. Sentí pena por Carla, de verdad pensaba que no se merecía pasar por eso. Ni ella ni yo le contestamos. Nos metimos cada una en su cama y le dimos la espalda. Lo último que le oí decir a Miguel fue:

—Mira que sois aburridas. —Por poco le estampo un almohadonazo en la cabeza. Me pareció oír gimotear a Carla, pero no le dije nada. Supuse que no tendría ganas de hablar con nadie y le dejé su pequeña parcela de intimidad. Al poco caí en un sueño profundo.

Y como si del día de la marmota se tratase, otra vez la musiquita infernal sonó como un despertador, seguida de la odisea de cuadrar los desayunos y de la maquinita reclamando nuestros bailes. Encima hoy con sueño y con mal rollo reinando en el ambiente. Ni Carla ni Miguel ni yo decíamos nada. Ni siquiera se rieron cuando estábamos ya encima de la máquina, me descoordiné y casi me precipito al césped al intentar mover mis pies más rápido de lo que iba mi cabeza. Menudo tonto Miguel, con lo bien que lo estábamos pasando, pese a estar en la casa de los «Pinypon» y sin Kike, estábamos divirtiéndonos mucho y él había tenido que estropearlo todo con sus tríos amorosos. Menudo *gigoló* de pacotilla.

Cuando me crucé con Kike, nos vio serios y quiso saber lo que nos pasaba, así que, cuando nos juntamos por la tarde para ensayar la coreografía, le conté lo que había pasado la noche anterior. Hablé con él cuando se dio por finalizada la hora. Solo faltaba que nos penalizasen desde el programa por este rollo.

¿Hice bien?, ¿hice mal? Quién sabe. Pensé que tenía que decírselo porque yo no quería ocultarle nada. Bastantes disgustos había tenido en el pasado por camuflar la realidad. Pero realmente contárselo en este momento no había sido la mejor de las ideas. Él estaba también aislado, aunque en una casa mucho más grande que ya me gustaría estar a mí, la verdad, pero también sería duro para él estar sin mí y, aunque Kike no es una persona celosa, saber que Miguel me estaba tirando la caña a la mínima oportunidad no era plato de buen gusto para nadie.

Kike se mostró serio y con la mandíbula contraída mientras le contaba la propuesta que nos hizo Miguel, la noche anterior, a su novia y a mí.

Y en ese momento, quizá sabiendo que hablábamos de él, Miguel se acercó a nosotros y le pasó a Kike el brazo por los hombros.

—Pero ¿tú de qué vas, tío? —Kike, que en la casa se había mostrado siempre tan amable y risueño, sonaba enfadadísimo—. Vienes aquí como el gracioso del grupo y no tienes respeto por nadie. Ni por tu pareja, ni por la de los demás. Eres un payaso.

Todos los demás, al oír que la conversación estaba subiendo de tono, se amontonaron alrededor de ellos. Miguel se reía, estaba provocando a Kike.

Marisa estaba disfrutando como una enana y me preguntaba:

—Pero ¿qué ha pasado?, ¿qué me he perdido? —Como vio que yo no le contestaba, se giró hacia los demás—. Por favor, que alguien me cuente lo que ha pasado. —Como si en ese preciso momento lo que más importase fuese que ella se enterase de todo. Su instinto de tertuliana cotilla hablaba por ella.

—Kike, no hay que ser tan territorial —le gritó Miguel entre risas.

Kike se estaba poniendo rojo. Me miró y le indiqué que se calmase, porque no merecía la pena. La voz del Game Master nos invitó a retirarnos a cada uno a sus casas. No quería que hubiese ninguna discusión, ni tener que tomar ninguna medida disciplinaria. Le hicimos caso. Vi como Kike se iba cabizbajo hacia la casa y Martina le cogía del brazo y trataba de animarle. No se lo pude reprochar, ojalá pudiese hacerlo yo. Después de todo yo tenía la culpa. Bueno, no, la tenía Miguel. Pero igual yo podía haber esperado a contárselo a Kike la semana siguiente, cuando volviésemos a estar juntos.

—Bueno, bueno. ¡Qué interesante se pone la cosa! Un trío en la casa —Marisa se dirigió a las cámaras que no se perdían detalle cuando todos entramos a la habitación de los colchones. Claramente estaba emocionada con este último giro de los acontecimientos—. ¿Por qué no nos habéis invitado a Popi y a mí? —preguntó riendo a carcajadas.

—Pues igual tenía que haber hecho eso. —Miguel le dio un pellizco en el culo a Marisa, que pegó un pequeño salto, divertida—. Porque aquí estas dos mujeres son muy sosillas las pobres y el noviete de Bea, siempre tan protector, ha tenido que venir a poner orden. Le ha faltado mearle encima a Bea. —Miguel se rio con una risa muy forzada, a mi modo de ver, y yo le lancé una mirada llena de furia.

—¿Vas a parar con el temita, Miguel? Déjalo estar ya, por favor. Me están entrando muchas ganas de irme de la casa… —Carla estaba muy agobiada, pero Marisa y Miguel no parecían tener ninguna intención de terminar con el tema. Yo directamente les estaba ignorando. No pensaba generar morbo, ni audiencia, con el asunto del trío. Si era eso lo que Miguel pretendía, iba a pinchar en hueso conmigo. Me habría ido fuera para no oírlos, pero nos habían dicho que no saliésemos de la casita tras la discusión de los chicos, así que solo podía hacer oídos sordos a sus comentarios, aunque la combinación Marisa-Miguel me lo estaba poniendo difícil.

—Carla, ¿crees que Bea es una calienta… *piiii*, ya sabes? Es que no quiero decir palabras malsonantes en la tele, que nunca se sabe si puede haber algún niño viéndonos. Si hay alguno, que se ponga *Boing* o *Clan*, que vamos a hablar de cosas fuertes —avisó la tertuliana, y Miguel y ella se rieron. Yo los miré con indignación, y le dije a Marisa que era un ser humano horrible y que ya recibiría su merecido de un modo u otro. Y se lo dije con rabia porque, aunque yo estaba tranquila tratando de no caer en sus provocaciones, Carla estaba al borde de las lágrimas otra vez. Y no me parecía justo. Marisa aún se rio más fuerte.

—Carla, no seas tímida y contéstame. Solo quiero saber si ella le tiraba la caña a Miguel, porque esta Bea es una rompecorazones. Al pobre de su exnovio lo dejó hecho un higo. Lo llevamos al programa el año pasado y el pobre estaba roto. Más o menos como estás tú ahora. —Carla se marchó llorando y se metió entre las sábanas.

Marisa estaba descontrolada metiendo cizaña, Popi le reía las gracias y Miguel no hacía ni ademán de pararle los pies. Javi, alias el señor patata, no decía nada. Estaba observando tranquilamente, como quien ve una película entretenida en Netflix.

Carla lloraba y a mí se me hincharon las narices y se me abrió la boca, y empecé a escupir fuego como si fuese un volcán en erupción. ¿Había dicho que no pensaba entrar al trapo? Pues nada, no lo cumplí.

—Vosotros tres vais a cerrar el pico ya. —Noté como me ponía más roja que un globo de helio de esos con forma de corazón que se regalan el día de los enamorados, pero este globo lo habían hinchado más de la cuenta y estaba a punto de estallar.

—Marisa, eres una garrapata, una arpía y un monstruo y espero que la vida te devuelva todo lo malo que has hecho y que te deje sola, porque es lo que te mereces. —Ella me miró sorprendida con una sonrisa rabiosa asomando en su cara. Hizo ademán de contestarme, pero no la dejé hablar, porque yo aún no había terminado.

—Popi eres un cero a la izquierda —le grité rabiosa, porque nunca decía nada, pero siempre se reía de los comentarios que hacían de los demás—. Un mojón, un bufón y un esperpento —continué— que alimentas con tus risas a una bestia a la que podías haber intentado convertir en una persona con la que te sintieses orgulloso de estar. Eres un cobarde. — Popi me miró sorprendido, pero no me dijo nada.

—Y tú, Miguel, eres el peor de los tres en este momento. Porque en tu afán por ser divertido, famoso y conseguir dinero fácil estás haciendo daño a una chica que no se lo merece. A una mujer que te quiere y que solo te está pidiendo respeto. Carla lo está pasando mal aquí por tu comportamiento y a ti no te importa en absoluto, porque eres otro egoísta. Vale, has querido generar audiencia y no te ha salido bien. Pues nada, chico. Un error lo tiene cualquiera. Recoge velas y a funcionar. Cambia tu actitud, discúlpate con Carla, sé el Miguel divertido que sabes ser y deja de hacer el memo. —Me quedé muy a gusto con la reprimenda y traté de cambiar de tema de una vez—. Bueno, se acabó la charleta. Aquí no reparten nada, así que movilizaos. Voy a preparar la mesa para la cena. Id los tres a pensar en lo que os he dicho, porque cuando salgáis a cenar quiero notar un cambio de actitud o me vais a seguir escuchando. —Vi que los tres se miraban contrariados, se quedaron quietos y callados y fui a por Carla, que estaba tirada en su cama llorando a moco tendido.

—Tú, señorita. Haz el favor de dejar de compadecerte y levantar el culo, que yo soy una pésima cocinera y si tengo que encargarme de la cena, vas a llorar mucho más y con razón. —Ella me miró y en su cara vi tristeza, pero también agradecimiento.

La cogí del brazo, le sequé las lágrimas con mis dedos y me la llevé a la minicocina.

De repente me sentí agotadísima, pero orgullosa del rapapolvo que había dado a aquellos insensatos y dispuesta a pasar página si venían con ganas de mejorar. El tiempo que me quedase en la casa no quería estar discutiendo y cabreada con unas personas con ganas de polémica. Pensaba disfrutar de la experiencia quisieran ellos o no. Me merecía disfrutar mi experiencia *reality*, mi particular campamento adulto y, aunque me hubiese tocado convivir con unos petardos tocapelotas y alguna ameba que se hacía llamar Javi, aquí nos íbamos a divertir y punto pelota.

Animé a Carla a cantar conmigo. Al principio ella tenía unas ganas locas de cantar, pero estoy hablando en el mundo al revés, claro. Pero yo soy muy pesada y no paré hasta que cantó y se le llenaron las lágrimas de risa. Y me alegré de que eso pasase, porque esa es una gran sensación.

Javi no cantó con nosotras, pero nos ayudó con la cena, no le podíamos pedir más y, cuando estuvo preparada, llamé a mis hijos castigados que vinieron a la mesa sin hacer ruido y bastante calmados.

Me levanté para decir unas palabras porque soy la pelma de los brindis.

—Brindemos por una cena tranquila, en familia. Intentemos ser buenos los unos con los otros, porque podemos pasar unos días maravillosos aquí dentro.

Todos chocaron sus copas y vi alguna sonrisa discreta. Pasada la tempestad, nos volvieron a hacer reír con las actuaciones de antes de ir a dormir y, aunque Carla y Miguel no estaban bien, me enteré de que él se había disculpado y ella estaba más tranquila. ¡Bien hecho, Miguel!

Pensé que por fin iba a tener una estancia más relajada en la casa. Volvía a reinar en mí la alegría y el optimismo. Mañana, por fin, me reencontraría con Kike y volveríamos a estar juntos. Pero una cosa es lo que yo imaginaba y otra lo que pasaría en realidad. Porque no iba a volver a ver a Kike en la casa de 2+2 son Vip.

16
MI DÍA DE SUERTE

Había llegado el día. Fantaseaba con ver a Kike, abrazarlo y olerlo. Esta semana su olor había dejado mucho que desear, es que siempre estaba sudado después del ejercicio. Aun así lo adoraba eh, aunque oliese a pestes, pero hoy por fin me dormiría abrazada a su cuerpo limpio y estaba hasta nerviosa. Y aún me puse más nerviosa cuando me enteré de que esta misma mañana iban a dejar que nos visitasen nuestros familiares o amigos. Más bien, la persona que nos representaba en el plató. Kike debía de estar supercontento. En los escasos ratitos que había estado con él, siempre me decía las ganas que tenía de ver a Carmen y comprobar por él mismo que estaba bien y no estaba pasándolo mal en el programa.

Me alegré mucho por él y también por mí. Tenía unas ganas locas de ver a mi Sara y de abrazarla. Que esta última semana sin Kike había abrazado a poca gente, todo sea dicho, y yo soy una abrazadora profesional.

Me quité las mallas, aunque sabía que luego me las tendría que volver a colocar porque teníamos que hacer la prueba semanal. Pero pensé que prefería ver a Sara con un conjunto bonito que aún no había tenido ocasión de estrenar y decirle a mis *followers* que nos podemos expresar también a través de la ropa que llevamos, y yo ese día me sentía feliz y quería brillar. Porque yo estaba segura de ello. Hacía tiempo que había desterrado al olvido los serios trajes de chaqueta que me ponía para trabajar en el banco. ¿Me obligaban en mi sucursal a vestir como una enterradora? Pues la verdad es que no, pero en aquel entonces no tenía ningún interés en que mi ropa proyectase alegría ni mostrase al mundo los colores del arcoíris. Mi armario me gritaba: «Eres infeliz en tu trabajo, ya lo sabemos. Pero deja de traer aquí prendas negras y grises. ¿Una bufanda marrón caca? ¿Eso te has comprado? Eres triste con ganas».

Bueno, eso era el pasado. Y yo hacia atrás no vuelvo ni para tomar impulso.

Hoy quería reflejar lo feliz que estaba, lo bonito que era vivir nuevas experiencias y saber disfrutarlas, para celebrar que iba a reencontrarme con mi chico y con una de mis mejores amigas. Era mi día de suerte, de eso no cabía la menor duda.

Así que me coloqué un top ajustado de color blanco, con un solo tirante, y una falda amarilla con vuelo que me quedaba genial. En el pasado me habría dado miedo usar esa combinación de colores en plan huevo frito, pero ahora me encantaba y además me favorecía mucho, porque estaba morenita de tantas horas bailando al sol.

Mis compañeros varones me dijeron que estaba para mojar pan, y aun así me ratifico en que no parecía un huevo frito. Ellos seguían en ropa deportiva y los entendía. La casa nos había vuelto muy vagos. Y realmente no éramos conscientes de que había miles de personas mirándonos desde sus casas.

Cualquiera de nosotros, fuera de esta casa, ¿bajaríamos a tirar la basura hechos unos zorros? Pues no, si podíamos evitarlo. Porque los porculeros de los reporteros de la tele siempre te pillaban cuando llevabas tu peor ropa o ibas sin maquillar. Si encima te había salido un grano o alguna mancha, ibas de cabeza a la sección de los *Arggss* de la revista Amore. Así que como consejo te diré: «Arréglate y te evitas un disgusto». Pues nada, que aquí eso no lo teníamos en cuenta. Llevábamos los *looks* que seguramente luciríamos si nos hubiesen invadido los alienígenas o acechase nuestro planeta un virus horripilante y el Gobierno nos impidiese salir de casa. Ya, ciencia ficción total, pero lucíamos *looks* de encierro: mallas con camiseta, chándal y pijama eran la ropa estrella que llevábamos durante gran parte del día. Menos mal que me había traído unos pijamas preciosos.

También nos pintábamos poco, pero eso para mí era bastante positivo. Tampoco abusaba del maquillaje en la vida antes de 2+2 son Vip. Yo siempre trataba de mostrar a mis seguidoras que una cara natural, a veces, es mucho más bonita que parecer una muñeca o un maniquí carente de expresión. Que ponerse un poco de base, darle un poco de color en las mejillas o darle fuerza a tus pestañas con el rímel estaba fenomenal, pero que no era necesario pintar un Picasso cada mañana frente al espejo. Siempre sabiendo que cada una hace con su cuerpo y con su cara lo que le sale del higo, pero yo les daba mi opinión:

«Por favor, amiga, sé natural. Intentemos que los retoques estéticos o el maquillaje sean tus aliados. No tus enemigos». Eso lo había escrito la semana anterior a entrar en la casa, con el pelo suelto y mojado tras la ducha, en una publicación que tuvo tantos me gusta y comentarios que batió el récord en mis redes sociales.

Pues no debía ir tan desencaminada. Mis seguidoras me apoyaban.

«Déjame contemplar el color de tu piel, ver cómo me hablan tus ojos o apreciar la forma natural de tus labios. Y si te los vas a rellenar, piensa que culo ya tenemos uno. No te pongas otro culo en la cara». Otro texto que, para mi sorpresa, fue un éxito. Nunca sabes con certeza si va a haber una lluvia de *likes* o te va a caer la del pulpo. Aunque, si os digo la verdad, había dejado de importarme tanto lo que pensase la gente. Me refiero, yo tenía que ser consecuente conmigo misma, no se puede gustar a todo el mundo. Si no te gusta lo que digo, no me sigas. Así de sencillo. Pero de esta publicación me supo un poco mal el hecho de que hubo chicas que etiquetaron a otras cuyos labios eran auténticos culos. Eso no lo contemplaba yo, pensé que le darían me gusta y ya está, lo que se le ocurre a la gente.

Pensando en mis publicaciones me di cuenta de que quería enfocar mi programa de estilismo a la naturalidad y a buscar la belleza resaltando nuestros puntos fuertes y expresándonos con la ropa, los complementos o el maquillaje. Lo importante es quererse y sentirse bien consigo misma. ¡Iba a ser genial! Lo estaba visualizando e iba a ser la leche.

Había terminado de arreglarme. Nos pusimos todos juntos en la habitación y mi mente no hacía más que pensar en Kike. Me decía a mí misma que nos podrían juntar ya, la verdad, y así podía ver su carita de emoción cuando le dijeran que podía entrar a ver a Carmen. Pero, por ahora, seguían sin reunirnos. Bueno, era cuestión de horas, tenía que tener paciencia.

El Game Master nos fue llamando uno por uno para que entrásemos a ver a nuestra gente y nos fuimos acercando a la sala de confesiones.

Yo fui la tercera y, cuando oí mi nombre, me levanté de un salto y me fui corriendo con la falda volando arriba y abajo y derrapando por las esquinas. ¡Es que estaba tan emocionada! Abrí la puerta con el sonido de mi corazón retumbando en mis oídos y vi a Sara sonriente sentada en el sillón de la sala de confesiones. Me lancé a sus brazos y la abracé tan fuerte que temí haberle hecho daño, quizá ahora tenía una costilla rota, no se descarta. Pero respiraba con normalidad, así que supongo que aunque había entrenado bastante y me consideraba pura fibra, aún no estaba tan fuerte como para romper huesos.

—¡¡¡Te quiero tanto!!! ¡¡¡Qué preciosa estás!!! ¡¡¡Gracias por venir a verme!!! Parece que lleve aquí un año. ¡Os echo tanto de menos! ¿Cómo están mis padres? ¿Va todo bien por ahí fuera? —Sara en ese momento miró a las cámaras agobiada y me indicó con un gesto que no podía hablar.

—¿Les ha pasado algo? ¡Cuéntamelo! ¿Cómo estáis todas? ¿Ana, Marta, Dani… estáis todas bien? ¿Y Carmen? ¿Cómo está Carmen? Ahora la verá Kike y me contará… Ojalá la pudiese haber visto yo también… —Suponía que debía estar chillando, pero es que estaba muy alterada y emocionada.

El Game Master me recordó que Sara había venido a verme, pero que no podía contarme nada del exterior. Jolín, pero un: «Sí, todo guay» tampoco iba a ningún lado y a mí me dejaría más tranquila. Igual debería haber traído a Daniela que seguro que se habría saltado a la torera las normas del programa y alguna cosilla me habría contado. Lo habría tenido más sencillo que cuando organizó su excursión a los arbustos del jardín y me puso a hacer yoga. Sin embargo, a Sara no le habían avisado el día que repartieron la picardía. Era una tía obediente y si le habían dicho que no soltase prenda, la prenda se la iba a dejar puesta, muy a mi pesar.

Menos mal que como psicóloga no tenía precio. Ella vino a darme fuerzas y vaya si lo hizo, cuando se fue me faltó ponerme una corona, un manto y coger un cetro, crearme mi propio trono y proclamarme la reina de la casa:

«Yo, Beatriz, intentaré gobernar siendo justa y honrada, apoyaré a mi pueblo y jamás lo abandonaré. Y ahora, vamos todos a disfrutar de esta suculenta comida». Esto habría sido un discurso de diez. A ver si toman nota algunos gobernantes porque lo bueno, si es conciso, dos veces bueno.

—Bea, en serio, lo estás haciendo genial. Eres la mejor. Estamos todos contigo. Y con Kike, claro. Sois la leche. Puedes estar muy contenta. Tienes que ser fuerte y resistir, que ya queda poquito. —Me extrañó ese comentario de Sara porque: ¡Claro que iba a resistir! Si yo estaba disfrutando un montón de la experiencia. Había cosas del programa que no me gustaban, me daba la sensación de que estaban manipulando la realidad y me intentaban alejar de Kike, pero si había soportado el encierro en la microcasa y los encontronazos con los compañeros, ¿cómo me iba a marchar ahora que me iba a reunir con mi chico al fin? Pero bueno, es que Sara es muy profunda. Me estaría dando fuerza con su «resistiré» y ya está.

—Tú eres fuerte, ¿vale? Lo estás haciendo genial y puedes con todo. Eres una jefa. La mejor. Estamos muy orgullosos de ti, amiga.

—¿Me viste en la prueba del deporte? —No quise cortar sus alabanzas, así que las centré en las pruebas semanales, de las que me sentía muy orgullosa—. ¿Y cómo lo estoy haciendo en la del baile? ¿Estás flipando? ¡Dime que sí!

—¡Claro que sí! ¡Vaya tela! Cómo te estás esforzando. Tampoco esperaba menos de ti, sabía que me harías sentir orgullosa. Te quiero. Y recuerda: tú puedes con todo. —Sara parecía emocionada y a punto de echarse a llorar. Es como si me estuviese preparando para una catástrofe sin decirme nada claro. Con mensajes subliminales de psicóloga para que no me viniese abajo. Parecía que se me iba a caer la casa encima y yo me iba a tener que quedar ahí, mirando y siendo fuerte, resistiendo y todo eso que me decía. O eso, o la labor de animadora se la había tomado muy en serio.

Nos volvimos a abrazar y la noté más delgada. Esperaba que no estuviese pasando nervios en la tele y se le hubiese cerrado el estómago. ¡Pobre amiga! En qué lío la había metido. Tener que ir a defenderme a los platós. Sin duda, le debía una de las gordas. Ya pensaría algo cuando saliese de la casa. Pero ya se me estaba ocurriendo algo. Aunque a ella no le faltaba el trabajo y tenía muchos pacientes, igual podría sugerir que la contratasen en mi programa de estilismo. Sin duda una psicóloga nos vendría fenomenal. ¿Sería eso trato de favor? Uff, espero que no. A diferencia de lo que pasaba con los políticos, yo quería meter a una gran especialista en la materia, una psicóloga a la que admiraba y de la que me sentía orgullosa. No podía ser lo mismo. Tampoco sé si aceptaría, pero lo haría fenomenal seguro.

Me despedí de mi amiga con lágrimas en los ojos y abandoné la habitación. Después, me reuní con mis compañeros en el jardín. Compartí emoción con los que ya habían visto a sus familiares. Me sorprendió ver a Javi hablando de su hermano como si no fuese un hongo. Me refiero a él, no al hermano. Su hermano podía ser el tío más cachondo del país, o podía ser otra seta. Pero yo no tenía ni idea. Por lo pronto, su visita había dotado a Javi de humanidad y le vibraban los ojos. ¡Qué importante es la familia hasta para los champiñones!

Mientras el último, Popi, iba a su reencuentro, yo volví a la habitación para colocarme las mallas. Teníamos la prueba semanal y esta vez la íbamos a superar. Me puse hasta una cinta en la cabeza y me motivé pensando que era Rambo y que podía con todo. Me cogí el puño cerrado y me miré en el espejo animándome. Ya, ya, lo sé. Eso es raro y algo friki, pero si me daba fuerza, merecía la pena.

Salí al jardín chillando: ¡A por todas, equipo! y corriendo como alma que lleva el diablo alrededor de la terraza. Por extraño que parezca, todos me siguieron y empezaron a correr detrás de mí. Igual ya habían podido sentir que me había coronado reina de la casa. Les llegaba mi influjo poderoso y no se podían resistir a seguirme.

El Game Master nos dijo que la prueba semanal estaba a punto de empezar. Debíamos colocarnos ya en nuestros puestos para hacer la coreografía que habíamos preparado.

—Pero aún no han llegado Kike y Martina, no podemos empezar —le repliqué a la voz—. Por favor, entrad a llamarlos o algo. O vamos nosotros. ¿Les habéis avisado de que empieza ya?

—Ellos ya saben que comienza ya. Si no vienen, la tendréis que llevar a cabo lo mejor posible sin ellos. —Nos miramos agobiados y, cuando escuchamos el inicio de la canción, empezamos a bailar.

17
EL PROFESOR

El inicio de la prueba fue un poco caos. Nos faltaban dos integrantes y había partes de la coreografía que se veían extrañas sin ellos. Pero eso no era nuestro problema. Nosotros teníamos que hacer el baile como si Martina y Kike estuviesen en sus posiciones, aunque fuese surrealista verme coger una mano al aire o ver a Javi simular que cogía a Martina en sus brazos y le daba una vuelta.

Antes de empezar me había dirigido a todos:

—No podemos perder esta prueba. Tenéis que ser los mejores actores que hayáis visto nunca y representar vuestro papel como si los dos compañeros que nos faltan estuviesen aquí con nosotros. Podemos conseguirlo.

Parece que los convencí y, al poco de empezar, nos olvidamos de este contratiempo y nos concentramos en hacer bien la coreografía. Nos esforzamos muchísimo. Yo concentré toda la garra, la rabia y la fuerza que sentía en ese momento en mi baile. Bailé con ganas, y no permití que mi cabeza se pusiese a pensar en por qué Kike nos había dejado colgados en la prueba semanal. Hasta que terminamos de bailar no me permití pensar en ello. Eso sí, en cuanto nos lanzamos al suelo de rodillas y levantamos los brazos como apoteósico final, Kike volvió a mi mente y no paré de darle vueltas a la cabeza. Era tan raro todo. Esperaba que al terminar la prueba por fin nos explicasen algo y supiésemos qué había pasado con Kike y Martina, pero nada parecía indicar que eso fuese a suceder. El programa no se pronunció al respecto por más que nosotros preguntábamos sin parar.

—Decidnos por lo menos si van a volver, es importante para organizar la convivencia… —Nadie contestaba a nuestras preguntas, así que, cuando nos dejaron entrar en la maxicasa, fuimos directos a registrar la habitación y nosotros mismos descubrimos la realidad. No, no pensaban volver. Se habían llevado todas sus cosas. No había ni rastro de ellos, como si no hubiesen estado viviendo allí los dos solos la última semana.

La situación era desesperante. ¿Qué demonios había podido pasar para que se hubiesen marchado los dos tan rápido y sin decirnos nada?

Javi tampoco entendía nada, pero es que la horchata que corría por sus venas no le hacía sentir lo que sentía yo. Parecía que se había bebido dos tilas y una pastillita para coger el sueño. No estaba nervioso ni alterado, me dieron ganas de cogerle por el cuello de su polo y gritarle: «Reacciona, hongo del infierno». Pero creo que ni aun así se habría alterado. Igual subiría una ceja como señal de protesta. Yo, sin embargo, estaba como una moto, con los nervios de punta. Precisaba de una explicación urgente. Quería o, más bien necesitaba, saber que Kike estaba bien. Y, para colmo, no sabía ni cómo me debía sentir: ¿enfadada porque se había ido con Martina?, ¿preocupada porque igual había pasado algo grave o había enfermado? Iba combinando ambos estados.

Entonces se me ocurrió algo: ¿se podía haber mosqueado tanto por el tonteo que se había traído Miguel conmigo como para abandonar la casa justo hoy que nos íbamos a juntar de nuevo? Es cierto que la tarde anterior se había enfadado bastante por el asunto del trío y ya no habíamos vuelto a hablar, pero me extrañaba mucho. Kike no era así. No se habría ido por eso, ¿o igual sí? Llevaba un lío en la cabeza de la leche.

Y luego estaba el detalle de que no se hubiese ido solo, ¿por qué se había ido la otra? Ahí ya sí que no entendía nada. Ella no tenía nada que ver. Si Kike se había ido por lo de Miguel, ¿ella por qué? Miguel no era su novio y, por ahora, Kike tampoco, eso que yo supiese. Igual, tras la discusión con Miguel, Martina le había consolado y se había liado la cosa tanto que se habían enrollado y ahora ya estaban fuera eligiendo el felpudo para la puerta de la casa que pensaban compartir. «¡Ni de coña! ¡Deja de pensar tonterías!», me reñí a mí misma.

Fui directa a por Javi y lo convencí de que nos merecíamos una explicación. Lo llevé conmigo a la sala de confesiones y ahí empecé un monólogo nada interesante.

No nos querían dar ninguna explicación. Nos dijeron que, efectivamente, ellos dos se habían marchado por su propia voluntad y que tendríamos que terminar el programa sin ellos.

Volví al salón decepcionada y angustiada, llevando a Javi detrás mío, como si fuera un perrito al que he sacado a dar un paseo. A los pocos minutos de sentarme en el sofá, el programa nos comunicó que habíamos pasado la prueba semanal y que lo habíamos hecho con nota. Nos reconocieron el mérito de haber llevado a cabo la coreografía sin equivocaciones dadas las circunstancias y valoraron nuestro esfuerzo y entrega en la máquina de baile. No habíamos faltado ninguno a su turno y lo habíamos intentado hacer lo mejor posible.

Era una buena noticia; en otras circunstancias esta noche yo habría estado celebrando con mis compañeros nuestro éxito, pero hoy no podía. Me sentía orgullosa y contenta por el trabajo que habíamos realizado, pero era una gota de felicidad en un océano de incertidumbre. El resto sí lo celebraba contento. Era natural, los que no habían sido abandonados por sus parejas se habían quitado contrincantes de encima, habían ganado la prueba e iban a pasar la semana que viene con la nevera llena y con la posibilidad de darse algún capricho.

Por la noche ya sabíamos lo que tocaba. Era noche de expulsión. Estábamos otra vez con nuestras ropas más elegantes sentados alrededor de la tele. Pidieron a Javi que se levantara sin hacer mención a su situación. Yo habría gritado:

«¿¿¿Perdona??? Mi pareja se ha ido, ¿vamos a actuar como si no pasase nada?» Pero él no era yo. Él se levantó sin rechistar. Debía haber sido, en su niñez, un alumno modelo. Popi y Marisa se levantaron también. Muy sonrientes y bastante confiados. Marisa nos avisó a todos de que esa noche ella y su marido cambiarían de camas. No les gustaba la ubicación que tenían al principio y querían elegir otras.

Pues bien, elegir no iban a poder elegir, pero sí tenían razón en que iban a cambiar a unos catres bastante conocidos por ellos. María, con un vestido rosa fucsia hasta los pies, pelo largo engominado y unos pendientes casi tan grandes como la lámpara del salón de mi casa, les comunicó que esta semana eran ellos la pareja expulsada y debían marcharse.

Miguel me dio un abrazo para celebrar los acontecimientos ante la atenta mirada de Carla, que también recibió el suyo. Nos acercamos a Javi que, como ya a estas alturas podréis intuir, no manifestaba su emoción como un ser humano normal, sino más bien como un robot, con movimientos lentos y escasa expresión facial, y le dimos la enhorabuena.

Intentamos despedirnos de Marisa y Popi, pero ella no tenía ningún interés en salir de allí de forma elegante y civilizada. Su cara estaba roja por el enfado y dijo que éramos todos unos perdedores y todos los españoles que no la habían apoyado eran unos bobos carentes de criterio.

Pensé que había firmado su sentencia de muerte con esas duras palabras, pero igual no era así. Seguramente en el plató diría unas cuantas chorradas divertidas y la gente seguiría queriéndola, porque se les olvidaría que era una tía ofensiva y desagradable. «Es que nos entretiene un montón». Fijo que dirían eso.

Cuando por fin el matrimonio salió por la puerta y, tras un largo rato de charla en el salón, nos retiramos a descansar. Ahora sí que había espacio en la habitación. Solo estábamos Carla, Miguel, Javi y yo, pero seguimos ubicándonos en camas correlativas. Desde el sermón que le había echado, Miguel se había relajado mucho; tenía claro que no iba a sacar ningún tonteo por mi parte y me pareció curioso porque ahora se mostraba más atento con Carla y era ella la que estaba marcando más distancias con él. Me parecía perfecto, se lo tenía merecido.

¡Cómo me habría gustado celebrar con Kike que Popi y Marisa habían salido! Menuda cara se les había quedado al oír sus nombres. Pensaba hacerme con una copia de ese momento cuando estuviese fuera, grabarlo y verlo una vez al año como hacía con los capítulos de la serie *Friends*. Pero Kike había desaparecido misteriosamente y en este programa de parejas yo me había quedado muy sola.

Tras darle mil vueltas al asunto, me metí en la cama, pero no conseguí dormir casi nada. Recordé la conversación con Sara y entendí que ella me estaba preparando para esto y me insistió en que resistiese y no me marchase. Ella debía de saber lo que estaba pasando y el motivo por el cual se había marchado Kike. Pero a las cinco de la madrugada decidí que, si no me daban una explicación, me marcharía de la casa. Esto ya no era divertido para mí y no podía seguir en el *reality* estando preocupada y dándole vueltas a la cabeza.

Cuando por fin se hizo de día, con la musiquita desesperante acompañándome como cada mañana, con el pijama puesto y un moño del que parecía que acababan de salir dos gatos después de una pelea, me encaminé decidida hacia la sala de confesiones. Entré, cerré la puerta y me senté en el silloncito que teníamos en la sala. Era una estancia muy pequeña y bastante escasa de mobiliario. Contaba solo con un sofá, una tele y un cuadro. Uno de esos que podía haber pintado un gran artista o un niño de tres años, nunca he sabido apreciar ese arte.

—Necesito hablar con la dirección del programa. Es urgente —le dije a la nada, que me respondió con un silencio sepulcral. Pasaron un par de minutos sin obtener ninguna respuesta. Yo ya me estaba empezando a desesperar, porque soy muy ansiosa, cuando escuché la voz del Game Master y también una voz de mujer. Una que nunca había escuchado. Seguramente me esperaba oír a María, la presentadora, porque era la única voz femenina que había oído en el programa, pero, claro, la mujer estaría en su casa tomándose unas tostadas con aguacate y un zumo de naranja y compartiéndolo en su Instagram. ¡Muy bien que hacía!

La voz femenina se presentó como Ana, una psicóloga del programa. ¡Psicóloga y todo que me habían traído! Era lógico y normal. Me habían visto llegar con estas pintas de prota de *Alguien voló sobre el nido del cuco*, se habían asustado y procedido a llamar a expertos en la materia.

Les expuse mi malestar, les expliqué que estaba preocupada, que no entendía por qué Kike se había marchado. No les mencioné a Martina porque no quería parecer una insegura o una rabiosa, pero me habría encantado saber si el hecho de que se hubiesen marchado los dos del programa a la vez tenía algún tipo de relación. Exigí saber si Kike estaba enfermo o le había pasado algo. Era mi derecho conocer esa información. Si no me lo contaban, me iba a dar igual que tuviésemos un contrato firmado y tampoco me iban a convencer con la promesa de presentar ese programa que iba a ser líder de audiencia —al menos en mi cabeza, donde me pasan grandes cosas—. Yo tenía claras mis prioridades y, sin Kike a mi lado, la estancia en la casa había dejado de ilusionarme.

Cuando empecé a amenazarles con marcharme es cuando entró en juego la persuasión de Ana. Me insistía en que no me precipitase, que me lo pensase bien.

—Estamos a un paso de la final, Bea. No queda nada para terminar. Desde el programa hemos pensado que podéis finalizar el programa Javi y tú juntos dado que vuestras parejas no están, así que la final sería la semana que viene contra Miguel y Carla. ¡Ya no queda nada! Es una tontería que te marches ahora.

—Ana, ya te he dicho que no me voy a quedar aquí sin saber si le ha pasado algo a Kike. No puedo hacerlo y tampoco quiero.

—Sabes que la recompensa puede ser grande. El premio consta de un gran importe y luego está el tema del que se te habló antes de entrar. Un proyecto muy interesante e ilusionante. —Ana estaba sacando toda su artillería, pero de poco le iba a servir conmigo. Porque cuando se me metía algo en la cabeza era muy complicado que cambiase de opinión fácilmente, por más que me persuadiesen. Y además esta chica solo estaba consiguiendo, con su discurso tan superfluo y materialista, que aún tuviese menos ganas de quedarme, así que le dije cuál sería la única posibilidad de que yo me quedase en el programa. O me la concedían o me marchaba. Lo tenía decidido.

—Mira, Ana, para que yo me quede aquí tiene que pasar una cosa. Y tiene que pasar en un plazo de dos horas, porque si no sucede así, cojo mis cosas y me marcho de aquí echando leches. Me sentía como «El Profesor» de *La Casa de Papel*, negociando como una leona y segurísima de mí misma, porque no tenía ningún miedo. No me preocupaba tener que marcharme de la casa. Lo haría sin mirar atrás si no cumplían con mi ultimátum:

—O Kike me manda un mensaje diciéndome que está bien y que quiere que me quede o me voy de aquí más rápido que una exhalación. Va a ser visto y no visto.

—Bea, cariño, eso no va a ser posible. No podéis recibir mensajes del exterior. Es una norma inquebrantable del programa.

—Ya, Ana, cariño —le contesté imitando su tono de voz de profe de la clase de los elefantes de segundo de infantil—. Pero esto es una situación excepcional y yo tengo derecho a saber que mi novio está bien. De todas formas no te preocupes, si no recibo el mensaje, me marcho de aquí y no hay ningún problema —le dije intentando sonar tranquila, aunque en mi interior la cosa estaba bastante revolucionada. Los muñequitos esos de la serie del cuerpo humano que veía de niña debían haber pillado fuego de algún sitio y corrían arriba y abajo fuera de control.

—Algún problema sí que habría, Bea. Piensa que no podríamos alargar el programa con solo tres personas, es un programa de parejas. Habría que cancelarlo y hay mucho en juego. Este es uno de los programas más vistos de la cadena. Hay una inversión publicitaria en juego y ya hemos tenido que reestructurar muchas cosas al tener que acortar el programa por la salida de Martina y Kike… —Ana ya no hablaba tan calmada y de repente empezó a sonar más seria—. Tienes un contrato firmado y no te puedes marchar así como así. Te aviso de que, no siendo lo que el programa querría en absoluto, estaría en su derecho de demandarte.

—Pues aún me has dado más motivos para marcharme —le grité a la psicóloga-chantajista—. Primero porque a mí nadie me amenaza y segundo porque ellos dos se han ido voluntariamente y debe haber pasado algo grave para que lo hayan hecho.

—O no, y se van a atener a las consecuencias —me dijo Ana amenazante.

—Bueno, la conversación ha terminado. —La corté porque no tenía intención de seguir dándole vueltas a lo mismo—. Ya he puesto mi única condición, que creo que no es nada descabellada. A mí si no me dice Kike que me quede, me marcho. Tenéis dos horas y el tiempo empieza ya. No tenía ni idea de qué hora era, no nos dejaban llevar reloj en la casa, pero me veía capaz de calcular las dos horas en mi mente aunque tuviese que estar contando segundo a segundo. Salí de la sala rapidísimo. En la cocina oí ruido de platos y vasos. Estaba Carla preparando el desayuno. Se nos avisó de que no saliéramos al jardín y de que no nos acercásemos a las ventanas. ¡Cuánto secretismo!

—¿A qué ha venido eso? —le pregunté a Carla—. ¿Crees que Kike puede estar en el jardín?

—Pues no tengo ni idea. La verdad es que eso ni se me había pasado por la cabeza. Tienes tantas ganas de saber algo de Kike, que solo puedes pensar en eso. Te entiendo. Debe ser muy desesperante no saber nada de él —me dijo mientras se llenaba una buena taza de café. Luego, pegó un pequeño sorbo y continuó hablando—. Yo más bien pienso que lo del jardín tiene que ver con la prueba semanal. Algo están haciendo ahí fuera. Espero que sea fácil porque somos muy pocos. —Tenía todo el sentido del mundo, pero yo no sabía si habría prueba semanal para mí, porque lo más seguro era que dentro de nada estuviese preparando la maleta para irme. De hecho, iba a empezar ya mismo a guardar mis cosas. Y, muy decidida, me fui directa a la habitación, donde Javi aún seguía entre las sábanas.

«Debe ser agotador ser tú, muchacho. Descansa un poco más que igual te toca subir hoy los dos brazos para mirarte los bíceps y eso agota a cualquiera» le dije con la mente a Javi. Siempre había pensado que si mis pensamientos se escuchasen en alto, la mitad o, mejor dicho, dos tercios de la gente que conozco me habrían retirado el saludo.

Miguel estaba terminando de ducharse. Escuché cómo cerraba el grifo y venía a la habitación empapado y con la toallita cubriéndole solo de cintura para abajo. El tío estaba cañón, eso no había quién lo pusiera en duda, pero ese aire «chulín» y «creidito» a mí no me gustaba nada. Sabía que había mujeres que se *pirraban* por ese tipo de hombres tan seguros y tan orgullosos de sí mismos. Pero para mí, lo verdaderamente fascinante era una persona que fuera preciosa —y no me estoy refiriendo solo al físico— y no fuese consciente de ello. Una persona maravillosa y a la vez muy natural. Alguien que no te mostrase sus músculos como si no tuvieses ojos en la cara, como estaba haciendo ahora mismo Miguel.

—¿Imaginabas así mis pectorales? —me preguntó moviendo los pezones arriba y abajo como si bailasen. Tenía que sugerirle que fuese a algún programa de talentos a mostrar sus tetas bailarinas.

—La verdad es que no. Yo pensaba que las tendrías menos caídas. ¿Has dado de mamar o algo? —Miguel se partió de la risa con mi pregunta. La verdad es que sentido del humor tenía un rato.

—Sí, a una cabra que perdió a su mamá. ¿Qué haces con la ropa? —Parece que se acababa de percatar de que aquí había una que ya tenía un pie fuera de la casa.

—Si en una horita y media no sé nada de Kike, me piro de aquí —le dije dirigiéndome al baño a recoger mis cosas de aseo.

—¿Tú estás loca? ¡Eso no lo digas ni en broma! —Cuando volví a la habitación, el bobo había sacado mis cosas de la maleta y las estaba esparciendo por la cama—. ¿Dónde tenías todo esto guardado? ¿Lo meto en ese armario? —Miguel me miraba con un sujetador en la mano, y como no recibió respuesta, se encogió de hombros y empezó a meter mi ropa en el primer cajón que vio libre.

—¡Trae eso aquí ahora mismo! —le grité histérica—. ¡Que me vas a perder algo! Entonces tuvo lugar una escena bastante cómica, en la que yo guardaba algo en la maleta y él lo sacaba. Nos faltaba la música de *El show de Benny Hill* y que pasasen nuestras imágenes a cámara rápida. Yo le gritaba y él se reía. Yo guardaba mis cosas y él las sacaba. Y a todo esto, él seguía con la toallita minúscula cubriéndole sus partes. Así estuvimos hasta que la voz del Game Master me llamó a la sala de confesiones.

—Como me toques algo más, se va a cagar la perra —le grité empujándolo a la cama.

—¿Pero qué perra? ¿Qué dices, loca? ¡Que estás muy loca! —me contestó entre risas.

—Vístete anda, que estás ridículo con esas pintas de *gigoló* de playa.

Salí por la puerta y me encaminé decidida y, de nuevo nerviosa, hasta mi destino.

La conocida voz del programa me dijo que tomase asiento y que permaneciese en silencio. Tras un par de minutos en silencio, o igual fueron un par de segundos, pero a mí se me hicieron eternos, sucedió algo. No vi a Kike, pero pude escuchar su voz dejándome un escueto mensaje:

«Hola, preciosa, me he tenido que marchar y supongo que estarás extrañada y preocupada. Estate tranquila, es solo que necesitaba estar fuera. Cuando salgas lo entenderás. Pero quiero que sepas que estoy bien y que quiero que sigas en la casa. Ya no queda nada y no hay razón para que abandones. Fuera podremos hablar y lo entenderás todo. Siento mucho haberme ido así. Te quiero y estoy deseando verte».

Eso era todo.

—Bueno, Bea, ya has escuchado a Kike —Volví a escuchar la voz del Game Master—. ¿Qué te ha parecido su mensaje?

—Pues me deja más tranquila, la verdad —le contesté respirando al fin. No me había dado cuenta y llevaba un rato conteniendo el aire—. Él quiere que me quede y así lo haré —le dije convencida.

—Me alegra escuchar eso. Ahora reúnete con tus compañeros, por favor, os vamos a explicar la prueba semanal.

Salí de la sala sintiéndome mejor, me había tranquilizado mucho escuchar a Kike. Aun así, mi duda principal seguía ahí. Kike debía tener un motivo de peso para haberse ido y seguía sin tener ni idea de qué sería, pero, si él me pedía que me quedase, yo confiaba totalmente en él e iba a hacerle caso.

Volví con mis compañeros que miraban muy concentrados por los cristales que daban al jardín y pude descubrir el motivo por el cual nos habían prohibido antes salir o mirar por la ventana. A mí casi me da un infarto. Me pude imaginar en qué iba a consistir la prueba semanal y dudé de si iba a ser capaz de cumplir lo que le acababa de decir al Game Master, que no me iba a marchar de la casa.

18
ARMANDO LA MARIMORENA

Aquello parecía un zoo. Un zoo repleto de animales de todo tipo. Había una vaca, una oveja, cerdos y gallinas, jaulas con pájaros y también pude ver a lo lejos un perro y un gato. El perro era un cachorro. Me acerqué al cristal para enfocar bien. Veía unas vitrinas que habían colocado debajo del techo de la caseta del jardín, pero desde la distancia a la que me encontraba era incapaz de ver lo que había dentro.

—Creo que hay tortugas, peces, varias tarántulas y, joder, ¿no os parece que aquello que se mueve es una serpiente? —nos preguntó Miguel, que parecía excitadísimo con la situación. Las letritas esas de la última línea que te señala el oftalmólogo y te empiezas a agobiar y a sudar porque no ves nada, este chico las debía ver todas de cine. Yo solo veía borrones lejanos y mira que me estaba esforzando. Igual me hacían falta gafas, pero no lograba distinguir nada. Esperaba que Miguel se estuviese quedando con nosotros, porque ya me contaréis qué hace una serpiente en la casa de 2+2 son Vip.

Yo no daba crédito. Siempre me había parecido una aberración sacar a los animales de su hábitat natural. Si encima los pones en manos de un grupete que no tiene ni idea de cuidar de ellos, pues peor aún. Quería esperar a saber lo que tenía pensado el programa antes de armar allí la marimorena. No iba a tardar en enterarme, ya que enseguida escuchamos la voz grave del Game Master que nos invitaba a reunirnos frente al televisor. Cuando estuvimos todos sentados, procedió a explicarnos lo que nosotros habíamos intuido desde el primer momento. Los animales habían llegado para quedarse en la casa esta última semana y, debido a que esta prueba semanal se llamaba «Granjeros en acción», nuestro papel iba a ser cuidar de los animales lo mejor posible. Teníamos que alimentarlos, limpiar su espacio y aprender a ejercer los oficios de los ganaderos: ordeñar a las vacas, recoger los huevos de las gallinas y hasta esquilar a la oveja.

El perro y el gato serían nuestros animales domésticos y convivirían dentro de la casa con nosotros.

En cuanto a la serpiente —sí, Miguel tenía vista de águila y en el jardín teníamos una boa constrictor de considerable tamaño— y la tarántula, no tenía ni idea de qué pretendían metiéndolas aquí. Oí algo de que en un determinado momento tendríamos que demostrar nuestra valentía con ellas.

Supongo que el toque exótico quedaba muy bien y, si conseguían hacernos cagarnos de miedo y chillar con ello, pues mejor que mejor. Pero iban listos si pensaban que yo iba a participar en esta prueba y encima poner buena cara.

Cuando terminaron la explicación, hablé yo.

—Perdonad, pero esta prueba me parece un horror. Estos pobres animales no nos conocen de nada, los habéis sacado de su hábitat y …

No me dejaron acabar de hablar.

—Bea, no sufras, que los animales están perfectamente. Seguro que los vais a cuidar fenomenal. —Oímos entonces unos maullidos y pudimos ver al gato, con la espalda erguida y los dientes fuera, intimidando al cachorro que se encontraba en ese momento pegado a una de las paredes del jardín.

—¡Ohhh, pobrecito! —exclamó Carla con tono lastimero.

—¡Pelea, pelea! —dijo entonces Javi, y me pareció mentira que, para lo poco que hablaba, viese la necesidad de intervenir para decir eso. Y encima lo dijo riéndose. ¿Le gustaba ver a los animales enfrentándose? Si encima en la pelea había un cachorro, ¿aún le gustaba más? ¿Era un sádico animalístico, si es que ese término existía? Igual era de esos que iba a ver peleas de perros. La verdad es que lo más probable es que no hiciese nada de eso, pero me sentó fatal su intervención.

Miguel y yo salimos hacia ellos y logramos espantar al gato que huyó asustado al vernos llegar. Me agaché para que el cachorro se acercase y, después de olerme, se fue arrimando a mí poco a poco y con su pequeña lengua me chupó la mano. Lo acaricié y me lo llevé dentro de la casa para continuar hablando con el programa sin tener que preocuparme porque el gato le arañase un ojo con sus afiladas uñas y lo dejara ciego. Yo es que soy muy de ponerme en lo peor.

—¿El perro y el gato se conocían al menos? —pregunté al aire—. Me parece que no. —Yo no daba crédito. ¡Pobres animales! Nadie me respondió y yo me giré hacia mis compañeros y les dije seriamente—: ¿Esto no os parece una locura? No puedo soportar que hayan metido aquí un montón de animales, que seguro que ahora mismo estarán desorientados y asustados, para divertir a la gente en un programa de televisión. Esto no está bien. Hay muchas cosas que pueden hacer para entretener. No hay necesidad de hacer sufrir a los animales.

—¿Hacer sufrir a los animales? Eso que dices es un poco exagerado, ¿no crees? —me contestó Miguel—. Dentro de nada nos hacemos con ellos, se acostumbrarán a nosotros. Los vamos a tratar bien, y ya está. Son solo animales. —Esa contestación me sentó como una patada en la entrepierna masculina que no tenía, pero que dicen que duele mucho.

—¿Solo animales? ¿Qué quieres decir con eso? ¿Acaso eso nos da derecho a provocarles ansiedad o miedo? Yo no pienso hacer esta prueba y exijo a los responsables del programa que devuelvan a los animales a sus casitas ahora mismo, a la voz de ya. —Esto ya lo dije mirando al cielo con las manos convertidas en un altavoz, hablando bastante alto, prácticamente chillando, y ante la atenta mirada de mis compañeros que debían de pensar que se me había ido la olla por completo. Los miré y, esperanzada, les pregunté:

—¿Estáis conmigo? ¿Nos plantamos hasta que se los lleven y piensen en otra prueba? —Se quedaron en silencio y para mí esa era la respuesta.

—Si el programa pensase que estar dentro de la casa no es la mejor opción para estos animales, no los habría metido —afirmó al fin Javi. Y lo dijo como si el director del programa fuese un Dios todopoderoso que jamás se equivoca y que todo lo que hace es siempre lo mejor para todo el mundo. Animales incluidos. Me dejó pasmada.

—Venga, vamos todos fuera y conocemos a los animales —propuso Miguel, y los otros dos le siguieron. Carla se giró un par de veces para mirarme con carita de lástima, como si le supiese mal dejarme sola, y Miguel antes de irse se acercó a mí y me dijo al oído:

—Estamos casi en la final, no hagas el indio. Te lo digo como amigo, como rival te dejaría que siguieses enfadando a la organización del programa. —Después se marchó y me quedé sola mirando por la ventana cómo los otros tres se acercaban a unos animales huidizos que me dieron una pena terrible. A la vaca no le salían lágrimas, pero yo creo que estaba a punto de echarse a llorar y no le gustaba que esos desconocidos le dieran suaves golpes al lado del rabo, eso se veía a la legua.

Abracé al cachorro que seguía conmigo y pensé que no era justo que este animal se encariñase con nadie de la casa, así que lo dejé en el suelo. Cuando terminase la semana nos íbamos a marchar y yo no sabía qué iba a pasar con él. Era muy pequeño, aún debería haber seguido con su madre. Me fui decidida a la sala de confesiones y el perrito me siguió. Ya era una gran conocida por allí. Los últimos días había frecuentado bastante la sala y sería capaz de reproducir el cuadro del niño de tres años con los ojos cerrados.

—Hola, ¿hay alguien? —pregunté con el cachorro a mis pies. Y enseguida me contestaron:

—Sí, te escuchamos Bea. ¿Qué pasa ahora? —Volvía a hablar la mujer psicóloga y su tono de voz me indicó que empezaba a cansarse de mis visitas. Me extrañó que ejerciendo esa profesión tuviese tan poca paciencia.

—Quería comunicarle al programa que esta prueba me parece horrorosa. Los animales no son juguetes, tienen sentimientos. Mirad a este perrito, es tan pequeño que igual hasta se cree que soy su madre, porque no me para de seguir. En fin, que no pienso participar de este circo mediático —y nunca estas dos palabras habían tenido tanto sentido—. Me declaro en huelga de brazos caídos.

—¿Y eso qué significa exactamente? —Ahora la psicóloga ya sonaba muy harta, como si yo me hubiese convertido en un grano en el culo, ella se estuviese sentando en la taza del váter y el dolor le impidiese hablar conmigo con tranquilidad.

—Significa que no pienso participar en la prueba. Me voy a sentar en el suelo mientras los otros tres hacen sus labores y no pienso colaborar en nada.

—Haz lo que creas conveniente, pero que sepas que vas a perjudicar al resto de tus compañeros. Si superáis la prueba, vais a tener una cena y una fiesta de despedida muy especial que os harán coger fuerzas para la final. Una final para la que te recuerdo que ya no queda nada. Estos días os estáis jugando mucho, Bea. Piensa bien cómo quieres que te vea la gente: ¿como una vaga que no quiere participar en las pruebas o como la chica entusiasta que hemos conocido hasta ahora?

—Espero que me vean como una chica con criterio que no traga con todo lo que se le propone para caer bien, pero tranquila, que si eso no gusta fuera y no gano la final, tampoco me quita el sueño. Yo necesito ser coherente conmigo misma. No sé si lo podéis llegar a entender o no, pero es así.

—Pues lo que tú veas, nosotros no te podemos obligar a hacer la prueba, así que haz lo que consideres. Pero luego no lamentes las consecuencias.

—Tranquila que no voy a lamentar nada —le contesté cortante. ¿Tan difícil era entender que si las consecuencias eran no ganar el programa, a mí me traían sin cuidado?

—¿Os podéis llevar al menos a este perrito? —les supliqué—. Es muy pequeño, se va a encariñar con nosotros y se merece una familia que le quiera y le cuide desde el minuto uno.

—Bea, el respeto que pides para ti, tenlo también hacia los demás. Tus compañeros tienen derecho a convivir con el cachorro en esta prueba que a ti no te gustará, pero es de lo más entrañable.

—¿Y el cachorro qué derechos tiene? —A esa pregunta ya no me contestó nadie, así que salí con el perrito detrás de mí. No sabía ni su nombre, pero no se despegaba de mí. Me seguía tanto, tanto, que me recordó a alguien que hacía lo mismo, así que lo llamé Kastorcito.

Salí al jardín. Mis compañeros habían empezado con la prueba. Además de cuidar a los animales tenían que hacer tareas de DIY; manualidades que, por el bien de los animales, esperaba que se les diesen bien. Javi y Miguel intentaban preparar ponederos caseros para que las gallinas pusiesen sus huevos y tenían preparados un montón de palés para fabricar un gallinero. Carla iba cargada con un tubo de PVC que, al parecer, iba a convertir en un bebedero o en un comedero. Yo no me había enterado bien. Tenían unas instrucciones esparcidas por el suelo e intentaban aclararse.

—Esto sería más fácil si me ayudases, Bea —me reprochó Carla, que parecía bastante desbordada.

—No puedo, lo siento. Estoy en huelga de brazos caídos. Y seguiré estándolo hasta que se lleven a todos estos animales de aquí. —Le dije eso, pero es que yo no podía tener los brazos caídos, ni estar tumbada en el césped tomando el sol. Me desesperaba perder tanto el tiempo, así que con Kastorcito siguiéndome arriba y abajo levanté una pancarta imaginaria y empecé a gritar:

«Son animales, no son juguetes. No podéis hacer lo que os salga del ojete».

«No más carnaza. Llevadlos a sus casas».

«Ellos no lo harían. No seáis arpías».

«Ellos son muy fieles, vosotros sois crueles».

Hice muchísimas rimas. Algunas mejores, otras peores y otras que ni siquiera rimaban. Pero por lo menos me desahogaba.

Me pasé así cada día de la semana, con mi pequeño compañero de manifa siguiéndome a todas partes. Kastorcito era un manifestante muy activo.

Nadie me hacía ni caso, las cámaras cada vez me enfocaban menos y mis compañeros estaban indignados con mi actitud. ¡Cómo echaba de menos a Kike! Él seguro que me habría apoyado. Me sentía muy sola, porque tanto Carla, como Miguel y hasta Javi, que en teoría era mi compañero de cara a la final, me habían dado la espalda. Apenas me hablaban, no me entendían y pensaban que era una egoísta por mantenerme en esta actitud de boicot hacia la que sería la última prueba del programa. Una noche, Carla me dijo que pensaba que yo había estropeado la experiencia de todos con esta rabieta, y que la dirección del programa debía de estar deseando que acabase ya porque yo me estaba pasando tres pueblos.

Y me lo decía porque, además de mis manifestaciones diarias, me dedicaba a lanzar mensajes de protesta cada tarde. Y todas las mañanas cuando me despertaba pedía a los televidentes que firmaran una petición en internet para que sacasen a los animales de la casa. Me estaba volviendo loca. No me hacían caso, pero yo seguía en mi lucha. Y así fueron pasando los días. Los vi esquilar a la oveja sintiendo un gran miedo porque le cortasen la piel y profiriendo chillidos histéricos, que soy consciente de que les incomodaban, pero que no podía evitar, y también los observé mientras apretaban las mamas de la vaca con muy poca destreza. Ella se removía y yo me temía que les metiera una coz en toda la cara y con toda la razón del mundo.

El gato iba a su bola, la verdad es que era muy arisco y solo interactuábamos con él recogiendo las bolas que soltaba por la boca. Pero aunque no pareciera un gato muy sensible, seguro que prefería estar con una familia de verdad que dentro de esta casa. Igual que las tortugas y los pájaros, aunque, sobre todo las tortugas, no fuesen animales muy expresivos.

A mis compañeros les molestó bastante que Kastorcito no se separase de mí ni a sol ni a sombra, pero si ellos querían acercarse al cachorro, este los recibía chupándolos y moviendo la cola. Los bandos los estaban haciendo ellos, que me habían declarado la guerra. Ni el cachorro ni yo les habíamos retirado la palabra o los lametones.

Respecto a la serpiente y a la tarántula, mis compañeros se ponían unos guantes especiales para limpiar sus habitáculos, pero, cuando la noche de antes de la final la dirección del programa intentó que ellos tres hicieran una prueba con estos animales, yo lo impedí. Agitaba con fuerza mi pancarta imaginaria y chillaba mis rimas tan alto que apenas se oía a la presentadora, María. Me imaginé que estaríamos en directo y, ya que me tenían bastante silenciada sin enfocar mis protestas durante toda la semana, hoy tenían que oírme. Ya sabía que no iban a sacar a los animales, mañana terminaba el concurso y ellos me tenían que ganar el pulso que les había echado, pero yo no pensaba parar de protestar.

Como no conseguían que se escuchase a María por encima de mis gritos, solo tenían la opción de expulsarme —aunque tendría que entrar alguien de seguridad, cogerme de las axilas y llevarme a la fuerza a la salida, porque yo no pensaba irme por mi propio pie— o abandonar la prueba. Mis compañeros no sacarían a la tarántula, ni se colocarían la serpiente al cuello, ni harían todas las ocurrencias que tuviesen preparadas desde el programa con los animales. Cortaron la prueba debido a mis protestas y a mis gritos. La consecuencia de mis actos no se hizo esperar. Ya no habría cena especial ni fiesta de despedida. Mis compañeros se enfadaron aún más conmigo. Pero la verdad es que, a esas alturas, tampoco me importaba demasiado. No tenía ningún interés en hacer una cena con ellos tres. No había llegado a entablar una amistad con Carla y mucho menos con Javi. Miguel me caía bien, pero me había decepcionado con su afán de protagonismo y con su actitud durante esa semana. Podía pensar que yo era una exagerada y no estar de acuerdo conmigo, pero esa no era razón para prácticamente retirarme la palabra. Me había sentido muy sola, los días se hacían largos allí y solo había aguantado porque no podía abandonar mi causa y a mí no me gusta darme por vencida.

Aparté esos pensamientos y pensé en el día de mañana. Por fin podría ver a Kike, comprobar que estaba bien, abrazarlo y besarlo y, ya fuera de la casa, me centraría en descubrir cómo podía evitar que volviesen a utilizar animales para generar audiencia. Porque encima sentía que, desde que se había ido Kike, yo había encontrado otro amor en el programa. Un amor de cuatro patas y hocico húmedo del que aún no sabía cómo me iba a poder despedir cuando el concurso terminase.

19
UN APAÑO POR CONVENIENCIA

Sonó la música un día más, pero, esta vez, no me incomodó porque era el último día que iba a sonar dentro de la casa y hasta quise despedirme de ella. En ocasiones, cuando escuchas una canción te teletransporta a algún sitio del pasado y te hace revivir sentimientos, y esta melodía siempre estaría unida al recuerdo de mi paso por el programa. Un programa en el que había sentido muchas cosas y, aunque esta última semana se me hubiese atragantado la estancia en la casa, quería recordarlo con cariño.

Esa mañana fue similar a las últimas vividas allí, con escaso trato con mis compañeros. Después de comer nos comunicaron que cada pareja tenía que preparar un alegato final con los motivos por los que pensaban que debían ganar el programa. La situación era un tanto absurda para Javi y para mí. Yo tenía que haber estado allí con Kike. Con Javi difícilmente podía preparar ningún discurso coherente, ya que no éramos pareja de ningún tipo, no pensábamos lo mismo y nuestro carácter no podía ser más dispar. Además, como ya sabéis, él era poco hablador, pero desde que me puse en plan reivindicadora, se podía decir que había dejado de dirigirme la palabra. Así que solo se me ocurrió una opción. Teníamos un total de cinco minutos para nuestro discurso y eso salía a dos minutos y medio para cada uno. Le dije que lo más razonable era que cada uno comentase lo que quisiera en su tiempo, ofreciendo dos discursos distintos aunque concursásemos como pareja. Él me planteó que, igual, si nos veían tan independientes, no tendríamos las mismas posibilidades de ganar que Carla y Miguel, que sí que darían un discurso unificado.

—Ya, pero es que tú y yo no tenemos nada que ver. Ni siquiera nos llevamos bien. No querrás que hagamos un teatrillo de mejores amigos ahora, ¿verdad? Sería un poco raro después de que no me has hablado en toda la semana —le dije con tono de reproche.

Él se encogió de hombros y me contestó:

—Vale, vale, pues cada uno por su lado.

Me dirigí a la habitación con Kastorcito detrás de mí y cerré la puerta. Me había traído algo muy especial a la casa y lo había guardado para sacarlo ese día.

Aún recuerdo la conversación exacta que acompañó a este regalo que hoy me disponía a estrenar. Había tenido lugar unos días antes de entrar en la casa, cuando Kike y yo nos habíamos despedido de Carmen.

Carmen se había acercado a mí, nerviosa, llevando algo voluminoso oculto tras su espalda. Llevaba una coleta de lado, una camiseta rosa y una falda vaquera. Esos colores le favorecían un montón. Seguía pintándose pequitas en la cara y la vi muy bonita.

—Bea, sé que mi hermano y tú vais a ganar el programa. Porque sois especiales y también sois los mejores, es normal —comentó como si estuviera diciendo una obviedad en la que todo el mundo estaría de acuerdo—.

Así que quiero darte algo en lo que llevaba trabajando un tiempo en mis ratos libres. Lo he querido adaptar a tus medidas porque, cuando lleguéis a la final, quiero que lo lleves.

—Carmen, lo que me dices es precioso —la interrumpí porque no quería que se hiciera falsas ilusiones—. Pero sabes que aunque tú nos veas como los mejores, porque sé de corazón que para ti lo somos, puede haber mucha gente a la que no le vayamos a gustar. O igual sí le gustemos, pero menos que otros concursantes. Es posible que no ganemos, pero no pasa nada.

Ella me regaló una grandísima sonrisa y me entregó su regalo mientras me decía:

—Vais a ganar. Pruébatelo. —Cuando lo dejó en mis manos, bajé con cuidado la cremallera de la funda de tela en la que se encontraba el vestido más hermoso que había visto en mi vida. Aún era más bonito que el que me regaló para que luciese en la presentación de su primer desfile. Me quedé sin palabras y varios lagrimones empezaron a rodar por mis mejillas. Y solo acerté a decirle:

—De alguien tan bello y generoso solo pueden salir cosas mágicas. Espero poder lucirlo porque es una preciosidad. Te aseguro que si no me lo pongo en la final, encontraré el día especial para hacerlo.

—Te lo vas a poner en la final, vais a ganar y cuando llegues al plató y te vea con él puesto voy a llorar de emoción. Te lo prometo. En serio te lo digo ¡eh!

—Te creo. —No pude añadir nada más. Pero desde ese día quise llegar a la final, aunque no ganásemos, solo para ver la cara de Carmen cuando apareciese con el vestido puesto en el plató.

Ese era otro de los motivos por los que no pensaba abandonar y me había animado a quedarme en la casa sin Kike cuando él se marchó. Porque me visualicé llegando al plató y siendo recibida, entre besos y abrazos, por mis dos hermanos favoritos: mi chico y Carmen. Porque yo no tenía hermanos carnales, pero Carmen ya era mi hermana para siempre.

Bueno, pues saqué de la bolsa el precioso vestido que ella había diseñado para que lo llevase la noche de la final y lo dejé extendido sobre la cama. Era un vestido color azul metalizado, palabra de honor y corte sirena. Un vestido que, perfectamente, podía haber lucido cualquier actriz en la alfombra roja.

Carla entró en la habitación y, cuando vio la prenda que reposaba sobre mi cama, se le escapó una exclamación de asombro.

—¿Te vas a poner ese vestido esta noche? ¡Es precioso! ¿De qué diseñador es? ¿Dior? ¿Armani? ¿Carolina Herrera?

—Es de la mejor diseñadora de España: Carmen Galán —le contesté, y sentí que se me hinchaba el pecho de orgullo.

Ella me miró asintiendo como si la conociese y no supe si de verdad era así o no quería quedar de paleta. Igual todo el mundo sabía que había una nueva diseñadora puntera y a ella no le sonaba de nada. O quizá, y ojalá así fuera, Carla la conocía de verdad.

Lo cierto es que Carmen Galán había sonado fuerte el último año. Era una persona muy joven, hermana de un actor de renombre en España y había conseguido llamar la atención de los medios de comunicación por su talento diseñando vestidos. No usaba una talla 34 ni una 36. Lucía orgullosa sus kilos —ella nunca usaba el término kilos de más, porque decía que los kilos nunca están de más, ni de menos. Están y punto— y sus prendas no se podían encorsetar en una talla determinada. Cuando presentaba sus colecciones, desfilaban modelos con cuerpos muy dispares, porque ella creaba sus prendas, en su mayoría ropa de fiesta, para las mujeres en general y no para un tipo concreto con unas medidas exactas. Por ello su público objetivo era muy amplio.

«Creo vestidos diferentes porque cada persona es distinta y especial. Tiene las mismas posibilidades de encontrar entre mis diseños su prenda perfecta una mujer de la talla 36, que una de la 46».

Este texto lo destacaron en una entrevista de un periódico que Kike y yo le ayudamos a contestar y no podía resumir mejor lo que la misma Carmen nos había explicado a nosotros con sus propias palabras.

Bueno, pues hoy, ¡por fin! iba a estrenar este vestido y me hacía una ilusión inmensa.

Nos avisaron de que nos arreglásemos porque empezaba la gala final. Me ondulé un poco el pelo y me lo coloqué ladeado sobre un hombro. Me maquillé con tonos suaves, me puse una sombra de ojos clarita, me pinté con el lápiz de ojos y cubrí mis pestañas de rímel. Después, me puse los únicos zapatos de tacón que creía dominar y con los que podía aguantar toda la noche.

Antes de entrar en el programa, mientras hacía la maleta, había tirado a la basura varios pares de zapatos de tacón en los que no aguantaba subida más de media hora sin empezar a pensar que sería mejor amputarme los dedos de los pies y dejar de sufrir para siempre que llevarlos puestos. Y los había tirado porque no quería tener la tentación de llevármelos, porque eran las mejores y más bonitas máquinas de tortura que una chica podría desear.

Lo último que me coloqué fue el vestido. Miguel entró en la habitación y me vio batallando con la cremallera trasera. Yo parecía un mono con picores, con mi brazo estirado por detrás de la nuca para lograr abrocharme la cremallera sin pedir ayuda a nadie. Cero glamurosa.

Miguel se acercó a mí y se colocó detrás para subirla, mientras yo me tapaba como podía la parte superior de mis braguitas de encaje. Con un vestido tan bonito no podía llevar cualquier braga del pack de tres por doce euros que solía comprar en las tiendas de lencería. Aunque no se fueran a ver, era un sacrilegio.

—Estás guapísima —me dijo cuando terminó y se colocó frente a mí.

Con un escueto «gracias» me alejé de él. Últimamente, nuestras escasas conversaciones habían sido así de cortas. El ambiente estaba enrarecido. Después, me dirigí hacia el salón donde me esperaba Javi para nuestro alegato final.

Nos habían llamado solo a nosotros dos. Miguel y Carla no nos debían escuchar y hasta que nosotros no terminásemos, no vendrían. Javi estaba muy guapo y elegante, con un traje negro y una corbata dorada.

—Muy bien, a partir de ahora tenéis cinco minutos para convencer al público de que debéis ganar este programa —le escuchamos decir a María. Y acto seguido nos animó a empezar.

Javi y yo nos miramos haciéndonos gestos que traducidos en palabras eran algo así: «Habla tú, no, tú». Resoplé y empecé a hablar yo, porque Javi quería cederme el puesto en plan caballero anticuado y estábamos entrando en una batalla de cesión de palabra que no tenía pinta de terminar pronto.

—Bueno, pues yo solo quería decir… —Me puse un poco nerviosa cuando tuve que mirar fijamente a la cámara—. Que no quiero convenceros de que nos votéis para ganar el concurso. Supongo que después de vernos convivir todos estos días, ya tendréis claro quién queréis que gane y me parece ridículo tratar de convenceros con un discurso estudiado. —Javi no me interrumpió, pero os puedo asegurar que podía sentir su mirada recriminatoria sobre mí en todo momento—. Lo que voy a hacer es emplear mi escaso tiempo en algo mucho más importante. En continuar con la lucha que he llevado a cabo toda esta semana en la casa. Los animales tienen sentimientos. Ellos están indefensos ante nuestras decisiones. No pueden escapar de lo que les tengamos preparado. Puede parecer divertido ver sus reacciones en los programas de televisión, pero ellos están sintiendo miedo a lo desconocido. Ayudadme firmando la petición para que nunca más se utilice a los animales como mero entretenimiento. Y ahora me quiero dirigir a esta cadena de televisión. —Ahora ya no titubeaba. Me mostraba segura de mí misma—. Tenéis el mayor altavoz para llegar a las personas de nuestro país. Estoy segura de que podéis entretener, de forma divertida, con otros mecanismos. No todo vale. Demostrad que sois capaces de generar máxima audiencia sin tirar de morbo, e intentad crear, cada día, un contenido televisivo por el que penséis que vuestros hijos y vuestros padres pudiesen sentirse orgullosos. También, quiero utilizar mi tiempo para felicitar a mi queridísima Carmen Galán por este diseño tan espectacular que llevo hoy. Quiero que sepas que eres la mujer con más talento que he conocido jamás. Y a Kike quiero decirle, aunque estoy segura de que él ya lo sabe, que lo amo desde lo más profundo de mi corazón y que estos días sin él se me han hecho larguísimos. Estoy deseando volver a estar a tu lado fuera de esta casa.

»Aprovecho los últimos segundos para solicitar al programa que me deje quedarme con Kastorcito, porque ya es mi perro y es una crueldad hacer que ahora mismo nos separemos el uno del otro.

Mientras hacía esta última petición al programa, Kastorcito rondaba entre mis pies y se alzaba juguetón rascando con sus pequeñas uñas mis piernas. Deseé que

Kike estuviese de acuerdo con tener a Kastorcito en casa. Sabía que no se podía tomar una decisión así sin consultarla antes con tu pareja, pero es que lo veía tan claro y necesario que no me planteó dudas. Ese perro y yo estábamos destinados a estar juntos, y me tranquilicé pensando que Kike adoraba a los animales y aceptaría a mi cachorro de buen grado. ¿Cómo no iba a hacerlo? ¡¡¡Si era puro amor!!!

Javi me echó una mirada asesina y yo se la devolví altiva y orgullosa, porque era probable que no ganásemos el programa, pero yo había aprovechado mi tiempo de forma muy eficiente. No me había quedado nada en el tintero. Y él no tenía nada que reprocharme.

Después llegó su turno y, muy brevemente, expuso que se había visto envuelto en una situación atípica con Martina fuera del programa, pero que se había esforzado mucho en ser un buen concursante y que no se le debía penalizar por las salidas de tono de otra compañera —me di por aludida—. Después, quiso destacar sus cualidades, dijo que había sido un buen compañero y que no había tenido problemas con ninguno de los demás integrantes de la casa.

A mí me entró la risa. Menos mal que él ya había terminado de hablar porque podía parecer que me estaba riendo de él. Pero la risa es así, en ocasiones es muy inoportuna. Me reí porque era surrealista. Estábamos figurando como pareja en el programa y nos mostrábamos claramente enfrentados. También me divertía que dijese que no se había enfadado con nadie y que se llevaba bien con todos. El chico no había mentido, pero es que prácticamente no existía. Era un ente que deambulaba por la casa con cero criterio y escasa interacción con los demás integrantes de la vivienda. Bueno, cada uno utiliza su tiempo de defensa como cree oportuno y yo no tenía nada que decir al respecto. Aunque, al parecer, él a mí sí, y cuando terminó su alegato se me encaró enfadado.

—Muchas gracias. Con tus palabras acabas de dinamitar las pocas posibilidades que teníamos de ganar. No puedes dirigirte al programa para criticar y dar consejos la noche de la final ¿pero quién te crees que eres tú? —me reprochó Javi.

—¿No puedo? Jolín, pues habérmelo dicho antes de que hablase. Ahora ya no lo puedo borrar. ¡Qué poquita comunicación hay en esta pareja! En el próximo programa lo concretamos bien antes —le dije sonriendo y guiñándole un ojo, y es que yo podía ser un poquito cabrona y cínica si me lo proponía.

Javi se marchó alterado y yo también tuve que hacerlo, ya que había llegado el turno de Miguel y Carla.

No escuché lo que dijeron con claridad, sobre todo hablaba Miguel. Pero me pareció que su discurso iba encaminado a hacer ver que ellos dos eran la única pareja «real» del programa, y nosotros solo un apaño por conveniencia. Y en eso no les faltaba razón.

Después de un largo rato en el que no nos volvimos a comunicar con el programa y yo solo interactué con el que esperaba que fuese mi futuro perro, nos hicieron salir a los cuatro al jardín y nos situaron sobre el *jacuzzi*. El vestido negro de Carla se veía reflejado en el agua. Levanté la vista para mirarla y tengo que reconocer que estaba muy llamativa. Miguel también llamaba la atención. Llevaba un traje con una colorida pajarita y le cogía la mano a Carla para demostrar su unión. A Javi y a mí nos podían haber colocado a alguien en el medio, porque hueco había y, de cara a la audiencia, nuestra separación parecía corroborar la tesis de Miguel de que éramos una pareja unida a la fuerza por las circunstancias. No una verdadera pareja.

Ya estábamos preparados para la decisión del público. Había llegado el momento más importante de la final. Íbamos a conocer a los ganadores.

Desde el programa nos dijeron que, mirando dentro del agua, veríamos un cambio en el color y los nombres de los vencedores se leerían claramente. Yo me quedé alucinada porque, hasta ahora, dentro de esa agua solo había visto burbujas: las propias del *jacuzzi* y las de alguna ventosidad que a mi compañero Popi se le solía escapar. A él le parecía tan graciosa la convivencia de ambos tipos de pompas que no lo ocultaba.

Algo empezó a cambiar en el agua, empezó a volverse rojiza por partes y en esas zonas de color se iban empezando a intuir letras. Nos quedamos paralizados intentando leer algo, pero los nombres de los ganadores se estaban haciendo esperar. Finalmente, se terminó resolviendo el misterio cuando pudo leerse con claridad los nombres:

«Javi y Bea».

¡¡¡Éramos los ganadores!!!

Javi empezó a pegar saltos de alegría. Parecía una cabra de montaña, igual se le había pegado algo conviviendo con tanto animal. Yo no había visto tal muestra de expresividad en su persona desde que lo conocía. Le observé debatirse entre abrazarme o no. Terminó haciéndolo con un gesto que indicaba: «Venga, va, al final hemos ganado, te perdono». Yo tengo que reconocer que también pegaba pequeños saltos. Ganar siempre te proporciona un subidón de alegría y sobre todo a mí, que era una persona muy competitiva. Aunque desde que Kike se había ido, el concurso había perdido para mí su sentido de competición y me había decantado por otras causas. Igual estaba madurando, algo que por otro lado, ya tocaba. No obstante, tengo que reconocer que, en el momento que leí nuestros nombres en el agua, me sentí pletórica. Después de la que había organizado, la gente había querido que ganase. Bueno, o igual querían que ganase solo Javi, pero no me debían de odiar con demasiada vehemencia si habían permitido que yo fuese una ganadora colateral. Me alejé de Javi porque no me apetecía abrazarme con él y también porque me estaba arrugando el vestido de Carmen.

Observé a Miguel y a Carla visiblemente decepcionados, pero aun así nos dieron un beso y un abrazo. Miguel me felicitó por tener un par de ovarios, como si eso fuese mérito mío. En realidad sabía a qué se refería. Seguramente, en la cadena no me iban a recibir con los brazos abiertos. Había sido muy pesada con el tema animalístico y les había boicoteado la fase final. Ahora me tocaría mantener el tipo cuando me acribillasen a comentarios negativos desde el plató. Miguel y Carla se despidieron de la casa y salieron hacia el coche que les estaba esperando fuera. Llegarían al plató, les entrevistarían y después nos tocaría el turno a nosotros, que haríamos una espectacular aparición como ganadores del programa.

Javi y yo nos quedamos solos. Bueno, los animales seguían allí. Supongo que esa noche se los llevarían al que fuese su destino.

Yo cogí a Kastorcito en brazos y, junto a Javi, fuimos apagando todas las luces de las estancias de la casa. Desde el programa me dijeron que tenía que dejar al perro allí, pero yo les afirmé segura que sin él no me iba a ningún sitio. Supongo que soné tan decidida que no quisieron tener otra disputa la noche de la final y no me volvieron a replicar.

Cuando nos avisaron salimos de la casa, dije adiós a la experiencia y me metí junto a Javi y mi cachorro en el coche que nos llevaría al plató de 2+2 son Vip.

20
SÉ FUERTE

El camino en coche hasta el plató se me hizo corto. Javi me hablaba animado, parecía que había dejado atrás el rencor y me dijo que, pese a mi actitud, habíamos ganado y no había que darle más vueltas al asunto. A partir de entonces podíamos llevarnos bien, aunque él en el plató iba a criticar mi actitud y quería que lo supiese. No me importaba en absoluto, lo raro habría sido lo contrario. No había entre nosotros amor ni odio. Indiferencia podría ser la palabra que describiese nuestra relación. Así que, por hacer más ameno el trayecto, hablé con él de los temas que se puede charlar con alguien que sabes que pronto desaparecerá de tu vida.

Kastorcito estaba alterado y correteaba por la parte trasera del coche arriba y abajo. Lo sujeté firme y lo acaricié cuando el conductor detuvo el vehículo y, aunque no podíamos ver nada porque las lunas estaban tintadas, pudimos escuchar claramente los gritos de las personas que nos aguardaban fuera para abordarnos en cuanto pusiésemos un pie en el suelo.

El chófer abrió mi puerta y me dio la mano. Se lo agradecí porque, entre los nervios, el cachorrito que llevaba en brazos y mi voluminoso atuendo, toda ayuda era bienvenida para evitar el tropezón y caída en horario de máxima audiencia y ante la barbaridad de gente que se concentraba en la calle con pancartas y mensajes de apoyo.

Javi salió por el otro lado del coche, también algo aturdido y emocionado. Fuimos caminando acompañados por varias personas de seguridad que nos rodeaban, porque aquello era un hervidero y, aunque habían dejado un pasillo para nosotros, la gente empujaba, se agolpaba y se nos echaba encima como si fuésemos las máximas estrellas del celuloide.

Todo pasó muy rápido, pero me sorprendió ver muchos mensajes —la gran mayoría— dirigidos a mí, alabando mi defensa de los animales y mi actitud de plantarle cara al programa. Javi también pareció percatarse y, una vez dentro, ya sin escuchar el follón de fuera, me dijo:

—Pues parece que tenías muchos apoyos. Igual hasta he ganado yo gracias a ti y no al revés.

Me quedé pensando en su comentario y no le contesté. Yo no me había parado a pensar por qué habíamos podido ganar. Si os soy sincera, creía que iban a ganar Miguel y Carla, porque Miguel era un tío guapo y divertido y hacía buena pareja con Carla. Podemos decir que formaban un buen combo. Pero al no suceder así, me había quedado un poco descolocada, porque Javi no me parecía un concursante que pudiese despertar grandes pasiones, básicamente porque no hacía nada. No es que no diese juego, en el sentido de generar audiencia, morbo, curiosidad… Es que era una persona que no aportaba, en mi opinión, nada al grupo. Por todo ello, me pareció que igual la imagen que yo estaba proyectando —esa imagen de loca reivindicadora solitaria— había sido acogida y apoyada con cariño y la posibilidad de que Javi y yo hubiésemos ganado gracias a mi actitud empezó a cobrar fuerza y me hizo ilusionarme y entrar firme y decidida ante el público y la presentadora del programa.

Nos colocaron otros micrófonos y nos indicaron a qué cámara debíamos mirar. También nos contaron, muy por encima, el tipo de vídeos que nos iban a mostrar para que estuviésemos preparados. Si es que alguien puede estar preparado para algo así. Permanecimos agazapados como espectadores hasta que, en escasos minutos, escuchamos la voz de María invitándonos a entrar.

Yo solo veía luz y escuchaba bullicio. Si tuviese que utilizar una palabra para describir nuestra entrada, sería «apoteósica». La gente aplaudía de pie como si les fuese la vida en ello. Avancé un par de pasos y vi llegar corriendo a mi madre, con lágrimas en los ojos, a mi padre —al que nunca pensé que vería en un programa de televisión porque es un hombre muy serio—, a mi tía y a mis cuatro amigas que estaban tan emocionadas que casi me tiran al suelo cuando se abalanzaron sobre mí todas a la vez. Yo no acababa de creerme lo que estaba viviendo. Sabía que estaba ahí y me movía, pero me sentía como si todo esto le estuviese pasando a otra persona. Todo estaba pasando muy rápido y era muy extraño.

—Está todo bien hija, todo bien —decía mi madre hecha un mar de lágrimas y, viéndola así, me daba la sensación de que era justo al contrario. Algo horrible debía haber pasado.

—Tú tranquila, ¿vale? No hagas ni caso a lo que te digan aquí. Luego te lo explicaremos todo —me dijo Sara, y eso en vez de tranquilizarme, me puso más nerviosa.

—Sé fuerte —Oí a Marta gritar mientras la obligaban a alejarse ya y a tomar asiento.

De repente me di cuenta. Me faltaba allí gente muy importante. La más importante quizá.

—¿Dónde están Carmen y Kike? —les pregunté a mis amigas mientras se alejaban.

—Tranquila, tranquila. Todo está bien —me gritó Daniela.

«¿Todo está bien? ¡Una mierda bien gorda que te comas!» Menos mal que eso solo lo pensé. No lo dije en alto.

Se me cayó el mundo encima. Toda la ilusión que tenía de compartir este momento con ellos dos se había visto truncada y ahora solo podía pensar en salir de allí para que alguien me contase en privado qué había pasado.

No me había dado cuenta de quién había ido a recibir a Javi. Bastante tenía yo con procesar lo mío. Pero vi que se alejaban de él unas personas mayores que me parecieron sus padres y también algunos amigos. Pero a la que buscaba yo era a Martina, y ella no estaba.

Después de nuestros familiares y amigos, se acercaron a saludarnos nuestros antiguos compañeros, incluidos Miguel y Carla. Me alegré mucho de ver a Paula y a Jaime, y los abracé muy fuerte. Volví a certificar que tanto Kike como Martina no se encontraban presentes en el plató.

El grupo de exconcursantes volvió a sus puestos en primera fila, junto a nuestros representantes, y a nosotros dos nos hicieron tomar asiento frente a María. Nos sentamos en unas sillas junto a una mesa alta de cristal. Nos habían dejado un vaso de agua a cada uno y yo tuve que beberme medio vaso de golpe, porque tenía la boca completamente seca.

—¡Hola, chicos! ¡Enhorabuena! Sois los ganadores de 2+2 son Vip. ¿Cómo os sentís ahora mismo? —nos preguntó María, que parecía sacada de la portada de la revista *Vogue*. ¡Qué maravilla de atuendo y de maquillaje! Llevaba unos pantalones color crema que terminaban en campana con una especie de fajín ajustado a la cintura y una camisa de seda blanca con un escote en forma de v muy sugerente. Me encantaron sus pendientes. Eran largos, en forma de lágrima, y se veían asomar entre su pelo largo y suelto.

—Yo estoy nerviosa y emocionada. No me lo esperaba en absoluto. Esto parece un sueño —le contesté notando cómo me temblaba la voz.

—Yo igual, María. Lo mismo —le dijo un Javi al que le había venido de lujo que yo hablase antes. Si de normal era cortado, ahora parecía a punto de vomitar o de echarse a llorar. Hablar no era lo suyo y, al parecer, en público aún menos.

—Supongo que habréis echado de menos a gente en el plató —afirmó María, que había ido directa a sacar a la luz el tema que más me preocupaba en este momento: la ausencia de Kike y Carmen.

—No he visto a Martina —le contestó Javi, que aún miraba entre el público por si acaso permanecía por ahí escondida—. Tampoco veo a Kike. —Y tras decir esto me miró a mí con cara de circunstancias.

—Y mi cuñada Carmen no está. ¿Me podéis contar si ha pasado algo? Por favor… —pedí en un ruego.

—Bueno, ¿os resulta curioso que no estén ninguno de los dos exconcursantes? Con el pasado que ha tenido esta pareja, supongo que os estaréis temiendo lo peor… —Nos dijo María con cara compungida, como si lo estuviese pasando fatal al quitarnos ella una tirita de golpe y sin avisar.

—Yo me temo que le haya pasado algo a Kike o a Carmen. —La miré con los ojos suplicantes. Sabía cómo se las gastaba el programa y la cadena, pero esperaba que al verme preocupada se pusiesen en mi lugar y me dieran una respuesta cierta a mis temores.

—Bueno, no os preocupéis. Vamos paso a paso —

nos dijo, y me cogió la mano. Un acto que a los demás les podía parecer de una gran sensibilidad, pero a mí se me reveló como completamente falso.

María comenzó haciendo un resumen de nuestro paso por el programa y al ver a Kike conmigo en la mayoría de las imágenes, por poco me echo a llorar como una magdalena. Alguna lágrima sí que se me escapó. También varias de risa, porque éramos una pareja en la que las bromas no faltaban y las carcajadas eran nuestras compañeras todos los días. ¡Cómo las había echado de menos las últimas semanas!

Tras mi vídeo introductorio pusieron otro de Javi. Observándolo detalladamente, me percaté de la poca complicidad que existía entre él y su novia, Martina.

Comentamos con María nuestras sensaciones y siguieron los vídeos. Repasamos muchos momentos vividos en la casa y también las pruebas semanales. Aunque me di cuenta de que habían pasado muy por encima la prueba de los animales. No salieron casi mis protestas ni mis mensajes ni mis peticiones de extinción de la prueba. Fui la que menos salió en pantalla. Solo sacaron alguna toma con Kastorcito, al que al llegar a plató había tenido que dejar esperando con una redactora.

Nos fueron haciendo preguntas y fuimos contestando, ahora algo más relajados. Entonces la cosa se puso seria. María nos avisó de que íbamos a tener que ver cosas que no nos iban a gustar.

El primer vídeo de imágenes *non gratas* iba dirigido a mí y eran las múltiples críticas que me habían regalado mis compañeros, en alguna ocasión por algún rocecillo tonto de la convivencia y, sobre todo, cuando me desahogué a gusto con ellos tras la bronca de Kike y Miguel. Pero la palma se las llevaban las imágenes de la última semana, donde me habían criticado muchísimo como represalia a mi actitud con la última prueba semanal.

«Egoísta, oportunista. Una loca con un afán de protagonismo desmedido». Eran algunas de las lindeces que me procuraban. Miré a Javi, ya que algunas de esas preciosidades habían salido de su boca, y agachó la mirada. Me molestó ver que Miguel había ido a la sala de confesiones a criticarme, porque habría preferido que me lo dijese a la cara y darle la réplica, si lo consideraba oportuno, pero ya me había percatado la última semana de que hablaban mal de mí y tampoco es que descubrir este video me hubiese entristecido demasiado. Estaba bastante preparada para ello, así que solamente le dije a María:

—Yo no soy una persona que acuda a la sala de confesiones a hablar mal de nadie, buscad a ver si encontráis algún vídeo mío en semejante actitud; pero nunca hay que esperar que la gente se comporte como lo harías tú y por eso no me sorprende el vídeo y no me afecta en exceso. Quizá esperaba algo más de Miguel, porque llegué a pensar que podríamos ser amigos, pero al parecer él no lo ha querido así. —Miré a Miguel a los ojos mientras pronunciaba estas palabras, pero no logré adivinar lo que reflejaba su cara. Me pareció que un poco de arrepentimiento y de vergüenza, pero tampoco me atrevería a asegurarlo.

—¿Amigos? ¿O algo más? —A María le había venido genial que hablase de Miguel—. Te voy a poner un vídeo donde se respira la tensión sexual que hay entre vosotros dos y luego lo comentamos.

—¿¿¿La tensión sexual??? —Quise replicarle a su insinuación tan malintencionada y tan alejada de la realidad, pero me habían silenciado para dar paso a las imágenes. Pusieron un vídeo donde, con los movimientos de cámara y las continuas bromas e insinuaciones de Miguel, se podía presuponer un tonteo. Y por supuesto, no podía faltar el momento en el que Miguel proponía hacer un trío. Pero ese acercamiento, en los términos que insinuaban, jamás había tenido lugar. Miguel nunca me había interesado lo más mínimo, fuera del ámbito de la amistad o del cachondeo, y así traté de explicárselo a María cuando me dejó hablar. Pero no pareció creerme ni quiso abandonar el tema.

—¿Crees que Kike se pudo marchar por tu actitud con Miguel? Recordemos que, justamente, tu novio abandonó el programa cuando le contaste que Miguel quería hacer un trío con Carla y contigo. —Se oyó un gran revuelo en el plató. La propuesta de trío debía de haber sido de lo más jugoso del programa.

—No lo creo, la verdad. Me sorprendería mucho. Kike no huye, y menos por una cosa así.

—¿Y Martina? ¿Por qué pensáis que se ha marchado? —En esta ocasión, María se estaba dirigiendo a Javi.

—No tengo ni idea. Me lo he preguntado alguna vez la última semana. —Se oyeron risas en el plató.

—Normal que te lo hayas preguntado —le contestó María—. Igual cuando veas este vídeo lo tienes un poco más claro.

El siguiente vídeo que proyectaron fue bastante impactante. En él salía Martina en múltiples ocasiones confesando que volvía a sentir cosas por Kike, que no lo había olvidado y que hacía tiempo que con Javi la cosa no funcionaba.

Sacaron los intentos de acercamiento de Martina hacia Kike dentro de la casa, que no fueron pocos, y noté que empezaba a sudar cuando nos pusieron las imágenes de la semana en la que los dos convivieron solos en la casa. Martina no había parado de asediar a Kike, de proponerle masajes y de insinuarle cosas. Vaya, que había jugado todas sus cartas esa semana. Me resultó violento verlo porque eran nuestras parejas las protagonistas de esos vídeos, aunque tengo que reconocer que no observé en Kike el mínimo interés por Martina. Yo que lo conozco lo noté bastante agobiado intentando no ser desagradable con ella y no hacerle daño, pero tampoco seguirle el juego. Yo no tenía nada que reprocharle. ¡Pobre! En qué situación le había metido con el lío este del programa... Por el contrario, Javi sí que había tenido que ver la realidad de su pareja. Martina no le quería y lo había dejado bien claro.

—Bueno, parece que Martina tiene dudas —comentó Javi cuando María le preguntó cómo interpretaba las imágenes. El público se echó a reír y la presentadora pidió respeto. Entre los nervios y las imágenes que estaba viendo de Martina, el chico no debía estar pasando un buen rato.

A partir de ese momento, María empezó con un discurso en el que trataba de convencernos a ambos de que la relación de Kike y Martina había ido más allá y por eso ninguno de los dos estaba aquí. Pusieron un vídeo de Martina, al poco de entrar en el programa, en el que decía que iba a ir a por todas con Kike y supuse que ese sería el vídeo que habrían proyectado por la tele. El que había hecho a Daniela desplazarse hasta la casa para avisarme de que no me fiase de Martina.

Lo que vino después ya sí que me hizo tambalearme. Nos pusieron varios vídeos de las noches en las que habían compartido Martina y Kike la gran habitación y en ellos se podía ver a Martina introduciéndose con sigilo en la cama de mi novio. En otros, se paseaba en ropa interior ante él y, en el último, incluso se aproximaba a besarlo. Esas imágenes me estaban destrozando. No podía verlas. Y, en algún momento, hasta cerré los ojos.

Pero yo no era una ingenua. Yo veía lo que hacía Martina, pero en ningún momento vi lo que le contestaba Kike. Así que no quería sacar conclusiones precipitadas hasta hablar tranquilamente con él. Necesitaba salir de allí y buscar las respuestas en quien me las tenía que dar. Y, si Kike quería volver con Martina, yo no me pensaba dar por enterada en ese programa de televisión. Mi novio tendría que pasar por el trago de decírmelo él mismo a la cara.

Por fin terminó la entrevista y procedieron a entregarnos el premio. Desde antes de entrar en el programa, Kike y yo teníamos claro que íbamos a donar el dinero a Down M, una asociación que había ayudado a Carmen desde muy pequeña y también a Kike, que se vio un poco desbordado con las atenciones que requería su hermana cuando sus padres fallecieron. Y desde allí le prestaron el apoyo que necesitaba. Comuniqué al programa mi donación a esta asociación, pero también quise destinar una parte de mi premio a Amor animal, un albergue de animales que lo estaba pasando mal económicamente e iba a tener que cerrar. Supuse que a Kike no le importaría, al fin y al cabo era mi premio y se trataba de otra buena causa.

Dejé a Javi descolocado. No dijo nada y un espontáneo del público le empezó a gritar que él no merecía ganar, que la ganadora era Bea y que le diese el dinero a ella. Yo no sabía dónde meterme, y supongo que él aún menos.

La gente se unió al espontáneo y María tuvo que poner orden. Ante la presión popular Javi dijo que donaría también una parte de su dinero a alguna obra benéfica, pero que aún no había decidido a cuál. La gente lo abucheó aún más fuerte y yo me sentí fatal. No quería ponerle en un compromiso, pero es que nosotros estábamos contentos de poder ayudar a alguien ahora que las cosas nos iban bastante bien a nivel económico.

María controló como pudo la situación y consiguió despedir el programa. Se acercó a nosotros para decirnos que ya estábamos fuera de cámaras y estuvimos hablando un rato con ella. Mientras, iba saliendo el público del programa y nos íbamos quedando solos. Obligaron a salir a nuestros familiares porque a nosotros aún nos quedaban algunos asuntos que tratar con la cadena. Peleé con ellos para que me dejasen quedarme con Kastorcito. No parecían estar muy por la labor, pero, al parecer, sabían cómo me estaba apoyando la gente y no quisieron que yo siguiera criticando a la cadena, esta vez por impedirme quedarme con un animal que ya me había tomado cariño y que iba a cuidar como a un hijo. Al final cedieron, pero me dijeron que hasta dentro de unos días, seguramente cuando volviese a Valencia, no me lo podría llevar. Aunque me dio pena pasar unos días sin él, acepté la oferta.

Cuando salí de allí eran las cuatro de la madrugada. Por fin había recuperado mi teléfono móvil y, aunque me moría de ganas, ya no me parecieron horas de llamar a Kike.

Vi que en el grupo de WhatsApp que habían creado mis amigas, «Con V de vip», había tantísimos mensajes que iba a tener que ignorarlos todos. Entré en la conversación y escribí para ver si alguien estaba en línea y me contestaba. Pero nadie lo hizo. Era normal, ya debían estar durmiendo. No sabía dónde estaban alojadas, pero mañana me enteraría.

A mí el programa me había proporcionado una habitación en un hotel de Madrid. El taxi que me pidieron desde el plató me dejó en la puerta y entré en el hotel con una sensación muy extraña. Debería estar pletórica por la experiencia vivida, por el impresionante apoyo de la gente y por haber ganado el programa. Pero no era capaz de disfrutar del momento. No sin saber qué pasaba con Kike. En realidad no quería creer que Kike me hubiese dejado para irse con Martina, pero tenía que reconocer que, si él me quería de verdad, debería haber encontrado algún medio de comunicarse conmigo ahora que sabía que estaba fuera de la casa.

Me instalé en la habitación, me desmaquillé y me puse el pijama. Me metí en la cama y, cobijada entre las sábanas, miré mi móvil otra vez y volví a comprobar lo que ya sabía: ahí no había ningún mensaje de Kike.

21
BEBIENDO A MORRO

A las diez de la mañana ya estaba despierta, aunque seguía agotada. Lo primero que hice al abrir un ojo fue abalanzarme sobre mi teléfono con el corazón latiendo bastante deprisa. Y pude comprobar que seguía sin tener ninguna llamada ni mensaje de Kike.

Pensé en llamarle yo, pero me sentía dolida y seguía teniendo la esperanza de que fuese él el que me contactase a lo largo de la mañana. Al fin y al cabo me merecía una felicitación por haber ganado un programa de televisión. Me podía escribir para decirme: «Enhorabuena por la victoria. Te dejo por Martina y lo siento mucho, o no lo siento nada». Eso ya dependería de él y de lo educado y empático que quisiera ser conmigo. Pero bueno, al menos me diría algo. Es que ahora mismo parecía que se lo había tragado la tierra. Y lo de Carmen, eso sí que era rarísimo. A ella no le había hecho nada. Si su hermano me quería dejar, ¿ella me iba a retirar la palabra? No lo creía posible. Pero todo este misterio me traía de cabeza...

Marqué el teléfono de Daniela.

—¡¡¡Putón!!! —me saludó. Sí, esa era una forma de saludo bastante habitual en ella—. ¿¿¿Pero cómo eres tan jefa??? ¿¿¿Tú sabes la que has liado??? Después del movimiento *pelogger*, esto ha sido lo más grande que ha vivido España. La peña apoyándote, joder, los putos animales no han tenido más protagonismo en su vida.

—Daniela, cálmate. Y no les llames putos animales, un respeto. Que tienes una boca que da miedo.

—Vale, vale, perdona. Que ya se me había olvidado que estaba hablando con la señorita *Greenpeace*, defensora a ultranza de los animales. Pero ha sido la releche. La peña te adora. Métete en internet, estás por todas partes. Eso sí, en la cadena del programa y en el Sobreviviré Pomelo te han dado hasta en el carnet de identidad. No les ha molado nada el boicot que te has marcado. Pero tenías que haber visto a Sara, como una loba cuidando de su cría, entiéndase que la cría eres tú. Te ha defendido con uñas y dientes. Debe estar agotada. Yo quería ir también a todos los platós, pero la pérfida se ha tomado muy en serio lo de que era tu defensora y pensaba que yo no estaría a la altura. No me ha dejado apenas intervenir. ¿Te lo puedes creer? —Daniela hablaba como una cotorra, me costaba entenderla bien porque estaba hablando a toda pastilla.

—Vale, Dani, ya me contaréis bien —la interrumpí—. Ahora haz el favor de contarme qué ha pasado con Kike. —Escuché un silencio al otro lado de la línea. Yo no daba crédito: justamente hoy, Daniela tenía la lengua desatada…

—¿Daniela? ¿De qué vas? ¡Habla ahora mismo!

—Bea —me contestó por fin—. Es que hasta yo sé que con el que tienes que hablar es con Kike. Él nos ha dicho que quiere hablar contigo. No quiero meter la pata, que sabes que lo hago demasiado a menudo. —Daniela me dejó KO. Debía de saber que Kike iba a romper conmigo y no quería ser ella la que me dejase destrozada. Yo ya veía que no quedaba otra posibilidad.

Para no mostrar mi abatimiento, le contesté con chulería.

—¿Y se puede saber cuándo tiene previsto llamarme el cantamañanas ese?

—Tía, no te pases… Cantamañanas y todo… En fin, espera a hablar con él ¿vale? Pronto tendrás las respuestas que buscas.

Colgué el teléfono con rabia, pero ¿qué le estaba pasando a todo el mundo? ¿Por qué me trataban como a una niña ocultándome una realidad que todo el mundo sabía? Cansada ya de esperar y ansiosa por resolver mis dudas, hice lo peor que se puede hacer en estos momentos. Yo no se lo recomendaría a nadie. Pero es más fácil dar consejos que aplicárselos uno mismo. Me puse a buscar las respuestas a mis preguntas en internet.

Escribí las palabras «Kike Galán» en el buscador y confirmé mis peores temores.

En casi todas las entradas recientes, las revistas compartían una fotografía de un Kike entristecido y una Martina acompañándole.

Y varios titulares:

Kike y Martina ¿una segunda oportunidad para el amor?

Martina Crespo, el gran apoyo de Kike Galán en estos momentos.

El actor Kike y la modelo Martina, ¿otra vez juntos?

Me estaba atormentando leyendo esas noticias en las que yo aparecía en el texto como la concursante que había entrado en el programa con novio, pero iba a salir sin él. La gran mayoría de esos textos me parecieron conjeturas y rumores, pero la falta de contacto con Kike, del que aún no sabía nada, me hacía plantearme esas teorías como válidas o, por lo menos, como posibles.

Hasta que llegué a un titular que lo cambió todo:

Martina, el gran apoyo de Kike frente a la enfermedad de su hermana.

Me metí en la noticia con los dedos temblorosos. ¿De qué enfermedad estaban hablando? En la noticia no explicaban demasiado. Solo decían que Carmen estaba enferma e ingresada en el hospital más puntero de Madrid. El corazón me dio un vuelco. ¿Qué le pasaba a Carmen? ¿Sería algo grave?

En ese momento tuve claro dónde podría encontrar a Kike y poner fin a todas mis dudas. Aunque ya había empezado a comprender que, si Kike se había enterado de que Carmen estaba enferma, habría salido por patas del programa. Ahí tenía la explicación que había estado esperando desde esa tarde en que pensé que me reencontraría con Kike y ya nunca volví a verlo en el programa.

Me vestí con lo primero que encontré en la maleta, me hice una coleta alta y salí despedida hacia el hospital.

En ese momento, si Kike me pensaba dejar por Martina quedaba en segundo plano. Yo necesitaba saber cómo estaba Carmen. Imaginármela postrada en la cama de un hospital me partía el corazón en mil pedazos.

Cuando llegué al centro hospitalario me invadió ese olor que tanto rechazo me creaba. No sé describir el olor de un hospital, pero es uno de los olores que más me incomodan. Y es que no me gustan los hospitales, me ponen nerviosa. Hasta cuando los visitaba por un gran acontecimiento como fue el nacimiento de Hugo y de Alba, los hijos de mis amigas, estaba deseando salir de allí. Ver a los médicos moverse deprisa por esos pasillos me hacía imaginar a familias preocupadas, luchando o conviviendo con una enfermedad. Significaba para mí darme de bruces contra una realidad que solo había conocido cuando enfermó mi abuelo y que supuso el peor año de mi vida.

Con la preocupación oprimiéndome el pecho, volé hasta la planta en la que se encontraba Carmen y recorrí los pasillos rápidamente buscando su número de habitación.

Lo localicé y frené en seco. Me quedé paralizada en el punto del pasillo en el que me encontraba, a unos metros de la habitación. Y la razón fue la siguiente: delante de la puerta estaba Kike hablando por teléfono. Él aún no me había visto y pude observar que estaba bastante desmejorado. Tenía unas marcadas ojeras y barba de varios días. Me entristeció verle así y solo pude pensar en lo absurda que había sido mi permanencia en el programa. Yo debía haber estado a su lado apoyándolo. Yo era su familia o, al menos, eso es lo que yo sentía. Aunque bueno, al parecer y según lo que había leído, por lo menos Kike no había estado solo. Él sí que había tenido a alguien a su lado, aunque ese alguien no hubiese sido yo. Por lo pronto, hoy Martina no estaba en el hospital con él. Lo agradecí un montón. La situación habría sido bastante rara y violenta.

Kike levantó la vista y me vio allí plantada mirándolo. Me dio la sensación de que sus ojos tristes cobraron algo de luz al verme. Pero solo fue eso, una sensación.

Colgó el teléfono sin despedirse y se acercó hacia mí. Yo me mantuve estática, no fui capaz de moverme hasta que sentí sus brazos rodeándome y su cuerpo estremeciéndose por el llanto. Y aunque no sabía si él era aún mi novio o solo alguien destrozado por la situación de su hermana o por el daño que me iba a hacer al dejarme, le devolví el abrazo y lloré con él.

Cuando se calmó un poco y se separó de mí, no pude esperar más para hacerle la pregunta cuya respuesta tanto miedo me daba escuchar. En realidad fueron dos preguntas.

—¿Qué le ha pasado a Carmen? —Y la que era más importante para mí— ¿Se va a poner bien?

Kike me indicó que no debíamos hablar allí. Seguramente me lo dijo porque yo era una persona bastante dada a subir el tono de voz, especialmente cuando estaba preocupada o alterada, y no estaba bien visto andar gritando en los pasillos de un hospital. Kike me pidió que lo acompañase a la cafetería y, aunque necesitaba que las respuestas llegasen lo antes posible, accedí y fui tras él. Pero, cuando ya estábamos parados frente al ascensor, un médico llamó a Kike y él se marchó corriendo. Me quedé allí plantada viendo cómo las puertas del ascensor se abrían y, tras unos segundos, se volvían a cerrar. Me sentí un poco decepcionada. Cuando ya pensaba que por fin hablaría con Kike y él me lo explicaría todo y, sobre todo, me pondría al día de la enfermedad de Carmen y de su evolución, él volvía a desaparecer. Aunque, por otro lado, lo entendí perfectamente. Estaba preocupado y cualquier noticia sobre el estado de su hermana era prioridad absoluta.

Yo no sabía qué debía hacer. Aunque supongo que lo que yo hiciese en ese momento, marcharme o permanecer allí, era lo de menos.

Me acerqué de nuevo a la habitación. Caminé despacio, pero cuando llegué no entré. Vi la cara de Carmen a través de la puerta. Parecía dormir tranquila en ese lugar lleno de máquinas e incertidumbre, donde tantas familias comparten la esperanza de una pronta recuperación de sus seres más queridos. Me habría gustado entrar y abrazarla, pero no lo hice. Al revés, me marché de allí enseguida. Y lo hice porque esos momentos eran solo para la familia. Y yo, en ese momento, no estaba segura de lo que sentía Kike por mí ni de si me necesitaba allí. Si Carmen estaba para visitas o no, porque aún no sabía lo que le había pasado. Entrar allí sola me parecía fuera de lugar. Y, aunque me marché triste, me fui sintiendo que mis problemas, tan grandes para mí, serían pequeños para algunas personas que pasan los días bajo esos techos; la gente que convive con algún problema grave de salud, suyo o de algún familiar.

Salí del hospital y me encaminé de vuelta al hotel. Durante el camino no lograba quitarme de la cabeza a Carmen. La visualizaba allí tendida con los ojos cerrados y me sentía abatida. ¡Con lo activa que era ella! Carmen era un torbellino de niña, por eso aún me había impactado más verla en esa situación. También pensaba en Kike, conociéndolo debía de estar hecho polvo. Sentí que el dolor se me agarraba con fuerza al pecho y pequeñas lágrimas de preocupación empezaban a rodar por mis mejillas.

Cuando llegué al hotel, me dirigí a mi habitación. Estaba pasando la tarjeta de acceso a mi cuarto cuando escuché sonar un mensaje en mi móvil. Y esta vez sí que era de Kike.

«Lo siento, tenía que hablar con el médico de Carmen. Sé que te debo una explicación. Esta noche Carmen se queda con Alicia. Podemos cenar juntos y te lo cuento todo. Necesitamos hablar».

Alicia era una chica que echaba una mano a Carmen cuando Kike no estaba en Madrid. Desde que los padres de Kike y Carmen fallecieron, siempre habían podido contar con ella. Era una gran persona, una de las más queridas por los hermanos.

Le contesté al momento. No tenía ninguna intención de hacerme la dolida, la indignada o la interesante. Hay cosas que se imponen prioritarias y la salud de Carmen era una de ellas. Todo lo demás quedaba en segundo plano.

«Claro, no te preocupes. Lo primero es lo primero. Esta noche hablamos. Espero que lo de Carmen no sea demasiado grave y se recupere muy pronto».

No me despedí con un «cariño», «amor» ni nada parecido, porque él tampoco había empleado dichos términos y pensé que, si él ya no me quería, no quería agobiarle con palabras cariñosas que seguro le harían sentirse peor. No en este momento en el que ya estaría muy agobiado con el problema de su hermana.

Me sorprendí a mí misma siendo tan considerada con alguien que, empezaba a plantearme seriamente, me iba a dejar. Creo que eso me hizo abrir los ojos y entender que estaba tan profundamente enamorada de Kike que no soportaba verle sufrir. Se me hizo muy raro, ya que nunca había sido tan generosa en una relación. Si una persona con la que comparto mi vida me deja por otra, tengo derecho a hacerle sentir mal. Por lo menos tan mal como me siento yo. Así había pensado en el pasado, pero no me apetecía aplicarlo con Kike. Ahí me di cuenta de que él era la única persona de la que me había enamorado de verdad. Y me sentí deshecha al imaginarme un futuro sin él. Porque, aunque sabía que no me iba a morir de amor y que yo era perfectamente capaz de vivir sin Kike, no quería. Aunque desgraciadamente eso no dependía de mí. El amor siempre había sido cosa de dos y, aunque yo valía por dos, o por tres incluso, que ahora me quería tanto que así lo pensaba, en realidad los sentimientos que contaban eran los de Kike y los míos. Yo los míos los tenía clarísimos, pero Kike, con todo lo que yo creía conocerlo, ahora mismo era una incógnita para mí. Si me hubiesen contado todo esto antes de entrar en la casa, habría jurado que me mentían. Pero la realidad es que lo sentía así.

Quedé con Kike para cenar en un restaurante del barrio madrileño de La Latina. Cuando él me sugirió el sitio sonreí para mis adentros, porque sabía que era uno de sus restaurantes favoritos y, la última vez que los dos habíamos estado en Madrid, me había quedado con las ganas de probarlo, pero no habíamos logrado conseguir mesa con tan poca antelación. Esta vez habíamos tenido más suerte. Además de que estaba deseando probar esa comida, de la que Kike y Carmen me habían hablado tanto, pensé una cosa un poco tonta, pero que a mí me aportó un rayito de esperanza. ¿Querría Kike dejarme en su restaurante favorito? No me parecía una buena idea, ya que cada vez que lo visitase de esa noche en adelante, recordaría ese momento, supongo que con dolor. Jolín, que yo creo que él también me había querido mucho.

Luego recordé que yo había roto la relación con mi ex, Carlos, justo en mi restaurante favorito. Había venido así la cosa. Así que mis ilusiones se volvieron a esfumar. Y es que siendo sincera conmigo misma, la elección del restaurante no podía darme ninguna pista de las intenciones de Kike. ¿Existe algún restaurante ideal para dejar a alguien? Igual la mejor opción era elegir alguno de comida rápida, ya que la estancia sería más breve. Me visualicé llorando a moco tendido acompañada de un kebab o una hamburguesa y pensé que eso sería muy triste. Más rápido, pero triste.

Mis amigas escribieron en el grupo para quedar hoy, pretendían quemar Madrid ya que estaban en la ciudad y mañana se volvían todas a Valencia. Yo aún debía permanecer unos días más por asuntos relacionados con el programa. Sentí mucho decirles que no iba a poder verlas. Les expliqué que había quedado para cenar con Kike y me insistieron en tomar algo juntas en cualquier cafetería antes de mi cita. Les volví a decir que no. Me sentí un poco egoísta porque sabía que todas estaban en Madrid por mí. Y, además, Sara había sido mi gran apoyo y me había defendido en los platós. Pero es que hasta que no aclarase el asunto con Kike y supiese lo que le pasaba a Carmen, yo no iba a ser buena compañía. No me apetecía hablar del programa y no me apetecía pasearme por las calles. Y es que os tengo que decir que desde que salí de la casa, no podía dar dos pasos sin que la gente me abordase y me parase para hablar y darme la enhorabuena. Yo estaba acostumbrada a que la gente me reconociese desde que me convertí en una *influencer* bastante conocida. Pero lo que me estaba sucediendo ahora no tenía nada que ver. Era la ganadora de un programa de máxima audiencia y la gente no me dejaba dar ni dos pasos seguidos. Me paraban todo el rato. Lo había comprobado a mi vuelta del hospital cuando pretendí volver paseando al hotel. Había terminado por parar un taxi, porque no tenía ganas de poner buena cara a la gente. No me apetecía en absoluto. Así que, sintiéndome un poco mala amiga, prioricé mis necesidades en ese momento. Me había pasado lo mismo con mis padres y mi tía, que quisieron quedar esa mañana a tomar un café antes de volver a Valencia, pero yo necesitaba ir a descubrir cómo estaba Carmen al hospital. Tenía que hacer lo que sentía, aunque decepcionase a mi familia o a mis amigas y, si me querían, tenían que entenderlo.

De todas formas, llamé a una floristería de Valencia que me encanta y encargué un ramo de flores con un mensaje de agradecimiento para cada una de mis amigas y también para mis padres. Pedí que los entregasen al día siguiente por la tarde, así ya estarían todos en Valencia. Esperaba que con eso perdonasen el hecho de que no hubiese estado disponible para nadie después de salir del programa.

A media tarde empecé a prepararme para la cena con Kike. El sitio al que íbamos a cenar no era en absoluto un sitio elegante. No me quise arreglar demasiado así que me coloqué mis vaqueros desgastados preferidos y un top «arreglado pero informal», me ondulé el pelo fijándolo con espuma y me maquillé. En los pies me puse unas Converse altas y negras. Cuando estuve lista me fotografié con cara pensativa y con la palabra: Hope —esperanza— como único texto. Lo subí a mis redes sociales y enseguida me llegaron comentarios de personas que habían atribuido dicha palabra a mi relación con Kike. Pero la verdad es que yo lo había escrito en referencia a Carmen. Mi esperanza era que ella estuviese bien.

Cuando se hizo la hora, abandoné mi habitación y pensé que sería una buena idea coger el metro hasta La Latina, ya que tenía parada frente al hotel. Pero me equivocaba. Fue una pésima idea. Estaréis pensando: ¿Cómo se te ocurre? Si ya sabías que la gente te iba a reconocer. Pues sí, lo sabía, pero salí intentando camuflarme y pasar desapercibida. No tenía pelucas disponibles, ni lentillas de colores ni nada de eso que se ve en las películas. Pero me puse una gorra y unas gafas de sol y pensé que sería suficiente. Total, no eran muchas paradas. E igual lo habría sido de tratarse de un día normal, pero era viernes por la noche y un montón de jóvenes se disponían a salir de cena y de fiesta. El metro estaba lleno y además yo era una figura conocidísima hasta con mi atuendo, al parecer, nada disuasorio y apenas podía avanzar sin que me pidiesen una foto. También observé como otras personas no me pedían la instantánea, pero me enfocaban con poca discreción y me fotografiaban para distribuir mi cara, en el mejor de los casos, entre sus contactos de WhatsApp y, en el peor, en cualquier plataforma de internet.

Finalmente llegué a mi destino y me juré no repetir la experiencia, por lo menos hasta que se enfriase un poco el asunto del programa. No voy a decir que no me sintiese halagada, pero como ya os he explicado mi estado de ánimo no era el de una ganadora de *reality* y no quería que todo el mundo se diese cuenta.

Cuando llegué al restaurante, Kike me estaba esperando. Me acerqué a saludarlo sin saber bien cómo hacerlo. ¿Un beso en los labios?, ¿uno en la mejilla? También podía esperar a ver qué hacía Kike, pero mis actos iban por delante de mi cabeza, como me sucedía la mayoría de las veces. No era demasiado buena estratega, así que cuando me quise dar cuenta estaba estrechándolo entre mis brazos y no sabía si eso significaba que habíamos pasado al terreno «amigos» o era lo que procedía debido al estado de su hermana. A nadie le apetece darse el lotazo cuando un familiar muy querido está enfermo en el hospital. Eso pensaba yo. Me habría parecido inapropiado por mi parte darle un beso de amor por lo menos hasta saber lo que le pasaba a Carmen. Ojo, que igual no era nada importante, ojalá, que yo no tenía ni idea. Pero la gente siempre tendemos a ponernos en lo peor y nos preparamos para el golpe más fuerte.

Mientras me sumergía de nuevo en el aroma del cuerpo de Kike, escuché los clics de las cámaras y un gran revuelo. Los que nos fotografiaban no eran fans, eran periodistas. Y había bastantes, entre fotógrafos y reporteros. Intentaban hacernos preguntas.

Kike me cogió de la mano y me arrastró hacia dentro del local. Se acercó al que tenía pinta de ser el dueño y supuse que le estaría comentando la situación al oído. Él asintió varias veces y los dos me miraron y me indicaron que los acompañase a una mesa bastante retirada del local.

—Aquí no os molestará nadie —nos comentó el que pude confirmar que era el dueño del restaurante, ya que era el único que no vestía de uniforme.

Nos sentamos y él nos acercó las cartas de la comida y la bebida. Mientras Kike observaba el listado de vinos, yo me dediqué a observarlo a él. Llevaba unos vaqueros negros, una camiseta de marca y sus zapatillas favoritas. Yo le había aconsejado en alguna ocasión que ya iba siendo hora de despedirse de esas zapatillas, estaban empezando a romperse y él me miraba como si hubiese enloquecido. «A estas bambas aún les queda mucho suelo que pisar» solía decirme. Me pareció algo más descansado que cuando lo había visto en el hospital. Pero aun así, no era el Kike sonriente y divertido al que estaba acostumbrada.

Me dejé asesorar por él en lo referente a la cena. Le dije que quería algo ligero, porque en realidad tenía el estómago cerrado. Cuando se retiró el personal del restaurante y nos dejaron solos, por fin descubrí lo que le había pasado a Carmen.

—Carmen tiene desde niña una cardiopatía congénita. Siempre ha estado sometida a revisiones, sobre todo durante su infancia.

—¿Por qué no me habías contado nada? No tenía ni idea —le dije molesta por su falta de confianza y preocupada por la enfermedad que acababa de descubrir.

—Ya sabes cómo es mi hermana. Ella no quiere parecer débil, quiere normalidad y a mí siempre me estás riñendo porque la sobreprotejo y no respeto sus decisiones. En esta ocasión quise respetarla. Ella no quiere que la traten como una enferma. Además, los últimos años había estado bien. Siento no habértelo dicho, pero no me imaginaba que pudiese tener un infarto... siendo tan joven. —Kike se derrumbó, se le enrojecieron los ojos y bajó la mirada.

—¿¿¿Ha tenido un infarto??? No puede ser. Pero se va a recuperar, ¿verdad? Dime que va a estar bien... —le supliqué como una niña pequeña. Estaba a punto de echarme a llorar yo también cuando Kike me cogió la mano y me sonrió.

—Tranquila, que sí, que va a estar bien. Ya está casi recuperada. Aún permanece ingresada, pero realmente ya podría estar en casa. La han dejado más días debido a mi insistencia, a que les he transmitido mis miedos y han querido curarse en salud. —Respiré aliviada. Supuse que tendría que cambiar la alimentación, llevar más calma o lo que sea que recomendase el médico. Pero se iba a poner bien y eso era lo que más me importaba.

—Bea, por eso me tuve que marchar, lo siento. Te explicaba todo en un vídeo que ya sé que no te pusieron. Yo tenía que estar con Carmen. Pensaba que estaría muy sola, ¡pero no te creas! Cuando salí descubrí que tenía otro cuidador maravilloso, Borja. Ese novio que se ha echado cada vez me gusta más. No se quería separar de ella. Y también te digo que estoy seguro de que ella prefería su compañía a la mía.

—¿Y eso te ha dolido? —le pregunté conmovida. Debe ser difícil que alguien se haga hueco en el corazón de una hermana para la que siempre has sido el único y el más indispensable.

—No me ha dolido, cariño. De verdad que no. Me ha resultado un poco raro, pero me ha hecho feliz. Tiene a alguien que la quiere y que la cuida, sería muy egoísta y el peor hermano del mundo si no estuviese feliz por ella.

—¡Pues hasta hace poco no te gustaba Borja para Carmen! —le repliqué, y él se echó a reír.

—A veces, hasta que no pasa algo gordo no te das cuenta de las tonterías que te preocupaban antes.

Ver a Kike sonreír de nuevo me transportó hasta el mismo cielo. No sabía cuánto había echado de menos su sonrisa hasta que volví a verla.

Había un detalle que no se me había escapado…

—¿Me has llamado cariño…?

El camarero nos traía los platos y me rellenó una copa de vino que ya me había terminado. Kike y yo nos mirábamos fijamente, esperando que pasase el tiempo más deprisa y que el camarero desapareciese de nuestra vista para volver a quedarnos solos.

—¿Y cómo quieres que te llame? —Soltó esas palabras como si las hubiese estado reteniendo en la boca desde que yo había formulado la pregunta.

—Bueno, no lo sé. Te marchaste y se fue también Martina. El programa puso imágenes raras, las revistas dicen que estáis juntos y que ella te ha estado acompañando en este tema de la enfermedad de Carmen. No sabía nada de ti y no sabía qué pensar.

—No me digas que te has creído algo de eso. Por favor, Bea, ¿cómo has podido pensar que yo tendría algo con Martina? Y encima a tus espaldas… ¿De verdad crees que sería capaz de algo así? —me preguntó, más dolido que molesto.

—No, yo no lo creía. Solo quería hablar contigo. Sabía que habría una explicación. Esperaba verte en el plató. Pero no estabas y tampoco Martina.

—Lo siento, cariño. Cuando me enteré de que ibas a estar en la final les dije que quería ir. Pero desde el programa estaban bastante enfadados. Yo abandoné por el asunto de mi hermana y Martina también se quiso ir. Yo no le vi ningún sentido a la decisión de Martina, le dije que ella no tenía nada que ver y que no entendía por qué se iba. Ella me explicó que se había dado cuenta de que no quería a Javi y de que aún sentía cosas por mí. No se quería quedar en el programa con él y por eso se quiso marchar. Eso destrozaba el concurso. Eran dos bajas muy cerca de la final e intentaron disuadirnos a los dos. Pero yo estaba decidido y Martina también. Le expliqué a Martina que yo no tenía ya ningún sentimiento de amor hacia ella, que yo te quería a ti. Pero ella quiso abandonar igualmente. —Yo escuchaba las palabras de Kike emocionada. No sabía si en algún momento me había llegado a plantear seriamente que él me fuese a dejar, pero sin duda lo había contemplado como posibilidad. Ahora, escuchándolo hablar, me sentía ridícula por haber dudado de él o de sus sentimientos—. Pues el programa nos dijo que teníamos una cláusula por abandono, que tendríamos que pagar una multa. No sé, lo he puesto en manos de mis abogados. ¿No te parece absurdo? Mi hermana había sufrido un infarto, no tenemos padres. Yo creo que estaba bastante justificado. No nos quisieron en la final, pero me permitieron grabarte un vídeo donde te explicaba todo. Me dijeron que no sabían si lo harían en directo, pero fuera de cámaras te lo pondrían seguro. Me doy cuenta de que no te lo pusieron.

    —No. La verdad es que no. Estaba muy preocupada y extrañada. Barajé múltiples posibilidades, no te voy a engañar. Los videos que me pusieron de Martina insinuándose tampoco ayudaron mucho…

    —Lo siento, Bea, de verdad, quise ser respetuoso. No quería rechazarla de malas maneras delante de tanta gente, pero te prometo que le dejé claro que conmigo no tenía nada que hacer.

—Es que tampoco tenía ni idea de por qué lo dejasteis en el pasado y bueno, no podía tener la certeza de que no hubieses podido volver a sentir algo por ella. —Me estaba sincerando completamente, dejando el corazón sin protección alguna. Pero es que necesitaba soltarlo todo. Con él podía hacerlo.

—No te lo quise decir allí dentro, pero Martina y yo lo dejamos…

—No me lo cuentes —le interrumpí—. Eso pertenece al pasado y en realidad no me interesa en absoluto. Ya me has dicho todo lo que tenía que saber.

Kike sonrió más relajado, le había quitado un peso de encima. Estaba claro que no le apetecía volver a recordarlo. Me sorprendí a mí misma, siempre había tenido curiosidad por saber lo que habría pasado entre ellos. Pero él estaba aquí, diciéndome que quería estar conmigo, y yo no quería que Martina siguiese ocupando ni un minuto de nuestra conversación.

—Lo pienso ahora y ¡me da una rabia! Confié en que te pondrían mi mensaje. Te decía lo que había pasado, en el hospital en el que estábamos y que me mandases un mensaje cuando pudiese llamarte. Sabía que estarías con tu familia y tus amigas. Pensé que estarías desbordada y prefería que me llamases tú cuando pudieses hablar. Lo siento tanto. —Le sonreí. Estaba segura de que, después de saber lo que había pasado, se suavizaría la sensación de angustia que había tenido al entrar en plató y no verle allí cuando recordase ese momento.

—¡Estoy tan orgulloso de ti! Eres la ganadora del programa y has sido muy valiente luchando por cambiar lo que no te gustaba, aunque ello supusiese que el resto te diese la espalda… —me dijo Kike, que empezó a hablarme emocionado y terminó haciéndolo bastante serio.

En ese momento me levanté de mi silla y me acerqué a él. Le cogí la mano y lo animé a levantarse. Después lo abracé y lo besé con pasión. Ahí concentré todos los besos, abrazos y caricias que no le había dado en esos días y que seguro le habrían venido genial para ayudarle a afrontar el susto de su hermana.

Nos despegamos cuando notamos la presencia del camarero a nuestro alrededor. Le pedimos la cuenta porque estábamos deseando estar los dos solos de una vez.

Nos marchamos en el coche de Kike. Fuimos camino de mi hotel hablando de Carmen, al parecer le había dado el infarto después de salir a correr con Borja. Menos mal que él había sido rápido y había avisado de inmediato a una ambulancia.

—No sabía que Carmen corriese.

—No lo hacía. Le había dado el puntazo hacía poquito tiempo. Igual se estaba exigiendo demasiado y yo dentro de la casa y sin saber nada… — Noté que Kike se sentía muy culpable. Había parado en un semáforo y le cogí la cara con mis manos. Después le dije mirándolo a los ojos:

—Tú no podías haberlo evitado. Siempre estás a su lado. Eres un buen hermano y tiene suerte de tenerte.

—Íbamos a besarnos cuando el semáforo cambió a verde. Aun así lo besé, porque no venía nadie detrás y porque necesitaba hacerlo.

Estábamos llegando al hotel cuando le pregunté si se podría quedar a dormir conmigo. Kike me dijo que Alicia había insistido en quedarse con Carmen en el hospital, así que me confirmó que pasaría la noche conmigo. Casi me estalla el corazón de emoción. Empezó a latirme con fuerza y me maravilló lo que Kike era capaz de hacerme sentir. ¿Sería así siempre? Suelen decir que no, que estas mariposas en el estómago tienen los días contados, pero yo estaba convencida de que Kike siempre me dispararía las pulsaciones. Causaba un efecto en mí que jamás había experimentado con nadie en el mundo. Lo deseaba, lo amaba y necesitaba que estuviese bien y que fuese feliz. Además, era mi mejor amigo, le podía contar cualquier cosa y me divertía muchísimo a su lado.

Esa noche fue muy especial para mí. Cogí a Kike con muchísimas ganas y a él le sucedió lo mismo. Me recordó a cuando en un día de muchísimo calor te invade la sed y sabes que muy pronto vas a beber agua y hasta te visualizas haciéndolo. Y, cuando por fin llega ese momento en el que el agua corre por tu garganta, esa sensación ¡es una pasada!

Cuando llegamos a mi habitación nos bebimos mutuamente. Empezamos saboreándonos con delicadeza y acabamos bebiendo a morro, de un trago y casi sin respirar. Nos desnudamos ansiosos y nos reencontramos con cada parte del cuerpo del otro. Apretamos nuestros cuerpos el uno contra el otro y nos fundimos en uno solo, como dos piezas de un puzle que encajan a la perfección.

Caímos exhaustos sobre la cama. Sudados, pero muy felices.

—Te he echado tanto de menos… —me dijo Kike apartándome el pelo de la cara con delicadeza, para clavar sus ojos en mí.

—Y yo a ti —le respondí, ahora ya instalada en mi particular burbuja de felicidad.

—Por cierto, ¿tenemos un perro? —me preguntó Kike arqueando una ceja.

—Lo tenemos. Se llama Kastorcito y te va a encantar. —Kike sonrió y me besó en la cabeza. Luego los dos nos colocamos bien apretaditos y yo cerré los ojos dispuesta a conciliar el sueño. Pero tuve el impulso de volver a abrirlos y lo pillé mirándome. En su mirada vi amor, cariño y el mismo deseo de protección que sentía yo hacia él. Éramos dos personas muy afortunadas. Y me dormí muy feliz por ello.

22
EL BESO

Me desperté porque escuché el chorro de la ducha. Kike se quería ir pronto al hospital para relevar a Alicia y porque además era muy probable que a Carmen le diesen hoy el alta y quería estar presente cuando pasase el cardiólogo por la habitación. Yo le dije que lo acompañaba. Estaba deseando ver a Carmen, así que me puse las pilas para arreglarme rápido, porque no quería retrasar a Kike.

Salimos disparados hacia el hospital sonriendo constantemente, con esa sensación de euforia que te da el amor. Me sentía muy agradecida por ese reencuentro que nos había dado un plus de emoción y me había quitado la sensación de opresión que tenía en el pecho ante la incertidumbre de un Kike desaparecido.

Cuando estábamos entrando por la puerta del hospital, volví a ver a los periodistas. Esta vez supuse que pondrían, en sus respectivos medios, que la que estaba al lado de Kike era yo, su novia, ya que tengo que decir que, desde que había salido de la casa, Martina parecía haber desaparecido del mapa. Kike me dijo que por fin parecía que había pillado el mensaje y no había vuelto a saber nada de ella. Me descubrí pensando en si se habría reencontrado con Javi y aparté ese pensamiento de la cabeza, porque en realidad a mí me daba igual lo que ambos hiciesen.

Llegamos a la habitación de Carmen, cuya puerta estaba entornada, y Kike dio unos suaves golpes. Me había contado que ahora siempre avisaba antes de entrar, ya que alguna vez que no lo había hecho se había llevado una sorpresa al toparse con un Borja encaramado a los labios de su hermana. Abrió con cuidado y le dijo a Carmen:

—Hermanita, te traigo una sorpresa. —Carmen se incorporó en la cama y miró hacia la puerta expectante. Kike fue directo a saludar a Alicia y ambos se giraron a mirar en mi dirección con una sonrisa en los labios. Como cuando estás deseando que algo pase aunque tú no vayas a protagonizar el momento y seas un mero espectador.

Yo me asomé despacio a la puerta de la habitación y me sorprendió sentirme nerviosa. Cuando vi la cara de emoción de Carmen me puse a llorar como una boba y corrí a darle un abrazo.

—¿Cómo te encuentras? —le pregunté sentándome en la cama con cuidado y cogiéndole una mano.

—Pero, Bea, que estoy bien. Que no me voy a romper. No me cojas así la mano que parece que estás visitando a tu abuela. —Me eché a reír y la estrujé más fuerte.

—Vaya susto nos has dado.

—Estoy genial, no pasa nada. Pero vaya momento más inoportuno eligió mi corazón para fallar. Yo quería estar en la final contigo y con mi hermano si no hubiese abandonado. Aún no entiendo por qué lo hizo. ¿Sabes? Yo tengo a Borja y a Alicia, teníais que haber ganado los dos.

—Carmen ya lo conoces. Era imposible que tu hermano se quedase en la casa sabiendo que tú estabas en el hospital. Y yo también me habría ido con vosotros si lo hubiese sabido.

—Pues no me extraña que estéis juntos porque estáis los dos atontados. —Carmen se echó a reír. Luego paró de reírse de golpe porque había recordado algo—. ¿Me devuelves ya mi móvil? —dijo dirigiéndose a Kike y sin darle tiempo a contestar se volvió a dirigir a mí—. ¿Te puedes creer que me lo ha quitado?

—No te lo he quitado. Lo he guardado unos días porque estabas muy nerviosa y necesitabas relajarte. El médico dijo que cuanta más calma, mejor. El móvil no te ayuda, estás demasiado pendiente de las redes sociales y de contestar mensajes.

—¡Te pusiste el vestido! Te vi en la final y estabas muy guapa —me dijo Carmen con emoción, ignorando a su hermano.

—Tuve que quitar el programa porque Carmen se puso muy nerviosa con el tema de los vídeos —me explicó Kike.

—Menuda bronca tuve con mi hermano. Martina ya estaba jugando con él en la casa, como la otra vez. Menos mal que él te quiere, Bea y las tonterías de Martina no han tenido efecto.

Interrumpí a Carmen para que no siguiese hablando porque no quería saber nada de la historia de Martina.

—Carmen, ¿sabes que dentro del programa he tenido una idea? —Kike me miró asombrado. No podía evitarlo, le continuaba saliendo la vena protectora con Carmen y yo sabía que estaba pensando que debería haberle contado a él esa idea que se me había ocurrido antes de soltársela a su hermana.

La idea que quería proponerle a Carmen era que confeccionase diseños para el programa de estilismo que tenía previsto presentar. Se lo iba a proponer cuando me llamaron al móvil. Me excusé y salí de la habitación. Mientras contestaba vi llegar a Borja, que me dio un abrazo espontáneo que no pude corresponder bien porque estaba con el teléfono en la oreja. Me sorprendió ese gesto tan efusivo porque lo había visto solo un par de veces antes de entrar en el programa, pero Carmen y Kike ya me habían dicho que era un chico muy cariñoso. Me hizo un gesto con el dedo señalándome la habitación y se dispuso a entrar. Yo le hice otro indicándole que enseguida me reuniría con ellos.

La llamada al móvil era de la cadena. Me querían recordar algunas citas a las que debía acudir como ganadora del *reality* para que no se me pasasen por alto. Justamente me llamaba la chica con la que traté la posibilidad de presentar el programa de estilismo en la cadena, así que le mencioné el asunto.

—Al final hasta resulté ser la ganadora de 2+2 son Vip, así que supongo que aún será mejor de cara a presentar el programa del que hablamos —le dije convencida.

—Bueno, eso habrá que tratarlo con más calma. Ahora no nos podemos centrar en eso. Tenemos asuntos más inminentes relacionados con el programa y lo demás son solo conjeturas. —La palabra conjeturas me sonó a excusa barata—. Además, piensa que no has actuado en los términos que el programa considera apropiados y no sabemos si es conveniente involucrarte en más proyectos. No sé si me llegas a comprender.

—Si me involucráis en proyectos que vayan en contra de mis principios, lo voy a tener que decir. Pero vamos, eso es lógico. Y no me podéis obligar a callar. En esta ocasión, con el tema de los animales lamento que fuese en contra de vuestros intereses. Pero también creo que podríais haber organizado otra prueba y santas pascuas. Habríais dado un ejemplo de madurez sabiendo rectificar. Pero bueno, entiendo que para funcionar en esta cadena hay que cumplir con la letra pequeña: O hablo por vuestra boca o no soy una persona apropiada para trabajar con vosotros. ¿No es así? —Soné borde, pero realmente era lo mejor. Me acababa de dar cuenta de que no me apetecía en absoluto tener ningún proyecto entre manos con ellos. No me habían contado lo de la enfermedad de Carmen ni me habían puesto el vídeo donde Kike me explicaba todo. ¿Qué clase de gente manejaba los hilos de esa cadena de televisión? Eran malas personas y yo me iba a encargar de que todo eso se supiese y tuviese sus consecuencias.

Me vino a la cabeza entonces una idea. Me despedí y les aseguré que iría a las citas con las que me había comprometido. Volví a entrar en la habitación y me encontré a Carmen y a Borja haciéndose carantoñas. Me acerqué a Kike, que ya llevaba mejor esas muestras de afecto, y le cogí la mano cuando vi entrar a varios miembros del personal del hospital. El médico, un chico bastante joven, habló con Carmen, le hizo unas preguntas y comprobó unos papeles que llevaba. Al parecer, eran las últimas pruebas que le habían hecho.

—Bueno, pues por aquí yo lo veo todo bien —comentó en voz alta dirigiéndose a la interesada—. Tendrás que volver a las revisiones, tomarte la medicación y seguir las pautas que te daré a continuación:

»Caminar a diario y evitar los ejercicios bruscos durante una temporada, llevar una dieta equilibrada y reducir el estrés. Lo ideal sería que te olvides de trabajar y de hacer grandes esfuerzos durante, por lo menos, un mes.

—Claro, sí, lo haré. ¿Me puedo ir ya? —le preguntó Carmen, ansiosa.

—Sí, enseguida estará listo el informe de alta. —Cuando el médico ya se iba, Borja lo abordó en la puerta. Kike hablaba con Alicia y Carmen me hizo un gesto para que me acercase a su cama.

—¿Sabes lo que le va a preguntar Borja al médico?

—No, no tengo ni idea.

—Si podemos tener relaciones sexuales. —Carmen se echó a reír ruidosamente y yo noté que me ponía roja como un tomate. Al instante, me giré para mirar a Kike, pero él no parecía haber oído nada.

—Calla, Carmen, como te oiga tu hermano le ingresan a él también en el hospital, porque le da algo —le dije hablando por lo bajo.

—¿Qué vosotros no hacéis nada de sexo? ¿Os estáis reservando o algo? —Carmen me lo preguntó con cara de interés, creo que se lo estaba planteando seriamente.

—Nosotros claro que hacemos cosas… —Noté que me subía la sangre a la cara, estaba roja como un tomate. No sé por qué me daba tanta vergüenza hablar de estas cosas con Carmen, yo no era una persona pudorosa en absoluto.

En ese momento entró Borja con una amplia sonrisa en la cara, así que supuse que el médico habría dado el visto bueno a sus planes de enamorados.

Abandonamos el hospital una hora después. Alicia se fue en su coche y llevamos a Carmen y a Borja a casa. Pasamos el resto del día los cuatro juntos y en la cena les conté a todos lo que se me había ocurrido. No iba a ser la presentadora de un programa de televisión, pero había tenido una idea genial. Mi canal de Youtube tenía un montón de suscriptores y podía ofrecer ahí una especie de programa de estilismo. Le pregunté a Carmen si a ella le gustaría participar, lo haríamos igual que si hubiésemos podido llevarlo a cabo en la televisión. Ella podría ayudarme a dar consejos sobre moda y mostrarnos algunos de sus diseños. También podríamos grabar a alguien que quisiese ponerse en nuestras manos, asesorándole y cambiándole el *look*. Eso sí, no iba a ser ahora. Kike ya me estaba asesinando con la mirada por hablarle a Carmen de proyectos cuando lo que necesitaba ahora mismo era descansar.

—Cuando te recuperes del todo, ¿vale? —le dije emocionada.

—Claro, cuenta conmigo. Somos un equipo. ¡Qué ilusión tengo, Bea! Ojalá pudiésemos empezar hoy mismo —me contestó eufórica.

—Hoy no, que ya tenemos planes —intervino Borja.

—Tan pronto no, por si acaso —le contestó Carmen. Y los dos se sonrieron con picardía.

Yo me sentí como una intrusa en la conversación y me vino un intenso calor de repente que traté de disimular. Kike los miró sin entender nada. Yo creo que ni se le pasaba por la cabeza que pudiesen estar hablando de sexo delante de nosotros. Pero ellos lo decían todo con una naturalidad muy bonita.

—Carmen, aunque Bea lo dice por tu bien, no creo que sea bueno para tu corazón pensar en eso del programa.

—Hermanito, ¿puede ser malo para el corazón lo que lo hace latir con más fuerza? —Kike no pudo rebatirle a eso.

Me quedé a dormir con ellos. Borja también. Kike había montado en el cuarto de su hermana otra cama para que durmiese su novio y las había situado bien separaditas. Borja había insistido en que sería buena idea compartir habitación con ella, por si necesitaba cualquier cosa o se encontraba mal, solo por precaución. Y Kike acabó cediendo. Nosotros fuimos a su dormitorio. Siempre que habíamos venido a Madrid el último año, nos quedábamos en esa casa con Carmen y a mí me encantaba. Era muy acogedora. No muy grande, pero más que suficiente para ellos dos. Además, estaba decorada totalmente por mi cuñada, que tenía muy buen gusto. Yo le decía que la casa era muy Pinterest. Siempre digo eso cuando una casa está llena de detalles chulos y además parece que no viva nadie allí, porque siempre está todo perfecto. El cuarto de Kike era lo único que no había pasado por las manos de Carmen y se notaba, porque era la única habitación un poco más fría. Kike no era de grandes ornamentos. Su habitación tenía como única decoración unos *pósters* colgados, una guitarra eléctrica apoyada en la pared, un escritorio y un par de estanterías con libros y CD de música. Lo mejor de la habitación era la cama: grande y muy cómoda. Con una colcha gris y un almohadón con una funda con unos auriculares dibujados.

Me dejé caer y me revolqué haciendo la croqueta por toda la colcha. ¡Qué cómoda era la dichosa cama! Noté cómo me envolvía para llevarme a su terreno. Al de los sueños, claro está.

Kike se tumbó conmigo y le dije mirándole a los ojos.

—Lo siento, Kike. Nos metí en el *reality* porque estaba ilusionada con la perspectiva del programa y, al final, lo podía haber hecho desde el principio por mi cuenta en mi canal y no te habría metido en estos líos que sé que no te gustan nada. Y, para colmo, te ha tocado revivir lo de Martina. Si lo hubiésemos sabido antes…

—¿Pues, sabes qué? —me preguntó Kike incorporándose—. Que yo estoy muy contento de que hayamos entrado. —Lo miré sorprendida—. Me he topado de bruces con Martina y era una persona a la que había estado esquivando desde que terminamos nuestra relación. Le he podido poner un punto final a esa historia y me he quedado muy tranquilo, porque no siento absolutamente nada por ella. Y en cambio tú, que ya me parecías maravillosa, ahora aún me lo has parecido más luchando por tus ideales. Me he dado cuenta de lo mucho que te quiero y de lo mucho que te necesito. Y también de que no creo que haya nada que nos pueda separar. Pienso que en la vida todo pasa por algo. Y estoy feliz de haberte seguido en tus locuras. Me haces meterme en cosas que igual yo no habría elegido por mí mismo, pero me han hecho sentir mucho y crecer como persona.

Después, selló su precioso discurso con un intenso beso. Un beso que fue el inicio de todo. Un beso que estaba a punto de cambiarnos la vida para siempre.

EPÍLOGO
UN AÑO DESPUÉS

Carmen, ahora enseña el vestido amarillo, por favor —le dije con la pizca de paciencia que me quedaba. Estaba muy cansada. Ella se levantó refunfuñando.

—Jolín, es que a mí me gusta más el de color gris. Cojo el gris, ¿vale?

—¡Pero serás cabezota! Coge el amarillo, que el gris lo quiero enseñar la semana que viene. Tengo una cosa preparada y el vestido gris le va a quedar que ni pintado.

—Dejo de grabar ya, ¿no? —me preguntó Kike. Y lo hizo porque, a veces, Carmen y yo grabábamos íntegras nuestras conversaciones para ser más naturales ante nuestro público. En algunas ocasiones, hasta hacíamos que el público se posicionase a favor de alguna de las dos. Si compartían la opinión de Carmen la tenía burlándose de mí unos cuantos días, y en el caso contrario, era yo la que hacía lo mismo—. Es que encima Kastorcito se me ha meado en el pie. Me gustaría cambiarme de zapatilla. Perro malo —le gritó Kike a Kastorcito, que permaneció impasible.

—Vete, Kike, ya sigo grabando yo —se ofreció Sara.

Sí, tenía a todas mis amigas allí hoy. Un día a la semana las metía en el programa para que diesen su opinión mientras tomábamos un café. Lo llamábamos «El café con las chicas». Tomábamos café y galletas, nos probábamos modelitos y hablábamos de todo lo que se nos pasaba por la cabeza. Y esa sección, que solíamos grabar los jueves, tenía un montón de éxito.

Además, mi amiga Sara aún estaba más involucrada con el programa. Como psicóloga trataba de hacer fuerza con el mensaje de la importancia de quererse a uno mismo y amar nuestro cuerpo. Le escribían cartas y le consultaban muchas cosas. Se había hecho bastante popular cuando me defendía en los platós, y la verdad es que caía bien entre nuestras seguidoras. En ese sentido, yo estaba muy feliz. Para mí aquello no era trabajar, era hacer lo que me encantaba y encima con amigas. Aunque también es verdad que a veces discutíamos o no teníamos el mismo criterio.

—Carmen, el canal está que lo peta. No podemos fallar ahora. Me han llamado de varias cadenas de televisión porque nos quieren allí, quieren reproducir nuestro programa.

—¿Nos vamos a la tele? ¡Toma ya! —gritó Daniela emocionada.

—No, de eso nada. Les he dicho que no. No quiero que nadie nos mangonee. Si vamos a la tele, será con nuestras condiciones.

—¡Qué jefa te pones a veces! —me recriminó Carmen. A ella también le hacía una ilusión enorme el proyecto televisivo.

—Bueno, pues esforzaos en hacerlo todo bien y ya hablaremos de lo demás.

—Pero, Bea ¿tú te crees que yo puedo tener una conversación contigo mientras te estoy viendo el pezón? —me preguntó Carmen, y en un acto reflejo apreté más contra mi pecho la diminuta cabeza succionadora. La pequeña gran revolución que había llegado a nuestras vidas hacía un par de meses. La niña más bonita y más llorona que había parido madre. La criatura más especial y hermosa para Kike y para mí, por supuesto, que existía.

Mis amigas se rieron muchísimo porque, oye, ¿a quién no le hace gracia oír la palabra pezón en una conversación? A mí no me hizo gracia tanto cachondeo, porque no había dormido casi, me dolían las tetas, me sentía una vaca lechera que no paraba de mojar los sujetadores con mi exceso de lactosa y tenía un perro que se meaba por todas partes. ¿Podía un perro estar celoso de un bebé y volver a comportarse como un cachorro? Se lo tenía que preguntar a Sara. Si es que sus conocimientos de psicología abarcaban también el ámbito animalístico.

Bufé y fui a buscar a Kike para pasarle a la niña. Mi pequeña era una auténtica bendición. Me parecía increíble que esa bebé hubiese crecido dentro de mí. Era absolutamente perfecta. Pero, a veces, necesitaba volver a sentirme yo misma. Un ser único, sin apéndices.

Estaba muy orgullosa de ser la mamá de Eva, pero también estaba orgullosa de ser Beatriz. Y de tener un gran marido, sí, ya era mi marido. Media hora de ceremonia, intercambio de votos y de alianzas y una comida con la familia y los amigos más íntimos. No necesitábamos estar casados, ya éramos una familia, pero tampoco nos daba miedo el compromiso. Nos habíamos comprometido mucho antes, sin anillo. La firma en el Juzgado fue una mera formalidad.

Mi marido cogió a la niña y le habló con una voz un poco ridícula pero muy entrañable. La que usamos para dirigirnos a los bebés. La pequeña sonrió. Y a su padre se le iluminó la cara.

—Cariño, sal un rato. Diviértete. Desconecta. Nosotros estaremos bien. ¿A qué lo vamos a pasar fenomenal, preciosa? —Otra vez esa voz.

—No tardaré —le contesté a Kike, y les di a los dos un beso en la frente.

—Chicas, nos vamos a tomar algo —les ordené. La verdad es que igual sí que me había vuelto un poco mandona. Pero a mi idea de salir y airearnos no le pusieron pegas. Ana, Sara, Marta, Daniela, Carmen y yo nos dirigimos a un bar cercano y esperamos a que nos sirviesen las bebidas.

Hablamos de lo bonita que era Eva, de esos ojos grandes y verdes que lo llenaban todo. Hablamos de Hugo y el hermanito que iba a tener pronto. Sara volvía a estar embarazada y Ana y ella estaban muy felices. Marta por ahora tenía suficiente con Alba. Aparcamos el tema niños y hablamos de nuestros proyectos y también de los amoríos de Daniela. La cosa con Daniel no había terminado de cuajar y, como yo ya había avanzado, no se tomaron las uvas juntos. Pero esta vez, por fin, parecía que había encontrado al hombre definitivo. Un abogado de treinta y siete años que la llevaba en bandeja.

—O mejor, creo que el amor me ha encontrado a mí —nos confesó. Daniela se había quedado tirada con la moto hacía seis meses delante de la puerta del bufete donde trabajaba Raúl, justo cuando él salía. Iba a un concierto y estaba enfadada porque ya no iba a llegar a tiempo. Él se ofreció a ayudarla y hasta a acercarla hasta su destino. Se lo pasaron tan bien en el trayecto en coche que Daniela insistió en que entrase con ella. Raúl no tenía entrada. Quisieron comprar una en reventa, pero no encontraron y se marcharon a tomar una copa juntos.

—A veces, en la vida, parece que todo pasa por algo. ¿No creéis chicas? —nos preguntó Daniela.

Esa frase hizo un clic en mi cabeza, porque era una frase similar a la que había dicho Kike, justo antes de concebir a Eva.

Todo había empezado con un beso, un beso que se fue volviendo cada vez más intenso.

—No tengo preservativo —me confesó Kike.

—Estoy ovulando —le contesté yo, nerviosa.

—¿Será una señal? ¿Sabes? Hace tiempo que me apetece ser padre. ¿Te sientes preparada?

—Sí, me siento feliz y preparada para embarcarme en la mejor aventura de la vida a tu lado.

Nos besamos e hicimos el amor. Y al mes siguiente me vino el periodo. Seguimos haciendo el amor disfrutando y sin presionarnos, esperando a que el bebé viniese cuando tuviese que hacerlo. Nosotros ya estábamos preparados. El siguiente mes tuvimos ante nuestros ojos las dos rayas rojas más importantes de nuestra historia. Se convirtieron en vida, se convirtieron en Eva, y prometimos cuidarnos y cuidarla para siempre.

FIN

AGRADECIMIENTOS

Me parece increíble estar escribiendo, por segunda vez, los agradecimientos de una novela escrita por mí. En primer lugar, quiero agradecer a todos los lectores de *Con B de Beatriz*, la primera parte de esta aventura literaria en la que me embarqué hace un par de años, que le diesen una oportunidad a una historia que ha podido llegar a vosotros gracias a Amazon y al boca a boca. Gracias por leerla cuando nadie la conocía y gracias por recomendarla con tanto cariño. No me esperaba llegar a tanta gente y ha sido una auténtica pasada. No voy a nombrar a todas esas cuentas de Instagram que me siguen en mi página @bego_salvador y que me dan tanto amor, porque me voy a dejar alguna seguro y me va a saber fatal. Vosotros ya sabéis quiénes sois. ¡Mil gracias!

A las que no puedo dejar de nombrar son a mis lectoras cero, a las que ya considero mis amigas: Raquel, @mil_historias_por_contar, Diana, @didilovegood y Lola, @desdeloslibros. Por los audios, los consejos y las sugerencias. Habéis mejorado mi libro porque sois grandes escritoras y este camino es aún más especial porque lo estamos recorriendo juntas. Gracias por estar siempre ahí para mí, yo estaré siempre también para vosotras. Además, a ti Lola, por ser mi correctora. Espero poder agradecerte un día todo lo que has hecho por mí.

A mi prima Marta, por ser mi primera lectora cero, por ser la primera en descubrir capítulo a capítulo este libro e ilusionarse con él tanto como yo, ¡te quiero! Y a mi hermana Ana, por estar a mi lado y entenderme tan bien.

A mi marido Miguel, por ser el apoyo que necesito, además de la mejor persona que conozco. Sin su paciencia y ayuda este libro no habría podido ver la luz. A mis hijas por ser mi motor y a mis padres porque sin todo lo que ellos me dieron, nada de esto habría sido posible.

A mi ilustradora @inmaalmansa porque, por segunda vez, ha conseguido hacerme la portada perfecta. Y, sobre todo, al lector de *Con V de Vip*. Gracias por hacer que Bea, Kike y el resto de personajes cobren vida. Nunca podré agradecerte suficiente esta oportunidad de crear una historia para ti, que la quieres leer.

Te invito a seguirme en...

 @bego_salvador_escritora

 bego.salvador.ros@gmail.com.